Zum Buch:

Nach außen wirkt Alma Giulianis Leben perfekt: Mit nur 35 Jahren besitzt sie ihr eigenes veganes Restaurant in St. Pauli, trifft sich regelmäßig mit ihrer besten Freundin Hatun und genießt jeden Mittwoch ihre Kaffeepause mit dem Flaschensammler Fiete. Als abschließende Krönung möchte sie nun noch ihre Restaurantterrasse um das benachbarte Parklet erweitern. Als ihr Antrag vom Bezirksamt abgelehnt wird und im Nachbarladen Stefan mit seinem Lederwarengeschäft Einzug hält, beginnt die Fassade von Almas makellosem Leben zu bröckeln. Denn eigentlich ist sie nur gestresst, uninspiriert und isst aus Verzweiflung heimlich Scheiblettenkäse. Während Alma sich mit dem Bezirksamt-Mitarbeiter und dem Sattler von nebenan Wortgefechte liefert, steht plötzlich auch noch Noa auf ihrer Türschwelle – eine Teenagerin, die behauptet ihre Halbschwester zu sein, und macht das Chaos somit perfekt. Doch vielleicht, ganz vielleicht können Noa und Stefan Alma helfen, wieder zu sich und ihrer Liebe zum Kochen zu finden?

Zur Autorin:

Nina Dias da Silva, Jahrgang 1989, lebt in Hamburg und arbeitet als Autorin mit gelegentlichen Ausflügen in Redaktion oder auch Podcasts – an der Frage nach der konkreten Berufsbezeichnung verzweifelt sie regelmäßig. Im schönen Süden aufgewachsen, hat sie in Stuttgart Linguistik studiert, aber eigentlich alles Wissenswerte in der Gastro gelernt. Geschrieben hat sie schon immer, und nun ist sie auch in der Welt der Bücher unterwegs. »Liebe ohne Rezept« ist ihr zweiter Roman bei HarperCollins.

Nina Dias da Silva

LIEBE OHNE REZEPT

Roman

HarperCollins

1. Auflage 2023
Originalausgabe

Umschlagabbildung von scvrtsv, Vitaly Art, Shirstok,
YarynaBo / Shutterstock
Umschlaggestaltung von Favoritbüro
Gesetzt aus der Stempel Garamond
von GGP Media GmbH, Pößneck
Druck und Bindung von CPI books GmbH, Leck
Printed in Germany
ISBN 978-3-365-00281-0
www.harpercollins.de

5

Von: info@deardairy.de
An: parklets@bezirksamt-mitte.de
Betreff: Parklet St. Pauli

11. Februar

Sehr geehrte Damen und Herren,

Sie können sich nicht vorstellen, wie groß meine Freude war, als ich gesehen habe, dass Parklets nun auch nach St. Pauli kommen. Ich habe keinen Moment gezögert und reiche hiermit meine Bewerbung auf ein Parklet am Paulinenplatz ein. Ich selbst wohne in Eimsbüttel und habe dort den durchschlagenden Erfolg der kreativen Nutzung von Parkplätzen im vergangenen Sommer hautnah miterleben können. Die Freude der Anwohner und das neu entfachte Miteinander haben nicht nur mich durch den Sommer begleitet.
St. Pauli ist mein zweites Zuhause, denn hier verbringe ich den größten Teil meiner Zeit. Mein Restaurant *Dear Dairy* am Paulinenplatz kennen Sie vielleicht. In Sachen Nachbarschaftlichkeit steht der gesamte Paulinenplatz Eimsbüttel in nichts nach, und auch mein Restaurant trägt, wie ich zugegeben nicht ganz objektiv finde, seinen Teil dazu bei. Mein Anliegen mit *Dear Dairy* ist es nicht nur, einen Ort des kulinarischen Hochgenusses zu schaffen, sondern auch einen Ort der Begegnung. Hier ist der Raum für Menschen, die eines teilen: die Liebe zu ausgezeichnetem, veganem Essen. Und diesen Raum möchte ich mithilfe eines Parklets erweitern.

Der Frühling steht in den Startlöchern, der Sommer wartet gleich dahinter, und wenn Sie sich dazu entscheiden, mir das Parklet zu geben, garantiere ich, dass dieser Sommer unvergesslich wird.

Ich freue mich, von Ihnen zu hören, und verbleibe mit herzlichen Grüßen!
Alma Matilda Giuliani

1

Alma strich die Tischdecke glatt. Sie strahlte blütenweiß, aber Alma wusste, dass das nicht lange so bleiben würde. Sie wusste nicht, was sie bevorzugte: die makellos eingedeckten Tische oder die Unordnung, die von einem Abend in bester Gesellschaft und mit hervorragendem Essen erzählte.

Von einem lauten Poltern wurde Alma aus ihren Gedanken gerissen. Arlo schob den Servierwagen mit Tellern und Gläsern aus der Küche in den Gastraum, und wie an jedem Vormittag blieb der Wagen an der Schwelle hängen, sodass ihre Chefkellnerin noch mal mit extra Druck anschieben musste. Es hatte sie einige Monate gebraucht, diese besondere Aufgabe zu perfektionieren, doch nun war sie die Einzige, die es schaffte, Geschirr aus der Küche in den Gastraum zu transportieren, ohne dass an dieser Schwelle mindestens ein Teller das Zeitliche segnete.

Arlo kam mitsamt Wagen neben ihrer Chefin zum Stehen und lächelte zufrieden. »Wieder ein Teller mehr, der nicht zu Bruch gegangen ist. Ich glaube, so langsam habe ich meinen Verschleiß aus meinen ersten Monaten wieder ausgeglichen«, lachte Arlo und begann, den Tisch einzudecken. Alma mochte ihre sonore Stimme, die sie immer an einen trocken-samtigen Rioja erinnerte.

Ja, sie verglich die Eigenheiten ihres Umfeldes immer mit Lebensmitteln. Sie konnte nicht anders, Essen und die ganze Kunst davor, dahinter und drum herum bestimmten ihre Arbeit, ihren Alltag, ihr ganzes Sein. Alma war die Leidenschaft für gutes Essen quasi in die Wiege gelegt worden. Kein Wunder, denn ihre Mutter Loretta – in Wesen und Küche waschechte Italienerin – betrieb schon seit Ewigkeiten ein kleines Feinkostgeschäft in Stade. Aufgewachsen war Alma umgeben von Pecorino, Antipasti und Bresaola, doch fürs Studium war sie vom Alten Land nach Hamburg gezogen. Hier kam sie zum ersten Mal mit dem Prinzip rein pflanzlicher Ernährung in Kontakt. Irgendwann fragte sie sich, ob sie die Leibspeisen aus ihrer Kindheit wohl auch vegan nachstellen könnte. Oder zumindest welche erzeugen, die ein vergleichbares Feuerwerk in jeder einzelnen Geschmacksknospe zündeten. Über ihre Selbstversuche startete sie einen Foodblog, der in kürzester Zeit so erfolgreich wurde, dass er Almas Berufsweg damit vorgab. Und auch ihren heimlichen Kindheitstraum vom eigenen Restaurant gar nicht mehr so abwegig erscheinen ließ.

Arlo reichte Alma zwei von den tiefen Pastatellern auf die andere Seite des Tisches. Dienstagmittags gab es keine Bestellung à la carte. Um in ihrem Restaurant das Gefühl eines Streetfoodmarkts aufkommen zu lassen, gab es jede Woche ein neues Thema. Die Servicekräfte schoben Wagen mit den verschiedensten Leckereien durch den Gastraum, und die Gäste konnten sich durch das Angebot probieren. »Oder halt wie ein Büfett ohne Anstehen«, hatte Arlo einmal gewitzelt, als Alma ihr von der Idee erzählt hatte. Doch seit sie sah, wie begeistert ihre Gäste das Dienstagskonzept annahmen, verkniff sie sich jeden weiteren Witz.

Arlo arbeitete fast von Beginn an im *Dear Dairy*, um sich ihr Studium zu finanzieren. Sie begeisterte sich brennend für die Themen Nachhaltigkeit, eine grüne und ressourcenschonende Lebensweise und die eigene Verantwortung der Welt gegenüber – und hatte das Gefühl, ihren eigenen Worten nach, im *Dear Dairy* eine Verbündete gefunden zu haben. Alma hatte es zu Beginn fast vor Arlos Überzeugung gegruselt, und sie hatte befürchtet, von ihrer neuen Servicekraft als Hochstaplerin entlarvt zu werden. Schließlich war dies nur ein Restaurant – und nicht die Schaltzentrale zur Rettung der Welt. Doch Arlos erstklassige Arbeit, ihr feines Gespür ihren Gästen gegenüber und ihr Talent für Service sorgten alsbald dafür, dass Alma jegliche Befürchtungen unter den Tisch fallen ließ. Sollte Arlo doch eines Tages das Licht aufgehen, dass Alma nicht die Jeanne d'Arc war, für die sie sie hielt – sie würde es mit Fassung tragen. Alma hoffte einfach, dass dieser Tag am besten gar nicht, und wenn, dann nicht allzu schnell kam. Auch Arlo schien sich so wohl im *Dear Dairy* zu fühlen, dass sie ihr Studium im vierten Semester pausierte – auf erst mal unbestimmte Zeit. *Denn vielleicht*, hatte sie einmal zu Alma gesagt, *rettet man die Welt besser im Kleinen.*

»Machst du hier fertig?«, fragte Alma eher rhetorisch und eilte in die Küche. Mit dem Aufdrücken der Doppelflügeltür strömte ihr ein verführerischer Duft von Muskatnuss in die Nase. Natürlich sehnte sie den nahenden Frühling ebenso herbei wie jeder andere Mensch in dieser Stadt, aber sie wusste auch, dass sie die deftigen Wintergerichte im Sommer wieder vermissen würde. Das Prinzip, dass ab Mai nur noch Salate und Wassermelone gegessen wurden, konnte sie nicht nachvollziehen.

Das Thema des heutigen Dienstags war Pasta – ein Klassiker, der sich natürlich besonderer Beliebtheit erfreute. Denn Alma produzierte ihre Pasta selber, und auch wenn Loretta das niemals zugeben würde, hatte ihre Tochter es geschafft, ihre Pasta mindestens genauso gut zuzubereiten wie sie selbst – in vegan.

Dass ihre Mutter ihr nicht mal diesen Erfolg zugestehen konnte, zeichnete eigentlich schon ein recht umfassendes Bild ihrer Beziehung. Loretta war *schwierig*, anders konnte Alma es nicht bezeichnen. Auf der anderen Seite war sie die einzige Familie, die sie hatte, denn ihr Vater spielte in ihrem Leben keine Rolle. Der hatte sich verabschiedet, als Alma noch klein war. Und bevor sie ganz ohne Familie dastand, richtete sie sich lieber mit ihrer charakterstarken Mutter ein.

Für heute standen Variationen mit Kürbis und Chili, Grünkohlpesto oder cremiger Wirsingsoße zur Auswahl. Nicht nur führte Alma mit dem *Dear Dairy* ein rein pflanzliches Restaurant, es war ihr auch wichtig, so saisonal und regional wie möglich zu kochen. Dass sie niemals hanseatische Cashewkerne würde verwenden können, war ihr klar. Und auch die eine oder andere obligatorische Avocado fand sich auf ihrer Karte. Aber bei ihren Hauptzutaten legte sie ein großes Augenmerk auf den Saisonkalender. Und dass man im Februar keine Himbeeren essen musste, leuchtete ja auch irgendwie ein. Die schmeckten eh besser, wenn man sie sich auf die Finger stöpseln und gegen das Sonnenlicht halten konnte. Und im Hamburger Februar gab es nun mal ähnlich viel Sonnenlicht wie Himbeeren.

Alma rührte den Topf um, in dem knapp fünfzig Liter Hafersahnesoße mit Wirsing köchelten. Sie warf einen Blick in den Ofen. Der Kürbis röstete vor sich hin und würde sich später mit der Pasta schön cremig vermengen. Das Pesto aus Grünkohl, Knoblauch, Cashews und einem Spritzer Zitrone hatte sie gestern schon angesetzt, damit es heute richtig durchgezogen war. Sie verkniff sich, es ein weiteres Mal zu kosten, sonst würden ihre Gäste am Ende noch leer ausgehen. Denn am Vormittag waren schon zwei volle Löffel in ihrem Magen gelandet.

Nachdem sie sichergestellt hatte, dass alles so köchelte, brutzelte und fusionierte, wie es sollte, verließ sie die Küche wieder, um sich einen Kaffee zu machen. In der Ecke stand sie, ihre La Marzocco Linea. Die Siebträgermaschine hatte sie sich selbst zur Eröffnung geschenkt, dieser Akt der völligen Unvernunft hatte Alma neuntausend Euro gekostet. Aber innerlich bedankte sie sich jeden Tag bei sich selbst, wenn sie die Maschine einschaltete. Sie ließ je zwei Kaffee aus jeder Gruppe laufen, bevor sie die Siebträger erneut unter die Mühle hielt, beobachtete, wie frisch gemahlenes Pulver reinrieselte, es festdrückte und die Träger in die Kaffeemaschine einhakte. Während der Kaffee schwer und zäh aus der Maschine floss, erwärmte sie Hafermilch an einer der beiden Milchdüsen und stellte drei Tassen bereit.

Wie wohl jeder Mensch mit einer Begeisterung für kulinarische Themen und zeitgenössische Ästhetik hatte sich auch Alma kurzzeitig an Latte Art versucht. Aber es wollte ihr einfach nicht gelingen, Kraniche, Blumen oder Herzen in den Milchschaum zu malen. Als sie einem Gast nach einem weiteren missglückten Versuch einmal versehentlich Latte Art in Form eines Penis serviert hatte, hing sie das Projekt an den Nagel und befand, dass ein guter Kaffee eh mit geschlossenen Augen getrunken wurde.

Sie ließ in zwei Tassen je einen einzelnen Espresso und in eine einen doppelten laufen und füllte den verbleibenden Raum mit warmer Milch auf. Eine Tasse stellte sie auf die Theke.

»Für dich«, sagte sie, und Arlo nickte nur, während sie weiter Besteck auf den Tischen verteilte. Alma nahm ihren Mantel vom Garderobenhaken, schlüpfte hinein, schnappte sich den normalen und den extrastarken Cappuccino und verließ das Restaurant. Kaum durch die Tür, schlug ihr die noch frische Morgenluft ins Gesicht. Zwar waren für heute zwölf Grad und Sonne vorhergesagt. Doch morgens um zehn Uhr war davon noch nicht viel zu spüren. Auch die Sonne versteckte sich noch recht verhalten hinter einer lockeren Wolkenkette.

Wird schon noch, dachte Alma, schaute kurz nach links und rechts, bevor sie die Wohlwillstraße überquerte. Auf der anderen Seite stand eine Parkbank, und auf dieser Bank saß Fiete.

»Moin, Fiete«, grüßte sie den älteren Mann, als sie auf ihn zulief. Dieser hatte sich über die drei Plastiktüten neben sich gebeugt und schien die Plastikflaschen zu zählen. Als er seinen Namen hörte, blickte er auf, und Alma konnte inmitten des grauen wilden Haars, das auf seinem Kopf und in seinem Gesicht wuchs, ein herzliches Lächeln ausmachen.

»Alma, meine Liebe, auf die Minute pünktlich. Wie immer.« Er schob die Tüten an den Rand der Bank und rückte nach, sodass Alma neben ihm Platz nehmen konnte. Alma reichte ihm die Tasse mit dem extrastarken Kaffee und lächelte. Sie kam jeden Morgen zu einer anderen Uhrzeit, je nachdem, wie es mit den Vorbereitungen im Restaurant lief. Aber in Fietes Augen war sie immer pünktlich.

Fiete war vermutlich jünger, als er wirkte. Doch er sah verlebt aus. Seine Haare waren grau bis weiß, gleich lang und standen wild in alle Richtungen ab. Almas Blick verweilte aber nie lange bei der Frisur, da seine eisblauen Augen sie sofort für sich einnahmen, eine so hypnotische Wirkung hatten sie. Feine Fältchen zeichneten seine Haut. An denen konnte man ablesen, dass er den Großteil seines Lebens draußen verbracht hatte. Er war groß und schlank und ein bisschen ausgemergelt. Alma konnte überhaupt nicht schätzen oder raten, wie alt er war, denn Fiete sah einfach unendlich alt aus. Auch wusste Alma nicht sehr viel über seine Vergangenheit. Er saß jeden Vormittag auf dieser Bank und machte seine Buchhaltung, wie er es nannte. Fiete war nicht wohnungslos, glücklicherweise. Dennoch stockte er seine augenscheinlich karge Rente mit Flaschensammeln auf. Er nahm das mit Humor und meinte, so würde bei ihm wenigstens keine Langeweile aufkommen. Denn für ihn war nichts so schlimm wie die Vorstellung, den ganzen Tag in einem Ohrensessel vor dem Fernseher zu verbringen.

Fiete hatte schon auf dieser Bank gesessen, bevor das Restaurant eröffnet war und noch mitten im Umbau steckte. Jedes Mal, wenn Alma an seiner Bank vorbeigekommen war, hatte er sie höflich gegrüßt. Alma hatte erst gedacht, dass er sie um etwas Kleingeld anschnorren wollte, aber eine solche Frage war ihm nie über die Lippen gekommen. Fiete war einfach ein höflicher und kommunikativer Mensch. Aus den Grüßen waren bald kurze Gespräche geworden, und irgendwann an einem Vormittag, als sie schon seit einer halben Stunde nebeneinandergesessen hatten, war Alma mit den Worten »Ist ja Quatsch so!« aufgesprungen und verschwunden, nur um ein paar Augenblicke später mit zwei

Kaffeebechern in der Hand zurückzukommen. Damals noch vom Café um die Ecke, da das *Dear Dairy* nach wie vor eine Baustelle gewesen war. Aber so, ganz ohne, dass sie es merkten, hatten Alma und Fiete eine Tradition ins Leben gerufen, die keiner von beiden mehr missen wollte. Inzwischen war es sogar so weit, dass Alma sich fragte, was Fiete wohl montags am Vormittag machte. Denn da hatte das *Dear Dairy* zu, und Alma machte an diesen Tagen Homeoffice, um sich um den lästigen Kram wie Buchhaltung und Umsatzsteuervoranmeldungen zu kümmern. Ein herzhaftes Schlürfen, gefolgt von einem zufriedenen *Ahhhhh* holte Alma zurück in die Gegenwart.

»Na, schmeckt's?«, fragte sie grinsend und nahm selbst einen Schluck.

»Hätte ja nie gedacht, dass ich das mal sagen würde, aber diese Gemüsemilch, die du da reinkippst, schmeckt wirklich.«

Die Gemüsemilch, wie Fiete sie nur noch halb abwertend nannte, war Hafermilch. Am Anfang war er skeptisch gewesen, doch Alma, in ihrer stoischen Art, hatte ihm immer wieder einen Cappuccino mitgebracht. Inzwischen war er ein großer Fan von Hafermilch.

Alma beobachtete, wie Fiete seine Tasse mit beiden Händen an seine Lippen hielt, oder zumindest an die Stelle in seinem haarigen Gesicht, wo Alma seinen Mund vermutete, und sich an der Keramik wärmte. Seine Hände wollten dabei so gar nicht zu seiner restlichen Erscheinung passen. Alma konnte die eine oder andere Narbe am Handrücken ausmachen, natürlich. Aber ihre Hände sahen dank Backöfen und ihrem eigenen Ungeschick um einiges schlimmer aus. Fietes Finger hingegen waren lang und gerade, sie wirkten geradezu elegant. Als wäre der ganze Mann im Nachtleben von St. Pauli aufgewachsen, nur seine Hände hätten derweil eine erstklassige Klavierausbildung im Hamburger Konservatorium genossen.

Ein hellblauer Fiat Panda fuhr an ihnen vorbei, bog rechts in die Brigittenstraße und parkte vor dem leer stehenden Laden direkt neben dem *Dear Dairy*. Irgendwann wollte Alma das *Dear Dairy* erweitern. Vielleicht würde sie aus dem leer stehenden Laden eine Weinbar machen. Aber das war noch Zukunftsmusik. Und da der Laden seit jeher leer stand, machte sie sich keinen Stress, diese Zukunft überstürzt in die Tat umsetzen zu müssen. Denn wenn eine Fläche in St. Pauli so lange unverpachtet war, dann steckte da meist eine olle Immobilieninvestmentspekulation oder ein nicht enden wollender Erbstreit dahinter. Alma hatte also genügend Zeit, das *Dear Dairy* so groß zu machen, dass sie sich einen zweiten Laden leisten konnte. Außerdem kam ihr der Leerstand mehr als entgegen, da sie auf dem Parkplatz direkt vor dem Laden ihr Parklet plante.

Sie sah die Erweiterung ihrer Terrasse im Sommer ganz genau vor sich: Mit schlichten Holzmöbeln und vielen Pflanzen und Blumenkästen auf den beiden Parkplätzen würde sie eine Oase für ihre Gäste schaffen. Und ohne Pächter würde sich auch niemand über die Nutzung der Parkfläche direkt vor der Tür beschweren.

Fiete, der ihrem Blick gefolgt war, stupste sie mit dem Ellbogen leicht in die Seite. »Immer noch nichts von den Parkplatzleuten gehört?«, wollte er wissen, und der hanseatische Singsang schwang in jeder Silbe seiner Frage mit.

»Nee.« Alma schüttelte den Kopf. Sie wusste selbst nicht, was da so lange dauerte, immerhin hatte sie ihre Bewerbung für das Parklet schon vor fast einem Monat abgeschickt. So beschäftigt konnten die Angestellten des Bezirksamts Mitte doch gar nicht sein.

»Wird schon«, sang Fiete und leerte seine Tasse.

»Mhm«, brummte Alma, und Fiete drückte ihr kurz den Unterarm.

»So, dann muss ich aber mal«, sagte er, klatschte sich in deutschester Manier auf die Oberschenkel, bevor er voller Elan aufstand und nach seinen Tüten griff.

»Kommst du nachher vorbei? Ich pack dir eine Portion beiseite«, fragte Alma, die ihren Kaffee ebenfalls geleert hatte und beide Tassen in der Hand hielt.

»Du weißt doch, was ich von so Hasenfutter halte«, lachte Fiete. »Gemüsemilch ist ja das eine. Aber übertreiben muss man es auch nicht.«

Er sagte es mit einem solchen Augenzwinkern in der Stimme, dass Alma gar nicht anders konnte, als einfach zu lachen.

»Es ist Dienstag, Fiete. Heute gibt es Nudeln. Mit Kürbis.«

»Sag ich doch«, lachte Fiete.

»Wir sehen uns später!«, rief sie noch, als sie über die Straße lief. Alma öffnete die Ladentür, und automatisch legte sich ein Schalter in ihrem Kopf um. Ihre kurze Auszeit war vorbei, und die To-do-Liste der noch anstehenden Aufgaben bis zum Mittagsgeschäft rollte sich in ihrem Kopf auf. Arlo hatte die Tische fertig eingedeckt und überprüfte gerade die Getränkebestände. Sie kniete hinter der Bar und hatte die Kühlschubladen aufgezogen.

»Na, hat sich wieder jemand auf dein Parklet gestellt?«, neckte sie ihre Chefin, und Alma streckte ihr die Zunge raus. Klar, das Parklet würde mehr Tische bedeuten und das wiederum mehr Arbeit für Arlo. Aber es wäre auch der Beweis dafür, dass Almas und Arlos harte Arbeit Früchte trug, und es wäre das erste Vorpreschen zu Almas zweiter Fläche, mit der sie auch schon so lange liebäugelte. Wortlos verschwand Alma in der Küche. Dass sie verkopft und ehrgeizig war, war kein Geheimnis. Aber vermutlich konnten weder Fiete noch Arlo nachvollziehen, wie sehr sie dieses Parklet haben wollte. Und sie würde es bekommen.

Von: ah.parklets@bezirksamt-mitte.de
An: info@deardairy.de
Betreff: AW: Parklet St. Pauli

8. März

Sehr geehrte Frau Giuliani,

vielen Dank für Ihre Bewerbung auf ein Parklet im Stadtteil St. Pauli. Leider können wir Ihrem Wunsch nach einer Parkletbeteiligung nicht nachkommen und müssen Ihre Bewerbung daher ablehnen. Zudem möchte ich Sie darum bitten, nächstes Mal die Vorgaben genauestens zu studieren, bevor Sie ein Bewerbungsschreiben verfassen. Das würde Ihnen und mir viel Zeit ersparen.

Grüße
Arthur Hägele
Sachbearbeitung Bezirksamt Mitte

2

»Das ist ja wohl nicht deren Scheißernst!«

Am liebsten hätte Alma den Topf mit der Sanddornkonfitüre, die gemächlich vor sich hin blubberte, durch die gesamte Küche geworfen. Im letzten Moment konnte sie sich aber noch zurückhalten. Das war es nicht wert. Zu lange tüftelte sie dafür schon an diesem Rezept.

Sie wollte eine Pannacotta kreieren, deren Vanillenote ganz wunderbar mit dem säuerlichen Sanddorn kontrastierte. Doch irgendetwas hatte immer gefehlt, wenn Alma dieses Dessert zubereitete – und tat es immer noch. Etwas, das diesem Dessert mehr Tiefe verlieh. Diese geheime Zutat, nach der Alma nun schon seit Monaten forschte, lag ihr förmlich auf der Zunge und ließ sich doch nicht greifen.

In diesem unfertigen Zustand schafften es ihre neuen Kreationen eigentlich nicht auf die Karte. Doch irgendwann waren Alma die Ideen ausgegangen, welches die gesuchte Zutat sein könnte, und sie hatte gehofft, einer ihrer Gäste hätte vielleicht eine Antwort. Jemand mit frischem Kopf und neutralem Gaumen. Also pries sie das Dessert als zehnte Sinfonie an, ein unvollendetes Meisterwerk.

Ihre Gäste, zumindest diejenigen, die regelmäßig ins *Dear Dairy* kamen, wussten um die Besonderheit der Pannacotta mit Sanddorn und waren immer wieder aufs Neue gespannt, ob die Komposition wohl zwischenzeitlich vollendet worden war oder, wenn nicht, welche geschmackliche Richtung Alma wohl diesmal eingeschlagen hatte. Heute hatte sie etwas Lavendel in die Konfitüre gestreut. Ein riskantes Unterfangen, das schnell zu geschmacklicher Seife führen konnte, aber Alma war heute abenteuerlich unterwegs. Seife? Vielleicht würde ja eine Garnitur aus frischem Koriander dem Dessert die gesuchte Note verpassen, falls sich auch Lavendel als Flop herausstellen sollte? Aus diesem Grund hatte Alma ihr Handy von dem Regalbrett genommen, um sich eine Notiz dazu zu machen. So kam es, dass sie die Mail in ihrem Postfach gesehen hatte. Nun wünschte sie sich, sie hätte gar nicht nach ihrem Handy gegriffen. Sie las die Mail noch mal. Und gleich noch mal.

Sie hatten ihre Bewerbung abgelehnt? Viel schlimmer noch: Sie hatten Almas Bewerbung mit einer Standardantwort abgefertigt und dann noch einen frechen Kommentar eingefügt? Sie las die Mail ein weiteres Mal und blieb bei den abschließenden Worten hängen. Arthur Hägele also. Nein, es verwunderte sie überhaupt nicht, dass ein alter, weißer Mann ihre Bewerbung ablehnte. Natürlich konnte Alma nicht wissen, ob es sich bei Arthur Hägele um einen alten, weißen Mann handelte, aber sie war sich sicher. Alles an seinem Namen klang alt und weiß.

Arthur Hägele. Der Name brannte sich in Almas Frontallappen ein. Sie rührte in ihrer Konfitüre, murmelte den Namen des Hamburger Sachbearbeiters vor sich hin – Arthur fucking Hägele – und malträtierte das Fruchtkompott so lange, bis Arlo die Küchentür aufdrückte.

»Ist alles okay?«

»Was?« Erschrocken blickte Alma auf.

»Ob alles okay ist, wollte ich wissen.« Erst jetzt traute sie sich, die Tür gänzlich zu öffnen und ihrem gefärbten Schopf den Rest ihres Körpers in die Küche folgen zu lassen. Arlos Afrolocken waren auf wenige Millimeter rasiert und aktuell lila gefärbt. Die Haarlänge blieb meistens gleich, doch die Farben wechselte sie ungefähr so häufig wie Alma die Rezeptur für die Sanddornkonfitüre. Dieses Mal hatte sich Arlo aber nicht nur auf ihren Kopf beschränkt, sondern auch ihre Augenbrauen in derselben Farbe gefärbt. Arlo, die in Almas Augen die personifizierte Coolness war, sah damit noch eindrucksvoller aus. Wenn die Wut über die Absage verflogen war, würde sie ihr ein Kompliment dafür machen, dachte Alma und setzte das als weiteres To-do auf ihre gedankliche Liste.

»Ach so, ja«, sagte Alma und zog den Topf vom Herd. »Ich habe das Parklet nicht bekommen.«

»Das tut mir leid«, antwortete Arlo und meinte es. Das konnte Alma in ihrer Stimme hören.

»Na ja«, sagte sie, zuckte mit den Schultern und streckte den Rücken durch, »werden wir sehen, ob Arthur fucking Hägele seine Meinung nicht doch noch ändern wird.«

Arlo nahm sich einen Löffel von der Ablage und tauchte ihn in die Sanddornmasse. Alma, die sonst mehr als pedantisch in ihrer Küche war, ließ es geschehen. Arlo hatte so oder so einen Sonderstatus, zudem schätzte sie ihre Meinung sehr. Sie schob sich den Löffel in den Mund, schloss die Augen und nahm sich einen Moment. Dann öffnete sie die Augen.

»Was hast du vor?«, fragte sie dann.

Alma entwich die Luft, die sie vor Spannung angehalten hatte, und sie stemmte die Hände in die Hüften. »Mehr hast du zum Sanddorn nicht zu sagen?«, fragte sie genervt.

»Ist gut«, murmelte Arlo. »Also, was hast du vor?«

»Nichts«, sagte Alma und versuchte, unschuldig auszusehen. Offensichtlich klappte es nur bedingt, denn Arlo zeigte sich kein Stück beeindruckt – oder überzeugt.

»Gib mir einfach nur rechtzeitig Bescheid, falls wir das Restaurant schließen oder uns ins Ausland absetzen müssen.« Damit verließ sie die Küche wieder, und Alma wusste immer noch nicht, was sie wirklich von der aktuellen Sanddornkomposition hielt. Alma überprüfte, ob sie den Herd ausgeschaltet hatte, bevor sie ebenfalls aus der Küche lief.

Aus dieser Perspektive, wenn sie aus der Küche kam, mochte sie den Anblick ihres Restaurants am allermeisten. Zu ihrer Linken begann die lange Theke. Sie ging über die Ecke des Raumes und an der Längsseite bis fast ganz nach vorne zur Front und war wie alle anderen Holzoberflächen aus Eichenholz mit stark strukturiertem Muster. Alma hatte so viele Thekenplätze wie möglich schaffen wollen und dafür auch in Kauf genommen, drei Tische weniger im Gastraum platzieren zu können. Die runden Tische im Gastraum standen relativ wild verteilt. Sie wurden flankiert von Stühlen in Gelb, Orange, Mintgrün und Rosa. Die Stühle aus Kunststoff waren alle unterschiedlich geformt, sodass sie erst in ihrer Summe ein stimmiges Bild ergaben und perfekt mit den metallenen knallorangen Barhockern harmonierten. Rechtsseitig stand die lange Tafel, Almas ganzer Stolz. Sie hatte die Eichenplatte eigenhändig geölt und wiederholte dieses Prozedere alle paar Wochen. So bekam die Tafel eine individuelle Patina, die in einigen Jahren von hoffentlich unvergessenen Abenden im *Dear Dairy* erzählen würde. Während im restlichen Raum die Fliesen weiß und matt waren, glänzten sie an der rechten Wand in Flaschengrün. Darauf prangte in etwa drei Metern Höhe ein großes Neon-LED-Schild mit dem Schriftzug *Dear Dairy*. Natürlich hatte sich dieser Ausschnitt zum Instagram-Hotspot etabliert, aber der Kontrast aus dunkelgrüner Fliesenoptik und neonpinker Leuchtschrift machte auch einfach viel her.

»Arlo«, rief sie in den leeren Gastraum, »du bist mir noch eine Antwort schuldig!« Sie wartete einen Moment, aber Arlo tauchte nicht hinter der Theke auf. Dann konnte sie nur draußen sein, mutmaßte Alma und durchquerte ihren Laden bis zur Tür. Und tatsächlich: Arlo stand vor dem *Dear Dairy* und arrangierte die Trockenblumen, die in einer gigantischen Vase neben dem Eingang thronten.

»Du bist mir noch eine Antwort schuldig«, wiederholte sie ihre Aufforderung von eben. Überrascht zog Arlo die Augenbrauen nach oben.

»Zum Sanddorn«, fügte Alma hinzu, weil Arlo immer noch nichts gesagt hatte. Doch Arlo kam nicht dazu zu antworten, da eine andere Sache die Aufmerksamkeit der beiden auf sich zog. Ein weißer Lieferwagen fuhr im Schritttempo an ihnen vorbei, bog rechts in die Brigittenstraße und hielt auf dem Parkplatz, der doch eigentlich Almas Parklet werden sollte. Der Sprinter setzte in der Parklücke noch ein Stück zurück und riss dabei einen von Almas Stühlen um. Die Terrasse hatte sie erst ein paar Tage zuvor aufgebaut, und natürlich saß da am Abend noch niemand, aber mittags, wenn die Sonne sich blicken ließ, konnte man schon ohne Erfrierungserscheinungen draußen sitzen. Vorausgesetzt natürlich, dass kein Autofahrer in einem Lieferwagen ihre gesamte Terrasse umnietete.

»Siehst du, das passiert, wenn man das als Parkplatz belässt«, knurrte Alma und marschierte auf den weißen Sprinter zu. In dem Moment hörte sie die Tür auf der Fahrerseite schlagen, der Übeltäter war also ausgestiegen. Hinter dem Wagen erschien ein großer Mann mit hellbraunen kurzen Haaren und einem freundlichen Lächeln auf dem Gesicht.

»Oh«, sagte er überrascht, als er den Stuhl sah, der unter seiner Stoßstange eingekeilt war. Er bückte sich, um das Objekt aus seiner misslichen Lage zu retten, die glücklicherweise gar nicht so dramatisch war wie von Alma angenommen. Der Fremde konnte den Stuhl ohne Probleme hervorziehen und überprüfte, ob er noch heile war.

»Nicht verbogen oder kaputt«, sagte er, schaute sich kurz um und entdeckte dann den leeren Platz am Tisch neben ihm, an den der Stuhl gehörte. Er stellte ihn dorthin zurück und wandte sich wieder Alma zu.

»Tut mir sehr leid, das war keine Absicht«, sagte er mit einem entschuldigenden Lächeln auf den Lippen.

»Das wäre ja noch schöner.« Alma klang kalt, doch der Fremde ließ sich davon weder beirren noch beeindrucken. Er machte einen Schritt auf sie zu und reichte ihr die Hand.

»Hi, ich bin Stefan.« Er wartete vergeblich, dass sie seine Hand ergriff, doch Alma hatte die Arme vor der Brust verschränkt.

»Und hast du vor, hier lange zu parken?«, fragte sie stattdessen und schaute zu dem Sprinter. »Wie dir vielleicht auffällt, blockierst du meine halbe Terrasse.«

Zu ihrer Überraschung lachte der Mann auf, und das nicht mal hämisch oder zynisch. »Das tut mir natürlich leid! Junge, Junge, ich komme aus dem Entschuldigen ja gar nicht mehr raus. Das mit dem guten ersten Eindruck hab ich wohl verbockt«, sagte er und grinste Alma so unverhohlen flirtend an, dass sogar sie die Intention mitbekam, obwohl es ihr sonst so schwerfiel, solche Zeichen zu verstehen.

»In der Tat«, versuchte sie, cool zu bleiben. »Also?«

»Ja, äh, wir beeilen uns«, stotterte Stefan, just als die Beifahrertür aufgedrückt wurde und ein weiterer Mann ausstieg. Er war etwas kleiner als Stefan, dafür umso durchtrainierter. Seine Haut war schon jetzt im März so gebräunt, wie Alma mit Glück in einem guten Sommer mit viel Freizeit aussah – also nie –, und mit neidvollem Blick kam ihr der Gedanke, dass sein Anblick wohl das ganze Jahr über so blieb. Der Mann strahlte die pure Gesundheit aus. Er nickte Alma kurz zu, bevor er sich an Stefan wandte.

»Was'n jetzt, Golo? Legen wir mal los?« Erst dann begutachtete er den schmalen Abstand zwischen den Hecktüren des Transporters und Almas Außenbestuhlung. Unbeeindruckt zuckte der Mann mit den Achseln.

»Dann entladen wir eben über die Seitentür.«

Alma blickte verwirrt von dem Neuankömmling zum anderen Mann. »Golo?«, fragte sie. »Entladen?«

Stefan fuhr sich mit der Hand durch die hellbraunen Haare und wirkte, als hätte man ihn bei einem Streich ertappt.

»Golo ist mein Spitzname«, begann er. »Mein Vater wollte mich gerne so nennen, doch meiner Mutter gefiel das nicht, und so bekam ich den Namen Stefan. Aber mein Vater hat Golo einfach als Spitznamen etabliert. Es ist bis heute ein Streitthema bei den beiden. Und na ja, jetzt nennen mich meine Freunde eben so.« Und wieder folgte auf seine Worte dieses direkte Grinsen.

»Okay, *Stefan*, und was genau entladet ihr da jetzt?«

Alma bekam das kaum merkliche Zucken in seinem Gesicht deutlich mit, aber es war ihr egal. Sein Charme mochte bei allen anderen funktionieren, doch an ihr würde er sich die Zähne ausbeißen. Sie kannte diese Charmeure, die dachten, sie könnten sich in das Herz einer Frau lächeln, und so direkt flirteten, dass es eher einer feindlichen Übernahme glich. Sie hatte einmal ihr Herz an so einen Kandidaten verloren. Vermutlich konnte man von Glück sprechen, dass es passiert war, als Alma jung gewesen war. So hatte sie ihre Lektion frühzeitig gelernt. Seitdem konnte sie getrost auf diese Art Mann verzichten – und tat es auch.

Stefans Gesicht nahm eine neutrale Mimik an, und er ging die paar Schritte zur seitlichen Schiebetür des Sprinters. Alma folgte ihm und warf einen Blick ins Innere des Wagens. Zu ihrem persönlichen Schrecken sah das ganz nach einem Umzug aus. In dem Auto stapelten sich Kisten und bizarr aussehende Möbelstücke. Na toll, wenn Stefan hier heute eine Wohnung bezog, dann würde sein Wagen eine ganze Weile da stehen.

»Ich richte hier mein Atelier ein«, sagte Stefan freudestrahlend.

»Ähm, wo jetzt genau?«, fragte Alma, die sich nicht sicher war, ob sie ihn auch richtig verstanden hatte. Und als wäre dieser Tag nicht schon schlimm genug, zeigte Stefan ausgerechnet auf den leeren Laden, der an ihr Restaurant anschloss.

»Nein.« Alma schüttelte den Kopf. Wieder schaute Stefan recht amüsiert.

»Wie, nein?«, fragte er.

»Du kannst da nicht einziehen. Nicht in den Laden.«

»Wieso nicht?«

»Weil der seit Jahren leer steht! Weil da nie jemand einzieht!« Empört warf Alma die Arme in die Luft und stemmte sie anschließend energisch in die Hüften.

Stefan hob eine kleine Kiste aus dem Transporter.

»Na dann schau mir mal dabei zu, wie ich ganz genau das mache«, sagte er und verschwand im Innern des Ladens. Alma war so verdattert, dass sie sich erst mal nicht bewegen konnte. Stefans Freund kam wieder aus dem Laden und griff nach Almas Hand.

»Moin! Sorry, ich hab mich vorhin gar nicht vorgestellt. Aber weißte, wenn Golo einmal ins Schwafeln kommt, dann hört der so schnell nicht wieder auf. Und ich würde heute auch ganz gerne noch fertig werden mit dem Gedöns hier, die Kids warten zu Hause, und ich hatte ihnen eigentlich noch versprochen, auf den Spielplatz zu gehen. Ach so, Santino ist mein Name, aber bitte, nenn mich Santi. Freut mich!«

Er schüttelte Almas Hand. Sie konnte gar nicht richtig reagieren, weil sie noch immer auf den Eingang des nun nicht mehr leeren Ladens starrte. Dann sprang Santi in den Van, um die nächsten Sachen auszuladen.

»Golo, pack mal mit an. Die Werkbank schaff ich alleine nicht«, rief er. Der Angesprochene trat aus dem Eingang und stoppte vor Alma, die mitten im Weg stand. Da sie keine Anzeichen machte, sich zu bewegen – der Schock war nach wie vor zu groß –, packte er sie einfach sanft an den Schultern und schob sie einen Meter nach hinten. Er klopfte ihr mit einer Hand zweimal auf die Schulter, als sei sie ein alter Kumpel, und half Santi, das Ungetüm von Arbeitstisch aus dem Wagen und in den Laden zu verfrachten. Jetzt endlich kehrte auch wieder Leben zurück in Almas Körper, und sie folgte den beiden. Die Männer wuchteten die Werkbank gerade an die Seite des Raumes, der kaum breiter war, als seine Fensterfront erahnen ließ. Überall verteilt standen Kisten, Stefan musste also schon mal hier gewesen sein und einige Dinge vorbeigebracht haben. Wie konnte Alma das nicht mitbekommen haben?

Sie ging ziellos durch den Raum, strich über einige der Kisten und kam vor einer geöffneten zum Stehen. Neugierig warf sie einen Blick in die Kiste – und schreckte eine Sekunde später zurück. Nein. Bitte nicht. Also wirklich bitte alles, nur das nicht.

Sie drehte sich zu Stefan und Santi um, die neben der Werkbank standen und diskutierten, ob man diese nicht noch ein Stück nach links oder rechts verschieben sollte.

»Was für einen Laden machst du denn hier auf?«, fragte Alma. Überrascht drehten sich die beiden um. Offenbar hatte keiner von ihnen mitbekommen, dass Alma reingekommen war.

»Ein Atelier und eine Werkstatt für meine Designs«, antwortete Stefan, und es schwang Stolz in seiner Stimme mit.

»Designs?«, fragte Alma weiter und war bemüht, so gelassen wie möglich zu klingen. Vielleicht hatte sie sich ja auch getäuscht.

»Ja, ich bin Sattler. Oder eben Feintäschner, das klingt irgendwie – ästhetischer.«

Wieder lachte Stefan, doch Alma spürte, wie ihr Herz für einen Moment einfach den Dienst verwehrte und ein paar Etagen nach unten abrutschte.

Erwartungsvoll blickte Stefan sie an. Offensichtlich war er es gewohnt, eine bestimmte Art von Reaktion zu bekommen, nämlich Interesse, Faszination und vielleicht auch Bewunderung. Alma hingegen hatte große Mühe, ihm nicht an die Kehle zu springen und ihn direkt wieder aus dem Laden, der Straße und St. Pauli zu vertreiben.

»Du verarschst mich, oder?«

Stefan und Santi wechselten ein paar ratlose Blicke.

»Äh, nein, eigentlich nicht. Wieso sollte ich?«

Alma gab einen hohen *tz*-Laut von sich und strich sich ungläubig die Haare aus der Stirn. »Weil ich hier nebendran mein Restaurant betreibe. Mein *veganes* Restaurant! Das zufälligerweise das beste vegane Restaurant der Stadt ist. Da kannst du doch nicht deine toten Tiere ins Schaufenster legen. Du ruinierst mein Geschäft!«

Den letzten Satz brüllte sie fast. So laut, dass Santis Augenbrauen erschrocken versuchten, sich am Haaransatz zu verstecken. Und Stefan? Der blickte Alma ganz ungläubig an. Zuerst zuckte sein Kinn. Dann seine Mundwinkel. Und dann schüttelte sich der ganze Kerl aus vor Lachen.

»Oh bitte«, japste er nach einer Weile und stützte sich mit den Händen auf den Oberschenkeln ab. »Kurz dachte ich schon … Aber keine Sorge, wir klauen uns gegenseitig schon nicht die Kundschaft.«

»Natürlich nicht, du vertreibst meine!«

»Ach, i wo«, tat Stefan ihre Sorge ab und unterstrich diese Frechheit auch noch mit einer entsprechenden Handbewegung. Wenigstens Santi war klug genug, um den Mund zu halten. Er hatte wohl verstanden, dass sie gar nicht zum Scherzen aufgelegt war.

»Du musst dir einen anderen Laden suchen«, sagte sie und ballte die Hände zu Fäusten.

»Pardon?« Dass Alma keine Witze machte, war nun wohl auch bei Stefan angekommen.

»Du musst dir einen anderen Laden suchen. Wenn du diesen hier gefunden hast, findest du auch einen anderen. Ich bin mit dem *Dear Dairy* seit Jahren hier, ich kann nicht umziehen. Aber für dich macht es ja keinen Unterschied, ob du nun hier oder in Eppendorf oder in der Rindermarkthalle verkaufst.«

»Tut mir leid, das geht nicht«, antwortete Stefan.

»Du solltest dir gut überlegen, ob das nicht doch geht«, antwortete sie gepresst.

»Wieso? Drohst du mir etwa?«

»Worauf du einen lassen kannst«, flüsterte sie. »Bleib nur hier, wenn du denkst, das sei eine gute Idee. Aber ich verspreche dir, ich werde dir das Leben so zur Hölle machen, dass du dir wünschst, du hättest meinen Vorschlag heute angenommen.«

Ein ebenso diabolisches wie siegessicheres Grinsen umspielte ihre Lippen, und nun war sie es, die Stefan aufmunternd die Schulter tätschelte. Dann verließ sie ohne ein weiteres Wort den Laden.

3

»Was war das denn?«, fragte Santi und klang äußerst amüsiert. Golo konnte es ihm nicht verdenken. Auch an ihm war diese Begegnung nicht spurlos vorbeigegangen. Und obwohl die Frau wirklich alles dafür getan hatte, ihn abzuschrecken, war er … hingerissen. Zugegeben, Golo war ein impulsiver Typ und verschenkte sein Herz schnell mal an Momentaufnahmen. Daher hatte er sich schon öfter die Finger verbrannt. Aber das eben? Diese Frau war ein Tornado. Ihre Leidenschaft für ihr Restaurant hatte ihn überrollt – und Golo hatte rein gar nichts dagegen. Und er war sich sicher, dass seine Lederwaren kein richtiges Hindernis darstellen würden.

Er machte ein paar schnelle Schritte nach draußen und warf einen vorsichtigen Blick nach links. Aber die Terrasse des Restaurants lag leer vor ihm. Wie hieß es doch gleich? Er würde später einen Blick auf den Eingang werfen. Dieser neue Lebensabschnitt versprach, auf mehr als nur der beruflichen Ebene interessant zu werden, dachte Golo, als er zwei Kisten aufeinanderstapelte und in sein Atelier trug. Santi schien seine Gedanken gehört zu haben, denn er griff dasselbe Thema auf.

»Meinst du, die ist immer so?«, fragte er, und ernsthafte Besorgnis schwang in seiner Stimme mit.

Golo schüttelte amüsiert den Kopf. »Ich hoffe es.« Er zwinkerte. »Aber nein, eigentlich kann ich mir das nicht vorstellen. Ich bin mir sicher, wir haben sie vorhin einfach auf dem falschen Fuß erwischt.«

»Na, du wirst es schon rausfinden. Gib mir auf jeden Fall Bescheid, falls diese kleine Fehde bestehen bleibt, dann komme ich mit meinem Campingstuhl und meinen Karottensticks und schau mir das Theater aus der ersten Reihe an.«

Golo lachte, als er zwei weitere Kisten aus dem Sprinter holte. Santi war Fitnessinfluencer und betrieb sein eigenes Gym in Rotherbaum. Hinter dieser vermeintlichen Oberflächlichkeit verbarg sich aber erstaunlich viel Tiefgang, den Golo ihm eingangs nicht zugetraut hatte, als seine beste Freundin Toni Santi plötzlich angeschleppt und als ihren neuen Freund vorgestellt hatte. Sie hatten alle drei an der Humboldt-Uni in Berlin studiert, doch aufgrund verschiedener Studiengänge hatten sich ihre Wege erst im Laufe des Studiums gekreuzt. Es hatte nicht lange gedauert, und Santi hatte Toni die Position als Golos beste Freundin – oder eben nun bester Freund – streitig gemacht. Da die beiden aber eh seit jeher unzertrennlich waren, einigte man sich darauf, sich den Platz einfach zu teilen. Während Golo für seinen Master erst an die berühmte Businessschool nach Lissabon gegangen und dann nach Berlin zurückgekehrt war, hatte es Toni wieder zurück in die Heimat Hamburg verschlagen, und Santi war mitgekommen. Wieder in einer Stadt mit seinen besten Freunden zu leben, war vielleicht das größte Geschenk, das dieser neue Lebensabschnitt ihm bot.

Santi befreite einen Werkstuhl von Luftpolsterfolie. Er versuchte es zumindest, denn schnell verlor er sich darin, die kleinen runden Blasen so fest zwischen Daumen und Zeigefinger zusammenzudrücken, dass die mit einem leisen Knall platzten. »Mein Gefühl sagt mir ja, dass diese Köchin dafür sorgen wird, dass es hier nicht unspannend wird.«

»*Nicht unspannend*«, wiederholte Golo und schüttelte den Kopf. »Komplizierter kann man es wohl nicht ausdrücken.«

Doch Santi ließ unbeeindruckt weiter kleine Luftpolster platzen.

Golo hatte in den vergangenen Monaten sein Leben einmal von rechts auf links gedreht. Natürlich nicht auf einen Schlag, und auch heute konnte er nicht sagen, in welchem Moment er den Entschluss gefasst hatte, dass sich etwas ändern musste. Vermutlich war es der Sattlerkurs gewesen, den er als Ausgleich zu seinem sonst nur von Arbeit geprägten Leben gemacht hatte. Vielleicht war es schon davor passiert, in der einen Sitzung, als seine Therapeutin meinte, er bräuchte einen Ausgleich zu seinem Job. Vielleicht war es der Burnout gewesen, dem er gerade so noch mal entgangen war, woraufhin er eine Therapie begann. Diesen Faden konnte man vermutlich noch weiter verfolgen. Wo auch immer der Anfang lag, er hatte dazu geführt, dass Golo seine Anteile des Start-ups, in das er in den vergangenen Jahren all seine Lebenszeit gesteckt hatte, verkauft hatte. Das war eine wichtige Entscheidung gewesen. Und dann hatte er auch noch die Ladenfläche mit dazugehöriger Wohnung, die ein Stockwerk darüber lag, in St. Pauli von seinem Onkel geerbt. Es folgte eine weitere Entscheidung, nun also auch Berlin den Rücken zu kehren und sein altes Leben nicht nur gänzlich hinter sich zu lassen, sondern auch den einen oder anderen Kilometer dazwischen zu bringen.

Ein lautes Kreischen riss Golo aus seinen Überlegungen und Santi aus dem meditativen Zustand, den er der Luftpolsterfolie zu verdanken hatte. Ein kleines Wesen mit schwarzen Locken auf dem Kopf stolperte die paar Stufen in den Laden hinab, machte eine erstklassige Bruchlandung, ließ sich davon aber nicht beirren, rappelte sich wieder auf und kam mit ebenso ungeschickten wie schnellen Schritten auf Santi zugestürmt.

»Hi, Baby«, jauchzte dieser, ging in die Hocke und breitete die Arme aus, sodass Sheila, seine dreijährige Tochter, jetzt sicher und weich auf ihm landen konnte. Wobei ihr die Begegnungen mit Böden, Wänden, Türen, Stangen und Ähnlichem nicht so viel ausmachten wie ihren Eltern, die fast allabendlich überlegten, ob sie ihr nicht einen Helm aufziehen sollten. Und Knieschoner. Vielleicht auch welche für die Ellbogen und Handgelenke. Oder sie gleich in eine Art Ganzkörper-Airbag stecken?

Sheila machte keinerlei Anstalten abzubremsen, bevor sie ihrem Vater in die Arme rauschte, und riss ihn fast zu Boden, als sie gegen ihn krachte. Man hielt es nicht für möglich, aber die physikalischen Kräfte von Masse mal Bewegung, die von diesem kleinen Wesen ausgingen, waren fast übermenschlich.

»Ist noch alles an ihr dran?«, fragte Toni, die gerade den Laden hinter ihrer Tochter betrat.

»Ja, alles gut«, rief Santi zurück, nicht ohne den Kopf seiner Kleinen nochmals unauffällig abzutasten. Golo stand am Eingang und begrüßte Toni. Auf dem einen Arm trug sie ihren Sohn Diego, auf dem anderen eine große Tasche und im Gesicht den Ausdruck einer geübten Mutter, der sich irgendwo zwischen Besorgnis und Resignation befand.

Sheila war hinreißend. Was sollte man auch sonst erwarten, wenn man ihre Eltern betrachtete? Die Gene ihres Vaters waren irgendwo bei Enrique Iglesias und Antonio Banderas zu verorten, und ihre Mutter war groß, blond und sah zart aus. Sheila hatte die blauen Augen ihrer Mutter und den langen, dunklen Wimpernkranz ihres Vaters geerbt, dunkle Locken auf dem Kopf, und Golo hatte schon das eine oder andere Mal überprüft, ob sie nicht doch aus Zucker war. Aber Sheila war nichts für schwache Nerven. Offensichtlich kannte sie weder Schmerz noch Angst oder Vorsicht. Als Toni vor etwas über einem Jahr herausgefunden hatte, dass sie zum zweiten Mal schwanger war, hatte sie einen Nervenzusammenbruch vom Feinsten gehabt. »Eine zweite Sheila pack ich einfach nicht«, hatte sie unter Tränen gesagt, und Santi hatte sie getröstet – und ihr im Stillen zugestimmt.

Einige Monate später kam Diego zur Welt. Der Kleine war nun neun Monate alt, und immer noch überprüften seine Eltern regelmäßig, ob er atmete, da er so ruhig war wie Sheila nicht mal im Schlaf. So richtig traute aber keiner dem Frieden, weshalb Toni und Santi und auch Golo fast schon auf heißen Kohlen saßen und darauf warteten, dass Diego sich die liebliche Maske vom Gesicht zog und brüllte: »Haha, reingefallen, ihr Trottel – und jetzt Randale!«

Toni drückte Golo ihren Sohn in die Hand und ließ sich zielsicher auf dem Werkstuhl nieder. Ihr entfuhr ein langer Seufzer. Sie nahm ihre Tasche auf den Schoß, wühlte kurz darin herum und zog schließlich einen kleinen Spiegel hervor. Mit wenigen Handgriffen fing sie ein paar Strähnen ein, die aus der Reihe tanzten, und steckte sie an den für sie vorgesehenen Platz.

»So, was habe ich verpasst?«, fragte sie dann und blickte die beiden Männer erwartungsvoll an. Santi, der Sheila gerade davon abhielt, die Werkzeuge aus einer Kiste zu ziehen, schmunzelte.

»Ach nichts, nur einen Tornado in der Windstärke Sheila«, antwortete er. Beim Klang ihres Namens drehte die Kleine augenblicklich den Kopf und ließ den Hammer fallen, den sie gerade zu greifen bekommen hatte. Er landete auf ihrem Fuß, was sie aber gar nicht zu registrieren schien.

»Sheila?«, fragte sie und zeigte mit dem Finger auf sich.

»Ja, nein, nicht du, Schätzchen.« Santi tätschelte ihr den Kopf und zog den Hammer von ihrem Schuh. Es wäre eine Lüge zu behaupten, Toni und Santi hätten nicht auch schon mal nach Schuhen mit Stahlkappen für Kleinkinder gegoogelt.

»Mpfh«, brummte Sheila, als sie begriff, dass sie keine Aufmerksamkeit abgreifen würde, und widmete sich wieder der Kiste vor ihr.

»Na, Golo, erzähl doch mal von deiner neuen Bekanntschaft mit der Frau vom Restaurant nebenan«, neckte Santi seinen Kumpel.

»Ein Restaurant?« Neugierig streckte Toni den Hals.

»Ja, hier direkt nebenan. Sind dir die Tische und Stühle nicht aufgefallen?«

Schon beim Aussprechen der Worte wusste Golo, dass das eine dumme Antwort gewesen war. Denn mit einer Sheila im Gepäck konnte man gar nicht mitbekommen, was links und rechts um einen so passierte. Der Blick, den Toni ihm zuwarf, bestätigte das. Beschwichtigend riss Golo die Arme hoch.

»Es tut mir leid! Das war idio… unüberlegt!« Vor der Kleinen jetzt noch mit klassischen Schimpfwörtern um sich zu werfen, die sie sich natürlich merken würde, hätte nicht gerade zu Tonis Beschwichtigung geführt. »Jedenfalls ist nebenan ein Restaurant. Wohl ein veganes, aber was genau sie da servieren, das weiß ich nicht.«

»Finden wir es raus«, sagte Toni und sprang überraschend energisch von ihrem Stuhl auf. Eine Sekunde später war sie aus dem Laden verschwunden. Golo drehte sich zu Santi.

»So wirklich wundert ihr euch nicht, woher S-H-E-I-L-A diese Energie hat, oder?«

Santi grinste, schüttelte den Kopf und strich Sheila über die Locken. Ein Kreischen beendete den Moment abrupt. Toni kam jubelnd zurück in den Laden gesprintet.

»Oh mein Gott, oh mein Gott, oh mein Gott!« Sie tanzte auf der Stelle, ließ sich zurück auf den Werkstuhl fallen und strahlte Golo und Santi an.

»Irgend so ein Restaurant, mh?«, fragte sie spöttisch. Dieses Mal machte sie sich nicht die Mühe, ihre Haare zu richten. Offensichtlich war das eben von ihr Entdeckte wichtiger. Und das sollte was heißen. Denn auch Toni verdiente ihr Geld online – als Influencerin für Ernährung und Lifestyle und seit Sheilas Geburt auch vermehrt mit Mutter- und Elternthemen. Sie war schon immer eitel gewesen, aber nun war ihr Äußeres zudem ihr Kapital geworden. Natürlich glaubte niemand daran, dass im Alltag mit zwei kleinen Kindern alles perfekt lief. Und das wollte Toni ihrer Followerschaft auch gar nicht mehr verkaufen. Aber wenn die Bude schon in Flammen stand, war es dennoch wichtig und rentabel, wenn Toni adrett dabei aussah.

Santi und Golo schauten sie recht ratlos an.

»Direkt nebenan ist ja wohl *das* Restaurant! Sagt bloß, ihr kennt das *Dear Dairy* nicht?«

Synchron schüttelten die Männer ihre Köpfe.

»Gut, dann gehen wir da essen. Jetzt!«

Golo zuckte zusammen, als hätte er einen Hieb bekommen. »Ich glaube nicht, dass das eine besonders gute Idee ist.«

»Und wieso nicht?«, fragte sie und durchbohrte ihn mit ihrem Blick.

»Ähm. Also, weil …« Es gab nicht viele Leute, die Golo ins Stammeln brachten. Aber Toni war definitiv eine davon. Schon bei ihrer ersten Begegnung hatte Toni ihn völlig aus der Spur gehauen. Golo hatte sich in der Schlange der Uni-Cafeteria vordrängeln wollen, denn er hatte ja *nur fix noch einen Nachtisch holen* wollen und war mit dieser Aussage und seinem charmanten Grinsen auch vorangekommen – bis er an Toni geraten war. Er hatte gedacht, er hätte leichtes Spiel, als er die sportliche und äußerst attraktive Blondine vor sich gesehen hatte. Als sie ihn auch noch strahlend angelächelt hatte, hatte er sich schon in Sicherheit gewähnt. Bis sie ihm präzise aufgezeichnet hatte, in welchem Ausmaß er das letzte Arschloch war, das diese Mensa am heutigen Tag betreten hatte. Eben weil er *nur ganz schnell* an allen vorbeigehen wollte und sich dabei einredete, sich gar nicht so asozial zu verhalten wie Leute, die sich vordrängelten und den Unmut der anderen ignorierten. Als Golo versucht hatte, sich zu verteidigen, hatte Toni ihn nur herablassend angelächelt, und die anderen Studierenden um sie herum hatten erst gar nicht versucht, so zu tun, als hätten sie den Zwischenfall nicht mitbekommen, und laut gejohlt. Golo hatte sich geschlagen an seinen Tisch zurückgezogen. Was er nicht gewusst hatte, war, dass Toni ihn genau beobachtet hatte. Sie hatte erwartet, dass er sich nun über die »blöde

Tussi« auslassen würde, das war ihr schon häufiger passiert. Doch Golo hatte seine Schmach eingesehen, einmal hatte er sogar zu ihr rübergeblickt, und ein schiefes Grinsen hatte sich auf seinem Gesicht abgezeichnet. Sie hatte sich ihren Teller von der Durchreiche geschnappt sowie zwei Schalen Dessert und sich nach dem Bezahlen wie selbstverständlich zu Golo an den Tisch gesetzt.

»So«, hatte sie gesagt, »dann können wir ja jetzt von vorne anfangen. Ich bin Toni.« Sie hatte ihm eine der beiden Nachtische vor die Nase gestellt, und der Rest war Geschichte.

Jetzt war es Santi, der ihn aus seinen Gedanken riss. »Weil Golo es sich gerade mit der Besitzerin des Restaurants verscherzt hat. Vermutlich auf Lebenszeit.«

Toni riss die Augen auf. »Du hast Alma kennengelernt?«

»Wenn das ihr Name ist. Du kennst sie?«, fragte Golo überrascht.

»Tz«, sagte Toni. »Wer kennt sie nicht? Sie hat ja nur seit Jahren den besten Foodblog der Welt!«

»Ahaaaaa«, machte Golo.

»Du hast dir also ausgerechnet die coolste Frau der Welt zum Feind gemacht, ja? An deinem ersten Tag? Das ging ja fix.«

»Hey, hey, hey, jetzt mal langsam!«, wehrte Golo ab. »Woher willst du wissen, ob sie cool ist?«

»Jemand, der so kocht, kann nur cool sein«, sagte Toni in diesem Ton, der kein Gegenargument zuließ.

»Bullshit«, murmelte Golo. Aber so leise, dass ihn wirklich niemand hören konnte – weder Toni noch Sheila.

»Jedenfalls«, griff Santi die Unterhaltung auf, »können wir da jetzt nicht essen gehen.« Er warf einen schnellen

Blick auf die Uhr. »Nachmittags haben sie sicher geschlossen.«

»Ich bin sowieso nicht passend gekleidet«, sagte Toni und lächelte. Es herrschte also wieder Frieden.

»Hunger habe ich aber schon«, bemerkte Golo, dessen Magen augenblicklich einem schwarzen Loch glich.

»Wollen wir nicht erst den Sprinter leeren?«, wandte Santi ein. »Sonst steht er später vermutlich noch in Flammen.«

An den ironischen Ton würde sich Golo wohl gewöhnen müssen. Und das Grinsen, das Toni so vergeblich zu unterdrücken versuchte, machte ihm klar, dass er die Müllers, wie ihr ganz und gar unprätentiöser Nachname lautete, geschlossen gegen sich hatte. Drohend hob er den Zeigefinger.

»Passt bloß auf, ihr zwei!«, sagte er lächelnd. »Oder ich zünde hier gleich die E-I-S-Bombe.« Er warf einen warnenden Blick auf Sheila, die für einen Moment aufhorchte. Mit einem Satz waren Santi und Toni aufgesprungen. Ach ja, lachte Golo innerlich, er liebte es, wenn er ihre Kinder gegen sie ausspielen konnte. Mit drei schnellen Handgriffen räumten sie die restlichen Sachen aus dem Sprinter. Golo schloss die Ladentür ab und ging als Letzter die paar Stufen hinauf. Er blickte noch mal nach links, wo die Terrasse des Restaurants begann. Von hier konnte er leider nicht ins Innere sehen, aber das war nicht schlimm. Er machte auch so Fortschritte: Alma war also ihr Name.

Von: info@deardairy.de
An: ah.parklets@bezirksamt-mitte.de
Betreff: RE: AW: Parklet St. Pauli

8. März

Sehr geehrter Herr Hägele,

wie viel Zeit soll Ihnen denn noch erspart werden? Sollten Sie nicht eigentlich froh sein, etwas zu tun zu bekommen und nicht nur Dokumente abheftend die Zeit totschlagen zu müssen? Denn viel mehr passiert auf dem Bezirksamt Mitte ja nicht. Ans Telefon zu gehen gehört ganz offensichtlich nicht zu Ihrem Aufgabenbereich, sonst hätte ja irgendjemand einen meiner Anrufe entgegengenommen. Es ist nämlich äußerst bedauerlich, dass der gemeinschaftliche Aspekt meiner Bewerbung nicht bei Ihnen angekommen ist. Sie würden es sicher verstehen, wenn Sie mein Restaurant und die Nachbarschaft hier kennen würden. Ich schlage vor, Sie kommen mal vorbei und machen sich einen eigenen Eindruck. Tut sicher gut, der verstaubten Realität zwischen Ordnerrücken und Windows 96 zu entkommen.
Ich denke, ich habe ausführlich und nachvollziehbar aufgezeigt, weshalb ich meine Bewerbung nicht zurückziehen werde. Es kann sich hier nur um ein Missverständnis handeln. Ich sehe mich also weiter im Bewerbungsprozess um das Parklet.

Grüße
Alma Matilda Giuliani

4

Du weißt, dass bei mir immer ein Stuhl für dich frei ist. Komm rum!

Alma löste die Knöpfe ihrer Kochjacke, streifte sie ab und seufzte erleichtert, als sie die WhatsApp-Nachricht ihrer Freundin las. Auf Hatun war einfach Verlass! Der schlimmste Dienstag seit Langem war nun zwei Tage her, aber er lag ihr immer noch wie ein Stein im Magen. Und da konnte nur eine helfen: ihre beste Freundin Hatun, deren Friseursalon praktischerweise nur wenige Gehminuten entfernt lag. Mit den Vorbereitungen am Morgen und den eh stressigen Stunden während der Mittagszeit konnte sich Alma noch gut mit ihrer Arbeit ablenken. Aber als sie jetzt alleine in der Küche stand und putzte, ließen sich die Ereignisse des Dienstags nicht mehr so erfolgreich verdrängen. Sie griff nach der Schüssel, in der sie die Reste der Mittagskarte zusammengeworfen hatte. Fietes Mittagessen hatte sie vorhin schon rausgebracht, ihm kurz dabei zugeschaut, wie er auf seiner Bank das Gesicht der Sonne entgegenstreckte und jeden Strahl einzeln aufzufangen schien, während er einen Löffel des Risottos aß. Heute verzog er nur kaum merklich das Gesicht. Immerhin. Auch wenn sie es besser wusste, packte sie zwei Gabeln ein und verließ die Küche.

Hatun war ähnlich begeistert von veganer Küche wie Fiete, und Alma dachte nicht zum ersten Mal, dass sie sich vielleicht auch privat eher mal mit Leuten umgeben sollte, die nicht so aktiv etwas an ihren Kochkünsten auszusetzen hatten oder sie auch nur ansatzweise zu schätzen wüssten. Schließlich war sie Köchin, und dazu noch eine richtig gute!

Als sie wenige Minuten später den Friseursalon betrat, wusch Hatun gerade einer älteren Dame die Haare und hatte diese, den leisen Schnarchgeräuschen nach zu urteilen, mit einer Kopfmassage in einen späten Mittagsschlaf geschickt.

»Hey, meine Liebe«, begrüßte sie Alma, sobald diese die Tür aufdrückte. Wie immer bedachte sie ihre Freundin mit einem enttäuschten bis besorgten Blick. Klar, als Friseurin war es wichtig, auf eine gewisse Art *vorzeigbar* zu sein. Hatun war aber auch privat ziemlich eitel. »Machen wir uns nichts vor«, hatte sie einmal gesagt, »wäre Tussi nicht so ein ätzendes Wort, würde ich mich als genau das bezeichnen: eine Tussi. Zumindest was die Schale angeht. Denn ich habe auch einiges hier.« Sie hatte auf ihren Kopf und ihr Herz gezeigt, und Alma konnte dem nur zustimmen.

Leider wurde Hatun auch nie müde zu erwähnen, dass Almas Äußeres ihr fast körperliche Schmerzen bereitete. Klar, der optische Unterschied zwischen ihnen hätte wohl kaum größer sein können. Hatun hatte lange, fast schwarze Haare, die sie aufwendig glättete, um ihren Naturwellen entgegenzuwirken. Man sah ihrem Haar an, dass es wohl ebenso verwöhnt wurde wie sonst nur Hunde von kinderlosen Mittdreißigern. Mit Make-up war sie in der Lage, mehr Looks auf ihrem Gesicht zu kreieren als Alma Gerichte mit Kichererbsen. Von einem so dezenten Look, das man sich nicht sicher war, ob sie überhaupt geschminkt war, bis zu aufregend schwarz geschminkten Augen und dramatischem Lippenstift – Hatun konnte alles. Ihr Kleiderschrank bewegte sich auf der Farbskala zwischen Schwarz und Glitzer. Wenn sie abends ausging und Alma Selfies vor einem Ganzkörperspiegel schickte, trug sie immer ein Kleid oder Top oder Rock mit Glitzer und High Heels, mit denen Alma sich schon beim Anziehen den Knöchel brechen würde. Im Sitzen.

Alma hingegen ließ ihre braunen, halblangen Haare meistens lufttrocknen. Eine richtige Frisur hatte sie nicht, es war ihr nur wichtig, dass sie die Haare in einem Zopf tragen konnte, damit sie in der Küche nicht störten. Schminken tat sie sich im Alltag auch nicht, denn auch ein leichtes Make-up würde der Küche sofort zum Opfer fallen. Wieso sollte sie morgens extra früher aufstehen, wenn sie doch eh schon so wenig Schlaf bekam, um Zeit in etwas zu investieren, das sich nicht lohnte? Und Kleidung? Na ja, da griff Alma nach irgendwas, das im Laufe des Tages fleckig werden konnte. Und seien das nur Schweißflecken unter den Armen.

»Alma, wirklich …«, setzte Hatun nun an, während sie Alma beäugte, doch diese ignorierte sie einfach, nickte der schlafenden Frau im Waschbecken zur Begrüßung zu – eine Geste, die völlig unsinnig war, wie ihr klar wurde – und ließ sich auf dem freien Frisierstuhl links neben Hatun nieder. Sie platzierte die Schüssel auf ihrem Schoß und streckte Hatun eine Gabel hin. Die schüttelte den Kopf und deutete mit einer Geste auf den Tresen. Darauf stand eine geöffnete weiße Styroporverpackung mit deutlichen Spuren von Currywurst mit Pommes. Hatun war also wieder mal bei der *Kleinen Pause* gewesen. An sich war nichts gegen die *Kleine*

Pause zu sagen. Sie hatte jedem schon mal das Leben gerettet, nachts um vier Uhr, wenn einen nur noch Pommes vor der sicheren Alkoholvergiftung bewahren konnten. Und auch tagsüber musste man sich überhaupt nicht schämen, in diesem Etablissement zu speisen. Aber wenn man sich täglich seine Mahlzeiten dort holte, wie Hatun das nun mal tat, dann musste man sich irgendwann doch Sorgen um die eigenen Blutwerte machen. Oder Freunde wie Alma haben, die das Sichsorgen übernahmen. Doch sie verkniff sich jeglichen Kommentar.

Hatun tat das hingegen nicht. »Weißt du, Alma, wenn du nur ein bisschen …«, setzte sie an, doch Alma hob sofort die Hand.

»Du klingst wie meine Mutter«, sagte sie trocken. Hatun zuckte unbeteiligt die Schultern.

»Deine Mama ist 'ne kluge Frau«, antwortete sie. »Du hast einen Fleck auf dem Shirt«, setzte sie mit gerümpfter Nase hinzu. Alma blickte an sich runter, und tatsächlich hatte eine Tomate auf Höhe ihrer Brust ihr Autogramm hinterlassen. Wie sie das trotz Kochjacke immer wieder schaffte, war ihr ein Rätsel. Sie leckte sich den Daumen, um wider besseres Wissen die roten Farbpartikel noch weiter ins Gewebe zu reiben.

»Hatun, du weißt doch, dass ich mit Mascara in der Küche nicht viel anfangen kann.«

»Es geht ja auch nicht um Wimperntusche oder Rouge. Oder saubere Kleidung.« Ihr Unterton war nicht zu überhören.

»Sondern?«, fragte Alma.

»Darum, dass du dich nicht fühlst. Du hast dich vor lauter Arbeit völlig aus dem Blick verloren!«

»Entschuldigung?« Alma hatte zwar keine Ahnung, wovon ihre Freundin da sprach. Aber es klang wie ein Vorwurf, also reagierte sie entsprechend darauf – nämlich dezent erzürnt.

Doch das ließ Hatun völlig kalt. »Ja, ist doch wahr.«

Hatun war der ehrlichste Mensch, den Alma kannte. Sie schätzte diese Eigenschaft sehr, außer wenn sie sie am eigenen Leib erfahren musste. »Du bist nur noch Arbeit. Du scheinst aus nichts anderem mehr zu bestehen.«

»Ach, bist du jetzt etwa Molekularbiologin?«, fragte Alma schnippisch. Sie hatte zwar immer noch keine Ahnung, worum es Hatun eigentlich ging, aber sie wusste, dass sie überhaupt keine Lust auf dieses Gespräch hatte.

Das schien nun auch bei Hatun angekommen zu sein. Sie schlug einen versöhnlicheren Ton an. »Tut mir leid, Alma. Ich mach mir doch nur …«

»Wenn du jetzt *Sorgen* sagst, dann geh ich. Auf der Stelle. Und das wäre schade, denn eigentlich bin ich gekommen, um mich auszukotzen.«

Hatun, die inzwischen den Kopf ihrer Kundin in ein Handtuch wickelte, was diese auch nicht zum Aufwachen brachte, blickte auf.

»Warum sagst du das denn nicht gleich?«, rief sie erfreut.

Weil du mich nicht zu Wort kommen lässt, dachte Alma liebevoll, verkniff es sich aber, den Hieb laut zu äußern. Stattdessen schob sie sich eine extravolle Gabel in den Mund, um Hatun jetzt, da sie ihre volle Aufmerksamkeit hatte – und zwar so, wie sie das auch wollte –, warten zu lassen.

»Also, was ist passiert?«, hakte Hatun nach, als Alma sich erlaubte, eine zweite Portion Salat direkt hinterherzuschieben.

Alma kaute zu Ende, schluckte und seufzte. »Die Stadt will mir das Parklet nicht geben.«

»Was? Wieso das denn?«, entfuhr es Hatun so laut, dass ihre Kundin zusammenzuckte und die Augen öffnete. »Ah, Frau Meyer«, flötete sie nun und rubbelte ihre Haare mit dem Handtuch trocken. »Wie immer?«

Die angesprochene Frau Meyer nickte nur, schmatzte kurz und schloss dann wieder die Augen.

Sie kam wöchentlich in Hatuns Laden, um sich die kurzen weiß-silbernen Haare waschen und föhnen zu lassen. Der revitalisierende Mittagsschlaf gehörte dabei fest zum Ritual. Hatun schob das mobile Waschbecken beiseite, stellte sich direkt hinter den Stuhl, auf dem Frau Meyer saß, und begann, das dünne Haar zu bürsten. Ihre Bewegungen liefen mechanisch, und ihre Aufmerksamkeit gehörte wieder Alma. »Wieso haben sie abgelehnt?«, griff sie das Thema wieder auf.

»Wenn ich das wüsste. Der Typ vom Amt hat mir eine total beschissene Mail geschrieben. Ich glaube, er hat seinen persönlichen Frust an mir ausgelassen.«

»Wie kommst du denn dadrauf?«

»Er meinte, wenn ich mir die Vorgaben mal angeschaut hätte, hätte ich die Bewerbung gar nicht erst geschickt und ihm seine wertvolle Zeit nicht gestohlen. Richtig schnippisch!«

»Hä? Was ist dem denn über die Leber gelaufen?«

»Dreißig Jahre Beamtenlaufbahn?«, mutmaßte Alma, und Hatun musste lachen.

»Kann man ihm vermutlich auch nicht verdenken. Welche Vorgaben meinte er denn?«

»Ach, irgendwas mit gewerblicher Nutzung. Aber das habe ich ja gar nicht vor!«

»Wolltest du nicht deine Terrasse auf dem Parklet erweitern?«, fragte Hatun vorsichtig nach.

»Aber doch nicht, um damit Kohle zu scheffeln! Das *Dear Dairy* ist ein Ort der Begegnung! Miteinander, mit anderen, mit neuen Genüssen, schönen Momenten und besonderen Freuden!«

»Das mag ja sein. Dennoch würdest du mit den zusätzlichen Plätzen zusätzliches Geld verdienen. Oder hattest du vor, die Gäste auf dem Parklet umsonst speisen zu lassen?«

Hatte Alma schon erwähnt, dass sie Hatuns Direktheit manchmal hasste?

»Aber es geht doch nicht um die Einnahmen. Sondern darum, etwas Besonderes zu schaffen. Etwas Vergängliches, nur einen Sommer lang. Verstehst du nicht? Ich könnte dort Erinnerungen schaffen, an die meine Gäste auch in einigen Jahren noch ganz verzückt denken, weil es so *magisch* war.«

Hatun griff nach dem Föhn und einer kleinen Rundbürste und begann, Frau Meyer die Haare in gleichmäßige Wellen zu formen. Das Gerät arbeitete dabei so leise, dass es die Konversation nicht störte. Das war Hatuns Meinung nach eine der größten technischen Errungenschaften der vergangenen Jahre.

»*Magisch?* Alma, das ist immer noch ein Restaurant und nicht Hogwarts.«

»Und was willst du damit sagen?«

»Dass ich dir glaube, dass es dir nicht um zusätzlichen Gewinn geht. Aber ich kenne dich auch, da fällt es mir leicht. Vielleicht musst du den Mann vom Amt einfach noch besser von deiner Idee überzeugen!«

»Mhhh.« Alma pikste mit ihrer Gabel in der Schüssel auf ihrem Schoß herum. Hunger hatte sie keinen mehr.

»Oh nein«, seufzte Hatun.

»Mh?«

»Du hast ihm schon geantwortet, oder?«

»Mhm.«

Hatun verzog das Gesicht. »Wie schlimm?«

»Och …« Alma malträtierte den Salat weiter. Wenn sie noch etwas länger mit der Gabel auf die Zutaten einhackte, wären sie bald in ihre atomaren Einzelteile zerfallen.

»Alma?«

Die ließ endlich die Gabel los. »Ich hab mich halt aufgeregt.«

»Oh Lord. Wie schlimm?«

Alma zuckte mit den Schultern. Jetzt, zwei Tage später, war ihr auch klar, dass ihre Reaktion vielleicht *etwas* zu viel gewesen war. Aber am Dienstag war sie einfach so wütend gewesen, und diese Wut war nicht weggegangen.

»Ich habe ihm lediglich aufgezeigt, dass er das Konzept der Nutzung völlig missverstanden und fehlinterpretiert hat und ihn eingeladen, sich das *Dear Dairy* einmal anzuschauen, damit ich ihm meine Idee persönlich noch mal vorstellen kann.«

Unschuldig blickte sie Hatun an.

»Und weiter?«

»Und dann habe ich noch geschrieben, dass es nicht ganz fair ist, die Unzufriedenheit über sein Leben an meiner Bewerbung auszulassen.«

Ein schallendes Lachen erklang, das aber weder von Hatun noch von Alma stammte. Frau Meyer war aus ihrem Dornröschenschlaf erwacht und hatte zumindest einen Teil der Unterhaltung mitverfolgt.

»Große Klasse, Schätzchen«, sagte sie und schaute dann zufrieden dem Fortschritt auf ihrem Kopf im Spiegel zu.

Ihre Haare waren längst trocken und in Form. Dass das recht schnell ging, war dem einfachen Umstand geschuldet, dass es weder viele noch dicke waren.

»Du weißt, dass du dir das Parklet so direkt abschminken kannst«, griff Hatun den Faden wieder auf.

»Verdammt, ja. Ich hab auch schon überlegt, eine zweite Mail hinterherzuschicken.«

»Und wieso machst du das nicht?«

»Weil dieser Mann sich trotz allem wie ein Arschloch aufgeführt hat!« Ihre Stimme war laut geworden, die Wut also noch nicht mal ansatzweise verflogen. Hoffentlich kam der nächste Montag schnell. Denn montags gingen sie und Hatun zum Boxen, und Alma musste sich dringend etwas Luft verschaffen.

»Aber das eine hat ja mit dem anderen nichts zu tun«, sagte Hatun. »Hat er sich dumm verhalten? Bestimmt. Hat er begründete Argumente für die Ablehnung deiner Bewerbung? Leider auch, ja. Gibt es die Möglichkeit, ihn umzustimmen? Durchaus. Eine klitzekleine nur, aber immerhin. Dafür müsstest du nur deinen Stolz mal beiseitepacken.«

»Ja, mal sehen. Vermutlich habe ich jetzt eh Hausverbot im Bezirksamt Mitte.« Alma lachte gestellt auf. »Zu meiner persönlichen Freude kann ich sagen, dass das nicht der einzige Mann ist, der mir die Woche komplett ruiniert hat.«

Hatun schaltete sofort den Föhn aus, und sogar Frau Meyer machte große Augen.

»Du hattest ein Date?«, quietschte ihre beste Freundin.

»Was? Gott bewahre, nein!«

Wieder kicherte Frau Meyer ganz ungeniert. Die beiden jungen Frauen schienen sie bestens zu unterhalten.

»Schade«, sagte Hatun und meinte es so. Zu Almas Leidwesen war das Nichtvorhandensein ihres Privatlebens ein Projekt, dem sich ihre beste Freundin verschrieben hatte.

»Der Laden neben mir ist wohl wieder vermietet«, seufzte Alma, und ihr wurde ganz schwer im Kopf, wenn sie an die möglichen Konsequenzen für sich und ihren eigenen Laden dachte. Das schlechte Bauchgefühl wurde mit jedem Tag stärker.

»Oh«, sagte Hatun erstaunt. Sie kannte natürlich den langfristigen Traum von der Erweiterung des *Dear Dairy*.

»Ja, aber das ist gar nicht das Schlimmste an der Sache«, antwortete Alma zynisch. Sie wartete einen kleinen, theatralischen Moment ab, bevor sie weitersprach. »Der Typ, der dort eingezogen ist, ist Feintäschner.«

»Was ist das denn?«, fragte Hatun.

»Handgefertigte Lederwaren«, antwortete Frau Meyer, und Alma nickte.

»Leder, Hatun! Kannst du dir das vorstellen?« Die Erregung übermannte sie wieder so stark wie am Dienstag, als sie Bekanntschaft mit diesem Stefan – oder *Golo, wie mich meine Freunde nennen*, äffte sie ihn gedanklich nach – und seinem Friedhof der Tierhäute hatte machen müssen. Sie sprang von ihrem Stuhl auf. »Tote Tiere. Im Schaufenster. Direkt neben meinem Restaurant! Wie soll das denn keine negativen Auswirkungen auf mich haben?«

Frau Meyer, die nun fester Bestandteil dieser Unterhaltung war, warf Hatun einen fragenden Blick über den Spiegel zu, und die erklärte ihr in kurzen Zügen, was vegan bedeutete.

»Ohhhhhhh«, machte die alte Dame, und es war nicht herauszuhören, ob sie damit ihre Erkenntnis oder das Bedauern über Almas Situation zum Ausdruck brachte.

»Aber Alma, es ist doch nicht deine Schuld, dass der jetzt den Laden neben dir hat. Ich meine, das ist ja nicht deine Entscheidung!«

»Erzähl das mal meinen Gästen.«

»Es gibt doch überall nicht-vegane Läden. Das ist normaler Alltag, und bisher hast du da auch kein Problem mit gehabt. Ich verstehe ehrlich gesagt nicht so ganz, was jetzt anders ist.«

»Jetzt bin ich persönlich davon betroffen«, echauffierte sich Alma. »Es geht um moralische Fragen, Hatun. Sein Laden steht für alles, was mein Laden ankreidet. Das *Dear Dairy* steht für einen Lebensstil, der auf Nachhaltigkeit, Umweltbewusstsein und Tierwohl setzt. Und Leder ist damit definitiv nicht vereinbar.«

Hatun kam mit schnellen Schritten zu Alma, rieb ihr über die Arme und drückte sie liebevoll, aber bestimmt zurück auf ihren Stuhl. Dieses nervöse Hin-und-her-Laufen war ansteckend.

Hatun blickte sie eindringlich an. »Erinnerst du dich, als letztes Jahr im Sommer die Straße auf der Kreuzung aufgerissen wurde, weil irgendein Rohr oder so erneuert werden musste?«

Alma nickte. Das war der Horror gewesen. Eine riesige Baustelle direkt vor ihrem Restaurant hatte nicht nur optisch, sondern vor allem auditiv gestört. Den ganzen Tag war der Paulinenplatz diesem Lärm ausgesetzt gewesen.

Hatun sprach weiter. »Und erinnerst du dich, dass das gar keine Auswirkungen auf das *Dear Dairy* hatte? Der Laden war voll, sogar mittags!«

Auch daran erinnerte sich Alma. Die Leute waren trotzdem gekommen, saßen neben der Planiermaschine und ließen sich Wildblumensalate und Grapefruitlimonaden schmecken.

»Vielleicht hast du recht«, sagte sie und fasste zaghaft neuen Mut. Möglicherweise sollte sie nicht immer alles so negativ sehen und Probleme heraufbeschwören, die gar keine waren. Vermutlich würde kaum jemandem auffallen, dass der Laden nebenan nun wieder betrieben wurde, und ganz sicher würde man nicht Alma dafür verantwortlich machen. Nichtsdestotrotz besetzte Golo ihren zukünftigen Laden. Auf lange Sicht konnte er so oder so nicht bleiben. Und wenn ihr Restaurant ganz normal weiterlief und sie sich darüber keine Sorgen machen musste, hatte sie mehr gedankliche Kapazitäten frei, um an einem Plan zu arbeiten, den Sattler wieder loszuwerden. Friedliche Koexistenz war vielleicht ein Kompromiss, der vorübergehend funktionierte. Für Alma war er nie eine Option.

5

Klar, Regen. Ausgerechnet heute, wenn sie noch mal schnell nach Hause radeln wollte, bevor das Restaurant am Nachmittag öffnete. Samstags gab es keinen Mittagstisch im *Dear Dairy*, den gab es nur unter der Woche, stattdessen öffnete Alma je nach Jahreszeit so gegen fünfzehn Uhr, um mit Apéro langsam in den Abend zu starten. Apéro oder Tapas, das war höchstens ein sprachgeografischer Unterschied – am Ende kamen kleinere Snacks und Leckereien auf den Teller. Die waren nicht dazu gedacht, sich richtig satt zu essen, sie dienten eher als Begleitung zum Aperitif, damit der einem nicht zu schnell zu Kopf stieg. Es lag einzig an Almas Antipathie gegenüber dem Begriff Tapas, dass ihre Variante sich des französischen Begriffs Apéro bediente.

Die Gäste, die zum verfrühten Apéro kamen, blieben meist nicht zum Abendessen, sondern ließen den Samstagmittag so gemütlich ausklingen. Außer im Sommer, da konnte es tatsächlich öfter passieren, dass aus einem Apéro plötzlich doch ein Dinner und dann noch der eine oder andere Espresso Martini in der Toast Bar wurde. Ach ja, seufzte Alma, der Sommer. Diese schöne Jahreszeit, in der man sich einfach treiben und von Spontaneität durch den Tag tragen lassen konnte. Na ja, wenn man kein eigenes Restaurant betrieb, versteht sich.

Alma drückte die Tür auf und schaute über die Straße. Fiete saß in seinem knallgelben Regenmantel auf der Bank und sortierte seine Flaschen, die er heute Vormittag schon gesammelt hatte. In jede Tasche verteilte er Glas und Plastik, damit keine zu schwer wurde, hatte er Alma einmal erklärt.

»Fiete«, rief sie so laut, dass der alte Mann direkt aufblickte.

»Komm rüber!« Mit der freien Hand winkte sie ihn zu sich. Fiete schüttelte den Kopf, doch Alma rief ihn so lange, bis er schließlich doch aufstand, seine Sachen zusammenpackte und langsam über die Straße schlurfte.

»Bei dem Mistwetter lass ich dich doch nicht auf der Bank essen«, sagte Alma und hielt ihm die Tür auf.

»Nur keine Umstände«, meinte Fiete und blieb unschlüssig stehen.

»Das macht keine Umstände«, antwortete Alma und stampfte ungeduldig mit dem Fuß auf, »du machst sie, wenn du jetzt nicht endlich reinkommst!«

Vermutlich lächelte Fiete schüchtern, das konnte man dank des Rauschebarts aber nicht sehen. Nur seine glitzernden Augen ließen diese Gefühlsregung erahnen, als er durch die Tür ins Trockene kam. Alma ging vor und stellte den Teller auf einem Tisch direkt an der Bar ab. Dann schlüpfte sie hinter die Theke, kramte Besteck zusammen und nahm ein großes Glas vom Regal.

»Apfelschorle?«, fragte sie, während sie schon Sprudel und Saft im Glas mischte. »Musst du probieren, haben wir von einem Hof aus dem Alten Land. Das schmeckt einfach wie frisch vom Baum gepflückt.«

Sie kam zurück an den Tisch und deckte den Platz vor Fiete mit schnellen Handgriffen ein.

»So, einen guten Appetit dir. Ich kann dir beim Essen leider keine Gesellschaft leisten. Ich muss fix nach Hause radeln«, sagte sie mit kritischem Blick nach draußen. »Und ich befürchte, das wird heute nicht weniger mit dem Regen.«

Fiete folgte ihrem Blick.

»Warte mal noch fünfzehn Minuten«, sagte er und nahm die Gabel. Ungläubig schaute Alma ihn an. Hatte er diese wolkenverhangene Tristesse da draußen nicht gesehen? Trotzdem zog sie einen Stuhl zurück und setzte sich. Ob sie nun jetzt oder erst in einer Viertelstunde nass wurde – darauf kam es ja eigentlich nicht an.

***

»Woher wusstest du das?«, rief Alma erstaunt aus und blickte auf ihr Handy. Es waren jetzt genau sechzehn Minuten vergangen, als mit einem Schlag der Regen aufhörte und der Himmel aufriss. Die Sonne strahlte so hell, dass der nasse Asphalt draußen blendete.

Fiete grinste, dieses Mal so breit, dass man es auch durch seinen Bart sah, und legte die Gabel auf dem leer gegessenen Teller ab. Er zeigte auf das Gelenk, das den kleinen Finger seiner rechten Hand mit der Handfläche verband.

»Wenn es hier zieht, dann dauert es nicht mehr lange«, antwortete er.

Als er Almas skeptischen Blick sah, zuckte er nur mit den Schultern. »Isso.«

»Na gut, dann will ich dir einfach mal glauben«, sagte Alma und stand auf, »und auf jeden Fall die Regenpause nutzen, um nach Hause zu radeln. Magst du einfach hierbleiben? Arlo müsste auch bald auftauchen.«

Doch Fiete erhob sich ebenfalls. »Das ist lieb, Alma. Aber ich nutze den Sonnenschein ebenfalls und mache meine Schätzchen hier mal zu Geld.«

Er nahm seinen Teller und das leer getrunkene Glas und stellte es auf der Theke ab.

»Ach, lass ruhig stehen«, rief Alma, die schon in ihre Jacke geschlüpft war und am Ausgang stand.

Fiete kam gemächlich zu ihr. »Nee, nee«, sagte der alterslose alte Mann. »Ordnung muss sein. Das ist wirklich das Mindeste!«

»Mit der Einstellung darfst du jederzeit bei mir in der Küche anfangen«, lachte Alma, und nachdem sie beide aus der Tür waren, schloss sie hinter sich ab. In spätestens einer halben Stunde würde Arlo auftauchen und mit den Vorbereitungen für den Nachmittag und Abend beginnen. Sie winkte Fiete noch mal zu und machte sich auf zu ihrem Fahrrad, das um die Ecke an einer Straßenlaterne befestigt war. Alma liebte es, in Hamburg Rad zu fahren. Nur, wenn sie es irgendwo anschließen wollte, bedauerte sie es, dass sie nicht die einzige Radfahrerin war. Weil alle Fahrradständer und alles, was man dazu zweckentfremden konnte, schon besetzt gewesen waren, stand ihr Rad heute vor dem Laden des Sattlers.

Während sie umständlich das Sicherheitsschloss zu öffnen versuchte – natürlich klemmte das verdammte Ding ausgerechnet jetzt –, spähte sie durch die Fenster in den Laden. Viel konnte Alma nicht erkennen, die Fenster warfen das grelle Sonnenlicht zurück, anstatt einen Blick ins Innere zu gewähren. Lediglich der Glaseinsatz der Tür war durchsichtiger, und Alma konnte sehen, dass das Chaos aus Kisten und Kartons größtenteils verschwunden war. Es war aber nirgends ein Schild oder Ähnliches zu entdecken, auf dem stand, wann die Eröffnung sein würde.

Alma war noch sehr mit subtilem Starren beschäftigt, als mit einem Mal die Ladentür aufflog.

»Alma«, begrüßte Golo sie freudestrahlend. Hatte er etwa hinter der Tür gelauert?

»Stefan«, sagte sie kühl und widmete sich mit ihrer ganzen Aufmerksamkeit ihrem Fahrradschloss. Der Sattler kam aus dem Laden und stellte sich neben sie. Viel zu nah.

»Golo«, sagte er, und Alma konnte das schmierige Lächeln ganz deutlich hören. »Und falls du dich fragst, woher ich deinen Namen kenne: Toni, das ist meine beste Freundin, ich glaube, die hast du letztes Mal gar nicht mehr kennengelernt, nur ihren Mann Santi – an den erinnerst du dich vielleicht? Jedenfalls kennt Toni dich, oder dein Restaurant, oder deinen Blog. Na ja, also sie hat uns gesagt, dass dein Name Alma ist. Ein sehr schöner Name übrigens.«

Wieso schwafelte er denn so viel? Machte Alma irgendwie den Eindruck, dass es sie interessieren würde? Dass *er* sie interessierte? Gut, aber Empathie war ja noch nie die Stärke des männlichen Geschlechts gewesen.

»Kann ich dir helfen?«, kam es nun von Golo.

»Ja, du kannst endlich die Schnauze halten und dich wieder verdünnisieren.« Sie hatte es gesagt, bevor sie darüber nachdenken konnte. So wenig sie ihren neuen Nachbarn mochte, beleidigend wollte sie auch nicht sein. »Das war unnötig unhöflich«, fügte sie an. Das musste als Entschuldigung reichen.

»Dann gibt es ja jetzt etwas, das du wiedergutmachen kannst.«

»Na sicher«, murmelte Alma und zerrte immer verzweifelter an dem Schloss herum. Sie wollte hier endlich wegkommen. Golo ging neben ihr in die Knie. »Jetzt lass mich halt mal sehen«, sagte er und griff einfach nach dem Schloss.

»Sag mal«, beschwerte sich Alma, doch da klickte es schon, und er hielt das geöffnete Schloss in seinen Händen.

»Brauchst gar nicht so zufrieden grinsen«, sagte Alma, als sie ihm die Kette abnahm und in ihren Fahrradkorb legte. »Danke«, schob sie noch hinterher.

»Gerne«, sagte Golo, drehte sich um und verschwand wieder in seinem Laden. Alma war einen Moment verwirrt. War er nun gegangen? Gut, ihr sollte das recht sein. Aber hatte der keine Manieren, man verabschiedete sich doch kurz und ließ den anderen nicht so ratlos zurück? Dass sie sich ihm gegenüber bisher wenig manierlich verhalten hatte, ignorierte Alma. Sie zog es vor, sein Verhalten nicht mit ihrem zu vergleichen. »Joa, tschüs dann«, sagte Alma, mehr zu sich selbst, stieg auf ihr Rad und fuhr los. Immerhin war sie den Lederwarenmann jetzt los. Zukünftig musste sie wirklich aufpassen, dass sie ihm nicht in die Arme lief. Und wenn sie ihr Fahrrad dafür drei Blocks weiter abstellen musste.

»Gott sei Dank hast du kein Rennrad, sonst hätte ich jetzt richtig strampeln müssen, um dich einzuholen«, hörte sie plötzlich neben sich. Überrascht drehte sie den Kopf, und ein ihr inzwischen viel zu bekanntes Grinsen tauchte neben ihr auf. Golo saß auf einem Fahrrad, das sicher ein Vermögen wert war, das sah man schon, und fuhr gemütlich neben ihr her.

»Ähm. Was machst du da?«, fragte Alma. Schon wieder perplex.

»Ich fahre Rad«, antwortete Golo trocken.

»Das sehe ich!«, zischte Alma. »Aber wieso?«

»Weil ich ungern mit den öffentlichen Verkehrsmitteln fahre und Laufen manchmal einfach zu lange dauert.«

»Du weißt genau, was ich meine!«

Golo gluckste. »Eigentlich nicht so richtig, ehrlich gesagt.«

»Wieso verfolgst du mich?« Langsam wurde Alma wütend.

Golo tat gespielt entrüstet. »Also wirklich, ich verfolge dich doch nicht. Dann würde ich wirklich alles falsch machen, schließlich fahre ich ja neben und nicht hinter dir. Und einen Verfolger soll man eigentlich nicht bemerken. Ich für meinen Teil muss nur zufällig in dieselbe Richtung wie du. Zumindest auf der bisherigen Strecke.«

»Aha.«

»Wohin fährst du denn?«

Alma warf ihm einen skeptischen Seitenblick zu.

»Nur damit ich dir sagen kann, ab wann du mich wieder los bist«, meinte Golo.

»Eimsbüttel«, sagte sie schließlich, und Golo sog stark die Luft ein.

»Tja«, sagte er, wobei er das *a* in eine schier unerträgliche Länge zog, »das ist jetzt vermutlich ärgerlich für dich, aber ausgerechnet da muss ich auch hin.«

»Na, herzlichen Glückwunsch«, brummte Alma. Aber gut, es zwang sie ja niemand, sich mit Golo zu unterhalten, nur weil sie zufällig nebeneinander Rad fuhren. Spätestens, wenn der Radweg schmaler wurde und die Vollprofis sie überholten, würde er schon gezwungen werden, sich hinter ihr einzuordnen.

Golo ließ sich aber nicht zwingen. Unerschrocken blieb er an Almas linker Seite und achtete dabei fast schon penibel darauf, immer mit ihr auf einer Höhe zu sein. Vermutlich würde er entgegenkommende oder überholende Radfahrer lieber in den Graben schicken, als seine Position aufzugeben, dachte Alma und ertappte sich dabei, sich ein breites Grinsen verkneifen zu müssen. *So weit kommt's ja noch*, tadelte sie sich und ärgerte sich augenblicklich darüber, dass sie sich selbst so in den Rücken fiel. Golo ignorierte sie weiterhin äußerst konzentriert. Davon zeigte sich der Sattler allerdings ebenso unbeeindruckt wie von dem aggressiven Klingeln, das nun hinter ihnen ertönte. Er plauderte einfach weiter mit Alma, die weiterhin aktiv mit Ignorieren beschäftigt war, und schien die Hasstirade des älteren Herrn, der irgendwann auf der Wiese an ihnen vorbeizog, gar nicht mitzubekommen. Dabei gab der Mann in der Profi-Radfahrer-Montur mit den reflektierenden Satteltaschen und der Headset-Einrichtung am Fahrradhelm sich lautstärkentechnisch extra Mühe.

»Jedenfalls ist Toni ein Riesenfan von dir. Ich weiß, das habe ich vorhin schon erwähnt, aber ich glaube, du kannst dir nicht vorstellen, wie ernst es ihr damit ist. Du hättest ihr Lachen hören sollen, als sie gecheckt hat, dass du das Restaurant neben meinem Laden führst. Da ist ihr für einen kurzen Moment der Wahnsinn in die Knochen gefahren. Jetzt will sie natürlich unbedingt bei dir essen gehen, klar. Ich hoffe nur, dass sie sich dann zusammenreißen kann und sich nicht wie ein unangenehmes Groupie aufführt. Dabei beeindruckt sie nichts so leicht. Toni ist wirklich die coolste Person, die ich kenne. Wobei, bis jetzt vielleicht.«

»Wie meinst du das?«

»Ach, ist schon okay«, sagte Golo. »Wo genau musst du eigentlich hin?«

»Nach Hause«, antwortete Alma knapp.

»Aha. Und wo ist das?«

»Damit du mich bis dahin *nicht verfolgen* kannst?«, konterte Alma und zwinkerte.

Golos Gesicht leuchtete auf, als sie einen flirtenden Tonfall anschlug. Ihres hingegen wurde feuerrot.

»Nein, damit ich es deinem verrückten Fan Toni erzählen kann.«

Alma zog die Augenbrauen hoch.

»Das werde ich natürlich nicht tun«, meinte Golo. »Ich wohne übrigens überm Laden. Und was ich bisher von St. Pauli mitbekomme, gefällt mir richtig gut. Hamburg scheint vieles zu haben, was mir in Berlin fehlte.«

»Entspannte Leute und U-Bahn-Haltestellen, die nicht nach Pisse riechen?«, scherzte Alma.

»Unter anderem«, grinste Golo. »Jedenfalls fahre ich zur Schlachterei Wagner. Kennst du die zufällig?«

Sie hatten St. Pauli und auch die Schanze längst hinter sich gelassen und strampelten sich gerade die Fruchtallee hoch, diese Wölbung im sonst so flachen Hamburg, bei der sich eine Gangschaltung auszahlte.

Alma bremste abrupt ab. »Willst du mich veraschen?«

Golo kam neben ihr ebenfalls zum Stehen. Dass er damit den gesamten Radweg blockierte, störte ihn wieder mal überhaupt nicht. Es war, als würde er die Welt um sich herum gar nicht wahrnehmen, sondern im wahrsten Sinne des Wortes nur Alma sehen und hören.

»Wieso das denn jetzt schon wieder?«

Dafür, dass sie sich nicht kannten, klangen sie wie ein altes Ehepaar.

»Ich bin Inhaberin eines veganen Restaurants. *Vegan.* Weißt du, was das bedeutet?« Für einen kurzen Moment hatte sie sich hinreißen lassen, nett zu sein. Sie musste zugeben, dass sie sich Golos Charme nicht komplett entziehen konnte, aber er hatte sie direkt wieder daran erinnert, wieso sie sich wirklich keinen Zentimeter auf ihn und seine Freundlichkeit einlassen sollte. Sie waren Feuer und Wasser, das ging unter keinen Umständen zusammen.

»Ich komme aus Berlin, das sollte als Antwort reichen«, entgegnete er trocken.

»Wenn dir das bewusst ist, wieso zum Geier fragst du mich dann nach einer Schlachterei? Reicht es denn nicht, dass du und dein *Atelier*«, das Wort zog sie ironisch in die Länge, »mich in den wirtschaftlichen Ruin treiben werdet?«

»Studio«, unterbrach sie Golo.

»Pardon?«

»Studio. Ich habe mich gegen den Begriff Atelier entschieden, irgendwie ist der so ausgelutscht. Ich denke, Studio dagegen passt besser.«

Alma blinzelte perplex. Sie stellte ihm gerade die Unerträglichkeit seiner Existenz dar, und er unterbrach sie mit Wortfeilschereien? Sie warf einen letzten Blick auf Golo, der sie immer noch so ahnungslos anschaute, dass es ihr fast zu viel wurde. Sie stieg wieder auf ihr Rad und fuhr weiter, ohne sich noch mal zu ihm umzudrehen. Sollte er doch mal derjenige sein, der verwirrt rumstand.

Immerhin folgte er ihr nicht wieder. Nach einigen Metern tauchte er nicht auf und auch nicht, als sie in die Rellinger Straße einbog und schließlich vor ihrer Haustür zum

Stehen kam. Sie kramte nach dem Schlüssel in ihrer Tasche und spürte ihr Handy vibrieren. Sie zog es heraus, und eine ihr unbekannte Zahlenfolge erschien auf dem Display. Ohne den Anruf entgegenzunehmen, schob sie es zurück in ihre Jacke. Die Anrufe unbekannter Nummern nahm sie grundsätzlich nicht entgegen oder rief zurück. Denn bevor sie den Festnetzanschluss im *Dear Dairy* hatte, stand ihre Handynummer im Impressum ihres Blogs, weshalb eine unbekannte Anzahl an Menschen ihre Telefonnummer kennen konnten. Die Nummern aller Menschen, die sie privat kannte, hatte sie eingespeichert. Und wenn es fürs Restaurant war, dann sollte die Person auch dort anrufen. Endlich bekam sie den Schlüssel in ihrer Tasche zu greifen und schloss die Tür auf. Weshalb war sie noch mal hergekommen?

6

Die Kinder schliefen. Was bei diesen Kindern bedeutete, dass Santi und Toni erst mal fünf Minuten mit geschlossenen Augen und in dicken Daunenmänteln in ihren Gartensesseln saßen und schwiegen. Es war zwar Frühling, aber abends wurde es immer noch bitterlich kalt. Die beiden wirkten ein bisschen, als wären sie von einer Mission zurückgekehrt, die das Letzte von ihnen gefordert hatte. Es war wirklich erstaunlich, dachte Golo, wie sehr sich ihr Alltag voneinander unterschied, obwohl sie alle Mitte dreißig waren. Mit seinen vierunddreißig Jahren war Golo sogar der Älteste in ihrer Runde, und dennoch führten Santi und Toni das eingerichtete Leben mit Haus und Kindern. Und Golo? Der fing gerade wieder ganz von vorne an und wollte um nichts in der Welt tauschen.

Er nahm einen Schluck von seinem Jever, das er sich selbst mitbringen musste, da es bei den Müllers keinen Alkohol im Haus gab.

»Jedenfalls war mein Termin bei der Schlachterei Wagner heute sehr vielversprechend«, griff er das Thema wieder auf, über das sie sich unterhalten hatten, bevor der einstündige Zu-Bett-geh-Marathon dazwischenkam. Toni und Santi zuckten kurz beim Klang von Golos Stimme zusammen. Er hatte sie wohl gerade noch an der Schwelle ins

Traumland erwischt. Blinzelnd setzten sie sich wieder aufrecht.

»Ja?«, begann Toni. »Das klingt ja super. Erzähl doch mal.«

Ihr gelang es nicht, ihr Gähnen zu unterdrücken. Golo lachte und lehnte sich in seinem Gartensessel zurück. Die waren aber auch unverschämt bequem, sodass sogar er ernsthaft darüber nachdachte, die heutige Nacht einfach hier zu verbringen.

»Bisher verkaufen sie ihre Häute an irgendeinen Fellhändler, der von zahlreichen Schlachtereien zusammenkauft. Der Gedanke, die Nebenprodukte ihrer Tätigkeit hier lokal weiterverarbeiten zu lassen, hat ihnen wirklich gut gefallen. Ich müsste mich selbst um die Suche nach einer geeigneten Gerberei kümmern, aber das sollte wirklich nicht allzu schwer sein.«

»Dann kann es jetzt ja endlich losgehen«, freute sich Santi. Golo lachte abermals auf.

»Ganz so schnell geht es dann doch nicht. Wagners schicken mir eine Auflistung, mit wie viel Rohware ich monatlich rechnen kann. Zudem müssen sie erst mal ihr Verhältnis mit diesem Fellhändler lösen, das sollte aber kein Problem sein, wurde mir versichert. Ich muss, wie gesagt, eine Gerberei finden, die meinen Ansprüchen entspricht und auch noch freie Kapazitäten für meine Ware hat. Und wenn dann alles gegerbt und durch ist, kann ich mein erstes rein hanseatisches Produkt fertigen.«

»Und hast du dir schon überlegt, was das sein soll?«, fragte Toni, doch Golo schüttelte den Kopf.

»Nein, nicht so richtig. Ich möchte natürlich, dass es etwas Besonderes wird. Vielleicht auch nur für mich, als

Zeichen für diesen Neuanfang. Aber die zündende Idee kam mir noch nicht.«

»Bist du denn mit deiner Kollektion weiter?«

Golo verzog das Gesicht. »Auch das nicht so richtig. Ich habe mir überlegt, dass ich zu Beginn einfach das mache, worauf ich Lust habe. Produkte, die ich selbst auch gerne in meinem Alltag nutzen würde. Cases für Laptop und Handy, Portemonnaie mit Haken, um den Schlüssel zu befestigen, vielleicht die eine oder andere Tasche. Klassiker, ich weiß.«

Es enttäuschte Golo, dass er in der Planung seiner Produktpalette ebenso wenig weiterkam wie bei der Suche nach diesem einen besonderen Item. Zugegeben, die ganze Idee, in Berlin alle Zelte abzubrechen und hier in Hamburg ein Studio für Lederdesigns aufzuziehen, war sehr spontan entstanden und umgesetzt worden – um nicht zu sagen übereilt. Und es war purer Luxus, dass er sich um das Thema Geld zumindest für das kommende Jahr wirklich keine Sorgen machen musste, da seine verkauften Anteile aus dem Start-up sein Sparbuch gut gefüllt hatten. Deshalb hatte er auch keinen Druck, diese Produktentscheidungen sofort treffen zu müssen, wobei sich langsam der Gedanke einschlich, dass gerade der fehlende Druck der Grund dafür war, dass er nicht weiterkam. Aber – und auch da war er sich sicher – Hamburg würde ihn schon noch inspirieren. Oder vielleicht sogar eine übellaunige Köchin. Golo war überrascht. Wo kam denn plötzlich der Gedanke an Alma her?

»Was schaust du denn so?«, fragte Toni amüsiert, die ihn wohl aufmerksam beobachtet hatte.

»Ach, ich hab nur die Köchin heute wiedergesehen.«

Tonis Gesicht erhellte sich, und sie ließ vielsagend die Eiswürfel in ihrem Glas klirren.

»Soso.«

»Schatz, du klingst wie so 'ne Mutti«, sagte Santi im Scherz.

»Mein Schatz, das liegt vielleicht daran, dass ich eine Mutti bin«, konterte Toni scharf. Die beiden stritten sich so gut wie nie ernsthaft, aber Santi schaffte es immer wieder, sich die Finger zu verbrennen.

»Ich mache ja auch keinen Hehl daraus, dass ich Alma gut finde. Das hat inzwischen jeder mitbekommen«, sagte Golo. »Na ja, zumindest fast jeder.« Er warf Santi einen Blick zu. Denn sein Freund war manchmal empathisch wie ein Ziegelstein und übersah die offensichtlichsten Dinge, die genau vor seinen Augen passierten. Golo war davon überzeugt, dass sie heute nicht in dieser Runde zusammensitzen würden und die beiden nicht diese tollen Kinder in die Welt gesetzt hätten, wenn Toni damals Santi das Zepter überlassen hätte.

»Wirklich die?«, fragte Santi äußerst verwundert.

Golo nickte. »Exakt sie«, sagte er.

Santi zögerte einen Moment, offensichtlich wusste er nicht, wie er seine Frage richtig formulieren sollte, und suchte nach den passenden Worten. »Aber … wieso?«

Golo zuckte mit den Schultern. »Ich finde sie irgendwie faszinierend.«

»Du stehst also drauf, dich anschreien zu lassen«, kommentierte Santi.

»Du etwa nicht?«, kokettierte Toni und brachte ihren Mann damit kurz aus der Fassung. Manchmal fragte sich Golo, was bei den beiden im Schlafzimmer so vor sich ging, verbot sich aber sofort, diesen Gedanken weiterlaufen zu lassen, denn das waren Bereiche, in die er definitiv nicht vordringen wollte.

»Aber du kennst sie doch gar nicht. Woher willst du da wissen, dass du sie wirklich toll findest?«, bohrte Santi weiter.

»Santi, wieso liebst du Toni?«, entgegnete Golo.

»Weil sie die klügste, charismatischste, großherzigste, lustigste und schönste Frau ist, die ich kenne. Und weil sie es mit mir aushält.«

»Und wieso hast du dich damals in sie verliebt?«

Santi geriet ins Stocken. Golo wusste, dass Santi von der allerersten Sekunde an in Toni verliebt gewesen war. Es hatte einfach einen Schlag in seinem Herzen getan. »Keine Ahnung, das war einfach so.«

»Wieso stellst du mir dann diese Fragen?«

Santi konnte darauf nichts mehr erwidern.

»Wie lief denn euer Aufeinandertreffen heute?«, fragte Toni.

»Wolkig bis stürmisch«, lachte Golo auf. »Ich wüsste wirklich gerne, was Alma gegen mich hat. Ich meine, im Grunde bin ich doch ein ganz umgänglicher Typ?« Er breitete die Arme aus, damit seine Freunde ihn nochmals genau inspizieren konnten, bevor sie ihr Urteil über ihn fällten.

»Vielleicht ist genau das das Problem«, meinte Toni.

»Wie meinst du das?«

»Sie lässt sich halt nicht so leicht beeindrucken von deinem Charme und deinem Gegrinse. Das mag bei anderen Frauen ziehen, aber Alma ist ein ganz anderes Kaliber. Ihre Gunst musst du dir verdienen.«

»So gut kennst du sie also schon?«, fragte Santi ironisch.

»Das nicht, aber ich bin mir sicher, dass wir uns recht ähnlich sind. Und ich konnte mit Golos Charmeoffensive ja auch nichts anfangen.«

Golo lehnte sich interessiert nach vorne. »Dann verrate mir doch, weise Toni, wie kann ich das Herz meiner Auserwählten für mich gewinnen?«

Toni reagierte gewohnt unbeeindruckt. »Indem du du bist. Und nicht nur diese glänzende Fassade mit den lustigen Sprüchen.«

»Und was ist«, fragte Golo und lehnte sich noch weiter nach vorne, »wenn ich nicht mehr bin als Fassade und gelungene Rhetorik?«

»Dann bist du ein noch ärmeres Würstchen, als ich dachte«, antwortete Toni.

Golo ließ ergeben den Kopf hängen. »Ich weiß selbst, dass ich mir die Zähne an ihr ausbeißen werde. Aber, ihr kennt mich, wenn ich mir etwas in den Kopf gesetzt habe …« Er ließ den Satz ins Nichts auslaufen.

»Dann wirfst du einfach dein ganzes bisheriges Leben übern Haufen und ziehst nach Hamburg«, meinte Santi.

Golo zuckte mit den Schultern, und ein Lächeln zeichnete sich auf dem Gesicht seines Freundes ab.

»Und das ist das Beste, was du hättest machen können. Du bist zwar erst eine oder zwei Wochen hier, aber ganz ehrlich, Golo – ich mag dich jetzt schon mehr als die vergangenen Jahre.«

Golo war überrascht, diese Worte von Santi zu hören, und auch Toni nickte zustimmend.

»Du mochtest mich also nicht?«, fragte er und versuchte, gelassen zu klingen, um die Furcht vor einer möglicherweise wenig schmeichelhaften Antwort zu überdecken.

»Doch, natürlich! Aber du warst so verbohrt und ehrgeizig. Ständig gestresst und nie so wirklich anwesend, wenn wir uns mal gesehen oder gehört haben«, sagte Santi.

»Du hast nicht nur *nur* für die Arbeit gelebt, du hast nur noch aus ihr bestanden. Da war viel Start-up und sehr wenig bis gar kein Golo«, pflichtete Toni ihm bei. »Umso schöner ist es jetzt, dich wieder zu sehen.«

Sie bedachte ihn mit einem seltenen, sanften Lächeln. Tatsächlich konnte Golo dem rein gar nichts entgegensetzen. Das waren ja auch seine Beweggründe gewesen, sein Leben drastisch zu ändern.

Golo seufzte theatralisch. »Da bin ich endlich wieder ich, um dann zu hören, dass ich wohl nur noch aus glitzernder Fassade bestehe.«

Toni warf einen Eiswürfel, den sie gerade aus ihrem Glas gefischt hatte, nach ihm.

»Au!«, rief Golo und rieb sich den Kopf an der Seite, wo das Geschoss ihn getroffen hatte.

»Tja, Dummheit tut eben weh«, sagte Toni. »Und sowohl deine akademische wie berufliche Laufbahn als auch dein persönlicher Grips sollten dich vor solchen Schmerzen eigentlich bewahren.«

Fragend schaute Golo zu Santi, der schien seiner Frau aber auch nicht recht folgen zu können.

Toni seufzte. »Verhalte dich halt nicht wie ein Idiot, und schon gar nicht, wenn du Alma für dich gewinnen willst«, übersetzte sie für die beiden Männer.

»Ahhhhhh«, machten Santi und Golo gleichzeitig.

»Meine Güte«, murmelte Toni, »manchmal muss ich mir echt überlegen, was ich an euch eigentlich so toll finde.«

Sofort versuchten die beiden, sich mit ihren charmanten

Gesichtsausdrücken gegenseitig zu überbieten. Als Toni die Augen verdrehte, legten Santi und Golo sich noch mehr ins Zeug. So sehr, dass Golos Wangen schmerzten. Das wäre wohl die letzte Anstrengung für seine Gesichtsmuskulatur, wenn er sein Grinsen bei Alma nicht mehr zur Anwendung bringen durfte. Denn wenn er nicht auf Tonis Rat hören würde, dann wäre er wirklich ein Idiot.

7

Gab es einen besseren Start in die Woche, als jemandem aufs Maul zu hauen? Vermutlich nicht, dachte Alma. Gut, beim Boxen prügelte man sich jetzt nicht wirklich. Zumindest nicht mit der Intention, die man manchmal in der U-Bahn während der Rushhour zum Feierabend hatte. Dennoch war es eine Wohltat. Alma powerte das Training nicht nur körperlich aus, sondern es löste zudem jeden Montagmorgen irgendetwas in ihrem System, das sie mit viel weniger Ballast aus dem Training und in die Woche gehen ließ. Seit einiger Zeit begleitete Hatun sie zu den Trainings, denn sowohl das *Dear Dairy* als auch Hatuns Friseursalon waren montags geschlossen. Hatun hatte lange nach einem schönen wie passenden Namen für ihren Salon gesucht. Zu Almas völligem Unverständnis hatte sie ihre Vorschläge immer abgeschmettert, wobei Alma bis heute der Überzeugung war, dass »Hatuns Haarpune« eine Goldidee gewesen war. Das Projekt Namensfindung hatte Hatun auf unbestimmte Zeit auf Eis gelegt. Ausgebucht war sie auch so meistens.

Nach dem anstrengenden Training schlenderten die Freundinnen gemütlich durch die strahlende Frühlingssonne, deren Kraft von Tag zu Tag stärker wurde. Nun ja, wenn sie denn schien.

»Wie war dein Date am Sonntag noch?«, wollte Alma wissen. Hatun war nicht häufig im *Dear Dairy*, nur wenn sie ihre Dates beeindrucken oder einschüchtern wollte, kam sie zu Alma. Und das auch immer nur sonntags, für den Fall, dass es mal länger ging.

»Als ich ihm erzählt habe, dass ich investiere, wollte er mir erklären, was ETFs sind. Da habe ich ihn nach Hause geschickt.«

»Die Rechnung hast du trotzdem ihn zahlen lassen, oder?«

»Natürlich, was denkst du denn?«, konterte Hatun. Das Prinzip, dass ein Date die Rechnung übernehmen musste, wenn sich der Typ als Trottel herausstellte, hatte sie Alma mit den simplen Worten »Meine Zeit ist kostbar – wer sie verschwendet, zahlt« erklärt. »Ich bin es wirklich so leid, dass Leute mich für dumm halten, weil ich *nur* Friseurin bin. Und mir dann etwas erklären wollen, über das ich viel mehr weiß als sie.«

»Mit Leute meinst du Männer, oder? Außerdem stimmt das gar nicht: Du bist nicht *nur*«, Alma malte Anführungszeichen in der Luft, »Friseurin. Du bist Unternehmerin mit einem eigenen Laden. Außerdem bist du klüger als die meisten Leute, die ich kenne.«

Das stimmte. Hatun kannte sich mit allem aus: Börse und Investments, Schach, Chemie, Literatur.

»So nämlich«, schnalzte Hatun, und ihre selbstbewusste Ausstrahlung war zurück. »Ich überlege, mir jemanden mit reinzuholen«, sagte sie, als sie die Max-Brauer-Straße überquerten, um von Altona – hier fand ihr wöchentliches Training in einem FLINTA*-Gym statt, also Training für Frauen, lesbische, intergeschlechtliche, nichtbinäre, trans und agender Personen – zurück nach St. Pauli zu laufen. Den Tipp, dort boxen zu gehen, hatte sie von Arlo bekommen und war nach einem Probetraining nicht nur von den Trainerinnen, sondern auch von der entspannten Stimmung und dem sicheren Raum, der dort geschaffen wurde, begeistert gewesen.

»Eigentlich will ich keine Mitarbeiter, ich habe echt keine Lust auf Personalverantwortung«, sprach Hatun weiter.

»Oh, das kann ich verstehen«, lachte Alma auf. Dabei hatte sie gar keinen Grund zur Klage, denn ihre Leute waren die besten, die sie sich wünschen konnte. Allen voran Arlo natürlich. Sie mochte sich den Tag gar nicht vorstellen, an dem Arlo das *Dear Dairy* verlassen und weiterziehen würde. Einzig Raffa, ihr Spüler, machte ihr mit seiner pathologischen Verplantheit manchmal Sorgen. Er schaffte es, selbst auf dem Weg ins *Dear Dairy* zu vergessen, dass er zur Arbeit wollte, und blieb stattdessen im Comicladen die Straße weiter runter hängen. Inzwischen hatte Alma die Hoffnung aufgegeben, dass sich das irgendwann ändern würde. Weil er sonst aber nett und vor allem auch ehrlich bemüht war, zuverlässiger zu werden, sträubte sich alles in ihr, ihn vor die Tür zu setzen. Sie hoffte einfach täglich auf das Beste.

»Alleine schaffe ich den Workload aber nicht mehr lange. Irgendwann will ich ja auch mal Urlaub machen oder so.«

»Und wenn du einen Stuhl vermietest? Das machen viele.«

»Guest Spots für andere Friseure, meinst du?«

»Klar, man kann es auch cool ausdrücken. Aber ja, im Prinzip meine ich das, nur eben langfristiger als nur für einen Tag oder eine Woche«, sagte Alma.

»Die würden aber auch ihre eigenen Kunden mitbringen.«

»Möglich, aber wenn jemand für ein paar Monate bleibt, dann entlastet dich das doch sicher auch? Sie arbeiten weiter auf eigene Rechnung, zahlen ihre Stuhlmiete an dich und können deinen Überschuss an Kunden abgreifen, sodass sie selbst keinen Leerlauf haben. Das klingt doch eigentlich ganz gut?«

Hatun dachte kurz darüber nach. Dann nickte sie. »Ich muss mir das noch mal in Ruhe überlegen, aber spontan muss ich sagen, dass du da eine richtig gute Idee hast. Danke dir!« Sie drückte ihre Freundin kurz an sich. »Eine ebenso gute Idee wie ein neuer Haarschnitt.« Sie ließ den üblich kritischen Blick über Almas Haupt wandern. »Wie wäre es, wenn wir dieses Mal …«, versuchte sie, doch Alma unterbrach sie direkt.

»Es so schneiden wie immer? Ja, genau das möchte ich, vielen Dank.«

Hatun zog eine Schnute, aber sie wusste, dass sie gegen Almas Starrkopf keine Chance hatte.

»Ich würde davor nur ganz kurz im Restaurant vorbeischauen«, sagte Alma.

»Nur ganz kurz, ja?« Die Ironie war angemessen, immerhin kannte Hatun Almas Definition von »kurz ins Restaurant«. Aber dieses Mal würde sie wirklich nur schnell reinschlüpfen und in der Kühlzelle die Kräuter überprüfen. Wenn nicht mehr alle frisch waren, würde sie heute Abend noch schnell eine Handvoll Grünzeug kaufen.

»Ganz, ganz ehrlich«, schwor Alma, als sie sich dem *Dear Dairy* näherten. Schon von hier konnte sie die Beine sehen, die aus dem Eingangsbereich des Restaurants ragten.

Vermutlich hatte es sich dort jemand gemütlich gemacht – wieder mal. An den Tagen, an denen der Laden geschlossen war, war das kein Problem. Und an allen anderen Tagen schlug dort niemand mehr sein Lager auf, denn die Obdachlosen wussten, dass Alma in aller Herrgottsfrühe zu arbeiten begann, was für die bedeutete, dass sie ebenso früh aufstehen und den Platz räumen mussten.

»Schläft da wieder jemand?«, fragte Hatun, die die Beine auch erspäht hatte.

»Ich vermute es, aber ich befürchte, ich werde ihn oder sie jetzt wecken müssen.«

»Hoffentlich nicht an einer besonders schönen Stelle im Traum«, grinste Hatun.

Sie bogen um die Ecke. Vorm Eingang schlief niemand. Dort saß ein Mädchen, das hellwach war und mit dem Rücken gegen die Tür lehnte. Mit einem Satz war sie auf den Füßen, als Alma und Hatun vor ihr auftauchten. Sie war jung, irgendwo im Teenageralter, vermutete Alma, groß, schmal, mit langen rotblonden Haaren und leuchtend blauen Augen. Sie wirkte aufgeweckt, ihre Kleidung war sauber, und ihr haftete nur der zarte Duft eines Parfums an. Nicht einmal der Weekender zu ihren Füßen hätte sich als Hinweis deuten lassen, dass dieses Mädchen kein festes Zuhause hatte. Was also tat sie hier? Bevor Alma das herausfinden konnte, hatte die Unbekannte das Wort ergriffen.

»Bist du Alma?«, fragte sie und schaute Alma dabei direkt und mit festem Blick an, ganz so, als würde sie ein Nein nicht akzeptieren, auch wenn es sich bei der angesprochenen Person nicht um Alma handeln sollte. Verdattert nickte diese.

»Gut«, sagte das Mädchen. »Ich bin Noa.«

Alma nickte weiter.

Jetzt erst schien das Mädchen kurz zu zögern, als Alma nichts sagte.

»Ich bin deine Schwester.«

Almas Mimik wurde ungläubig, und langsam wurde aus dem Nicken ein sanftes Kopfschütteln. »Das denke ich nicht«, sagte sie. »Ich habe keine Schwester.« Und nach einer kurzen Pause: »Und auch keinen Bruder, ich bin ein Einzelkind.«

Alma war nicht gut darin, behutsam oder gar sanft zu agieren, aber sie versuchte, das Gesagte so zu vermitteln. Denn offensichtlich lag hier eine Verwechslung vor, und sie wollte das Mädchen nicht noch weiter enttäuschen, als die Umstände das schon tun würden.

»Das denke ich doch, sonst würde ich ja nicht hier stehen«, konterte diese. Hatun lachte auf. Wie tough die Kleine war, schien sie zu überraschen. Alma warf ihr einen bösen Blick zu und wandte sich dann wieder an Noa. Die hatte das Kinn trotzig nach vorne gereckt und schaute Alma fast schon aufmüpfig an. Was wollte sie hier? Wie kam sie auf die Idee, dass sie Almas Schwester war? Von einer solchen hätte sie doch gewusst, oder? Wäre sie nicht Teil dieser absurden Situation, würde sie Noa wahrscheinlich sogar für ihr Selbstbewusstsein bewundern.

»Hör zu, ich weiß nicht, in was du dich da verrannt hast. Und es tut mir wirklich leid, dass ich nicht die bin, die du suchst. Aber ich kann beschwören, dass meine Mutter nach mir keine weiteren Kinder in diese Welt gesetzt hat.«

»Dein Vater aber schon.«

Es war, als würde Alma ein Stromschlag durchs Gehirn fahren. Sie hatte keinen Vater. Natürlich im biologischen Sinne schon, denn ihre Mutter war vieles, die heilige Jungfrau Maria jedoch sicher nicht. Aber ihr Vater kam weder in Lorettas noch in Almas Leben vor. Er *existierte* nicht in ihrer Welt.

»Verschwinde«, zischte Alma und schob sich an Noa vorbei Richtung Eingang. Natürlich setzte just in diesem Moment Regen ein, der für den heutigen Tag gar nicht vorhergesagt war, und Alma bekam den dummen Schlüssel nicht in das noch dümmere Schloss geschoben. Ihr ganzer Körper versteifte sich, und sie spürte, wie die Wut in ihrem Bauch ihre Kehle hochkroch. Ihre Augen brannten, und sie versuchte, den ruhigen Zustand, den sie eben noch dank des Trainings verspürt hatte, wieder heraufzubeschwören. Da glitt der Schlüsselbart widerstandslos ins Schloss, und einen Moment später war die Tür offen. Alma flüchtete sich ins Innere des *Dear Dairy* und reagierte zu langsam, als sie Hatuns Stimme hörte, die offensichtlich zu Noa sprach.

»Nu, komm mal mit rein. Im Regen lassen wir dich sicher nicht stehen. Und dann klären wir das schon.«

Ihre Freundin hatte den Arm um das Mädchen gelegt, das aber gar nicht aussah, als würde es eine körperliche oder emotionale Stütze brauchen. Alma, die sich hinter der Theke verschanzte, wo ihr zumindest eine gewisse Distanz zwischen ihr und dem Mädchen garantiert war, beobachtete Hatun, wie sie Noa zu einem Tisch lotste. Sie wies Noa einen Stuhl zu und setzte sich neben sie.

»Alma, kannst du die Maschine anwerfen? Ein Kaffee könnte jetzt nicht schaden«, sagte sie bestimmt. »Oder magst du lieber einen Tee?«

Noa schüttelte den Kopf, hielt dann kurz inne, als müsste sie nachdenken, wonach ihr gerade der Sinn stand. »Ein Kaffee wäre toll.«

»Bist du dafür nicht zu jung?«, fragte Alma. »Wie alt bist du überhaupt?«

»Sechzehn«, antwortete Noa. Alma zuckte mit den Schultern, es war ja nicht ihr Problem, ob das Mädchen schon Kaffee trinken durfte oder sollte.

»Noa ist ein interessanter Name«, hörte sie da Hatun sagen.

»Ich setz den Kaffee in der Küche mit der Bialetti auf, die Maschine braucht zu lange, um heiß zu laufen«, sagte Alma und verschwand in der Küche. Als Erstes inspizierte sie die Kräuter, denn es würde sonst so kommen, dass sie in dem ganzen Schlamassel vergessen würde, weshalb sie eigentlich hergekommen war, und morgen dann zusätzlichen Stress hätte. Das musste ja nicht sein.

Sie schraubte die alte Aluminiumkanne auf. Mit routinierten Handgriffen füllte sie die Kanne, schraubte sie wieder zusammen und stellte sie auf den Herd, gleich daneben ein Kännchen mit Hafermilch. Ein paar Minuten später kam sie mit einem Tablett mit drei Gläsern zurück. Sie stellte es auf dem Tisch ab und setzte sich zu Hatun und Noa.

»Wusstest du, dass man Noa ohne h schreibt? Total interessanter Name, findest du nicht?«, fragte Hatun.

»Das wusste ich nicht. Woher auch«, antwortete Alma trocken. Sie war nicht interessiert oder neugierig. Sie war angepisst, dass diese Sache ihr wertvolle Zeit ihres freien Montags klaute und dass Noa ohne h sich erdreistet hatte, ihren Vater zu erwähnen.

»Jedenfalls solltest du Noa zuhören.«

»Oder«, konterte Alma mit Blick nach draußen, »Noa sollte ihren Kaffee trinken und gehen, denn glücklicherweise hat der Regen soeben aufgehört, und niemand muss mehr befürchten, nass zu werden.«

»Alma!«

Die zuckte nur unbeteiligt mit den Schultern und nahm selbst einen Schluck ihres Kaffees. Über den Rand des Glases hinweg wollte sie Noa beobachten und musste feststellen, dass diese ihr mit der Idee zuvorgekommen war. So saßen sie sich ein paar Augenblicke schlürfend und starrend gegenüber, bis wiederum Hatun das Wort übernahm.

»Vielleicht handelt es sich gar nicht um eine Verwechslung«, sagte sie sanft. Alma versteckte sich immer noch hinter ihrem Glas, sie hatte keine Lust, sich mit der Situation auseinanderzusetzen – Verwechslung oder nicht. Hatun gab Noa einen vorsichtigen Stups gegen den Oberarm, um sie zu animieren, zu erzählen.

»Ich komme aus Lübeck, und ich bin sechzehn Jahre alt. Die Familie meiner Mutter Annegret stammt ursprünglich aus Norwegen, weshalb ich auch so«, sie deutete mit den Händen auf sich, »blond und skandinavisch aussehe. Die Gene meines Vaters sind nicht wirklich durchgeschlagen bei mir.« Sie machte eine Pause und schaute Alma konzentriert an, als wollte sie überprüfen, ob die gesagten Worte irgendwas in ihr ausgelöst hatten. Dann sprach sie weiter. »Mein Vater ist Portugiese und heißt Filipe.«

Alma zuckte unmerklich zusammen.

»Meine Mutter und er haben sich kennengelernt, als Annegret Anfang dreißig war, also vor siebzehn oder achtzehn Jahren. Sie hatten wohl nur eine kurze Affäre, aber immerhin stürmisch genug, dass ich dabei entstanden bin.« Sie grinste schief, doch Alma reagierte nicht darauf. Sie starrte ins Leere vor sich, und ihre Miene verfinsterte sich immer weiter. Ein Gewitter zog in ihrem Kopf auf.

»Filipe war von Anfang an sehr deutlich gewesen, dass er weder eine richtige Beziehung noch eine Familie will. Das hätte er schon einmal so richtig versemmelt, er könne das einfach nicht, hat er wohl damals gesagt.«

Alma spürte den mitleidigen Blick, mit dem Hatun sie bedachte. Alma sprach nie über ihren Vater, nur ein Mal hatte sie Hatun erzählt, dass es ihn eben nicht in ihrem Leben gab. Ob er gestorben sei, hatte Hatun gefragt, was Alma verneinte. Er wollte einfach nicht bei ihr und ihrer Mutter bleiben. Und wer sich gegen die Giulianis entschied, der hatte in ihrem Leben nichts verloren, nicht einmal als Erinnerung. So lautete die Devise ihrer Mutter, und die hatte Alma dankend übernommen.

»Und auch wenn das schwer für Annegret war, akzeptierte sie das. Er hatte ihr ja nie falsche Hoffnungen gemacht. Sie forderte nur von ihm, dass ich ihn kennenlernen sollte, weil es ihr wichtig war, dass ich meine beiden leiblichen Eltern kenne.«

»Und, hast du?«, fragte Hatun, die im Gegensatz zu Alma gebannt zuhörte.

Noa nickte. »Ja, schon früh. Annegret hat ihn immer wieder mal besucht, als ich ein Baby war, und dann ab der Grundschule habe ich hin und wieder alleine Zeit mit Filipe verbracht.«

Sie machte eine Pause, als wollte sie Alma Zeit geben, auf das Gesagte zu reagieren.

»Wieso nennst du deine Eltern beim Vornamen?«, fragte Hatun.

»Ach das.« Noa lachte. »Meine Mutter wollte das so. Sie meinte immer, dass sich ihr die Nackenhaare aufstellen bei der Vorstellung, mitten im Supermarkt auf *Mami* oder *Mutti* zu reagieren. Ich solle sie bitte bei ihrem Namen nennen, lieben würde sie mich ja deshalb nicht weniger und ich sie auch nicht. Und bei Filipe – da hat es sich einfach nicht ergeben. Ich meine, er ist nett. Aber ein Vater … na ja, das ist er eher nicht.«

Alma zischte leise, und Noa erkannte ihren Fehler sofort.

»Entschuldige, so war das nicht gemeint. Ich habe natürlich keine Ahnung, wie es sich anfühlt, wenn man überhaupt keinen Kontakt zu ihm hat.«

Als Alma darauf nichts sagte, sprach Noa weiter. »Jedenfalls hat er irgendwann mal von dir erzählt. Daher weiß ich auch, dass es dich gibt und ich so etwas wie eine große Schwester habe.«

»Gibt es noch mehr?«, fragte Alma nach einer Weile, den Blick weiter in die Leere direkt vor sich gerichtet.

»Nicht, dass er wüsste.« Noas Ton klang entschuldigend, obwohl sie nichts für den Inhalt der Aussage konnte.

»Also handelt es sich wirklich nicht um eine Verwechslung«, sagte Hatun.

»Wäre ja auch zu leicht gewesen«, antwortete Alma zynisch. Sie hob den Blick und schaute die beiden Frauen an. Sie hatte sich wieder gesammelt. Das eben war ein kleines Beben gewesen, das sie kurz aus dem Takt gebracht hatte, mehr nicht. Filipe war nicht in ihrem Leben und hatte keine Auswirkung auf ihr Leben. Sie war wieder synchron mit sich.

»Was willst du hier?«, fragte sie Noa direkt.

Die druckste etwas herum. »Ich hatte gehofft, dich kennenlernen zu können«, sagte sie schließlich und versuchte, schüchtern zu klingen.

»Und weil Lübeck so irre weit weg ist, dachtest du, du nimmst gleich mal deinen halben Hausstand mit?«

Noa zuckte mit den Schultern und grinste schief. »Man weiß ja nie, was passiert. Ich dachte, ich könnte ein paar Tage bei dir bleiben.«

»Du … was?«, rief Alma überrascht aus.

»Na ja, wir haben ja einiges aufzuholen.«

»Und hast du dir auch mal die Frage gestellt, ob ich das überhaupt möchte?«

»Möchtest du denn nicht?«

Alma sprang von ihrem Stuhl auf. »Das … also, das ist doch nicht das Thema!« Die Antwort überraschte sie selbst. Wieso sagte sie nicht einfach *Nein, ich will nicht, bitte geh einfach wieder*?

Sie seufzte. »Du hättest doch wenigstens anrufen können. Oder eine Mail schicken. Aber du platzt einfach unangekündigt hier rein.«

»Hab ich gemacht«, unterbrach Noa sie trotzig. »Ich habe dich angerufen, mehrmals. Aber du bist nicht ans Telefon gegangen.«

Alma dachte nach. Natürlich, die unbekannte Nummer, die in den vergangenen Tagen ein paarmal angerufen hatte.

»Also was ist jetzt? Kann ich bleiben?«

»Für länger? Nein, auf keinen Fall! Ich muss arbeiten, ich habe keine Zeit, um auf dich aufzupassen.«

»Ich bin kein Kleinkind«, knurrte Noa, und Alma schlug einen versöhnlicheren Ton an.

»Wie wäre es, wenn wir jetzt noch einen Kaffee trinken, dann bring ich dich zum Bahnhof, und du fährst nach Hause ...«

»Das geht nicht!«

»Und dann besuchst du mich einfach noch mal.«

»Nein.« Vehement schüttelte Noa den Kopf. »Das geht nicht. Wenn du nicht willst, dass ich bei dir bleibe, suche ich mir eben eine andere Möglichkeit zum Übernachten.«

»Kennst du in Hamburg denn noch Leute? Oder hast du Geld für ein Zimmer?«, fragte Hatun sorgenvoll.

Wieder schüttelte Noa den Kopf. »Aber das macht nichts, ich kann auf mich aufpassen.«

»Alma«, sagte Hatun nun und schaute ihre Freundin beschwörend an.

»Oh bitte«, rief Alma. »Merkst du nicht, was sie da macht? Das ist Erpressung wie aus dem Lehrbuch!«

Nun war es Noa, die unbeeindruckt mit den Schultern zuckte. Diese nonchalante Verhaltensweise von Teenagern nervte Alma schon, wenn sie ihnen auf der Straße begegnen musste oder sie in der U-Bahn beobachtete. Das war ihr auf die Distanz schon genug. Und nun reichte es nicht, dass sie offenbar eine kleine Schwester hatte. Nein, sie musste auch noch ausgerechnet in diesem unausstehlichen Alter sein. Hätten Filipe und – Wie hieß sie gleich? – Annegret sich nicht ein paar Jahre früher treffen können? Dann hätte man vielleicht vernünftig mit Noa reden können.

Und aus irgendeinem Grund wollte sie nicht nach Hause. Alma ahnte das Desaster bereits anrollen, sie konnte die Vibrationen der Katastrophe unter ihren Füßen spüren. Und dennoch.

»Meinetwegen bleib halt. Aber nicht länger als ein paar Tage. Und ich schwöre es dir, wenn du irgendeinen ernsthaften Scheiß gebaut hast und deshalb von der Schule geflogen bist oder in den Jugendarrest musst, chauffiere ich dich persönlich zurück nach Lübeck. Ich gewähre sicher keiner Verbrecherin Unterschlupf und lass mich in was auch immer reinziehen!«

Erleichtert atmete Noa aus und sprang auf. Im letzten Moment konnte sie sich zusammenreißen, Alma nicht um den Hals zu fallen. Ihr war wohl klar, dass das zu viel gewesen wäre. Alma, die immer noch stand, griff nach ihrer Jacke.

»Was machst du?«, fragte Hatun.

»Ich muss mal ein paar Schritte gehen. Und meine Mutter anrufen. Die hat mir einiges zu erklären.«

Sie drückte die Tür des *Dear Dairy* auf und trat in strahlenden Sonnenschein. Sogar der Asphalt der Straßen war wieder trocken, als hätte es wirklich nie geregnet. Fiete saß auf seiner Bank gegenüber und winkte Alma zu. Die hob ebenfalls die Hand zum Gruß, während sie mit der anderen ihr Handy aus ihrer Jackentasche kramte. Sie hatte das Gefühl, sie könnte einen Marathon gehen, und es würde immer noch keine Klarheit in ihrem Kopf herrschen. Eine Schwester also. Noa. Mit Noa war auch Filipe irgendwie wieder da. Und wenn sie auf eine Schwester schon nicht vorbereitet gewesen war – dann darauf, sich mit der Existenz ihres Vaters auseinandersetzen zu müssen, schon zehnmal nicht.

***

»Giuliani?«

»Mama.«

»Ah, ciao bellezza. Wie geht's meinem Mädchen?«

»Das ist stinksauer.«

»Oh, wieso das denn? Ist etwas mit dem Restaurant?«

»Nein.«

»Mit einem Mann?«

»Nein!«

»Mh. Hast du Hunger?«

»Mama, nein!«

»Also, dann weiß ich auch nicht. Vielleicht solltest du mal wieder etwas Vernünftiges essen, nur etwas Käse oder so. Es muss ja nicht gleich der Bresaola sein, aber so eine gute Piadina mit Scamorza, ich bin mir sicher, das würde helfen.«

Alma atmete flach, um ihr Handy mitsamt Mutter nicht gegen die nächste Hauswand zu feuern. Denn diese ließ keine Chance aus, ihrer Tochter klarzumachen, wie wenig sie von veganer Ernährung hielt.

»Ich habe eine Schwester?«

Da niemand etwas sagte, knackte die Leitung, um die unangenehme Stille irgendwie zu überbrücken. Alma gab ihrer Mutter noch ein paar Sekunden, bevor sie weitersprach.

»Mama?«

Loretta räusperte sich.

»Wusstest du davon?«

Ihre Mutter seufzte theatralisch. »Was willst du jetzt von mir hören, Alma?«

»Eine Antwort auf meine Frage: Wusstest du davon?«

»Ach, das ist doch alles schon so lange her. Wieso bringst du dieses Thema jetzt auf? Du weißt doch, dass mir das nicht guttut.«

»Du, du, du. Und was ist mit mir?«, rief Alma hitzig ins Telefon. Da sie ihren Vater aus ihrem Leben und ihren Gedanken verbannt hatte, hatte sie sich nie damit auseinandergesetzt, welchen Schmerz das alles in ihr verursachte. Denn der wurde gleich mit ignoriert.

»Na, dir tut das auch nicht gut. Sonst würdest du ja nicht so schreien.«

Ihre freie Hand ballte Alma zur Faust, so fest, dass ihre Fingerknöchel weiß hervortraten. Sie liebte ihre Mutter, aber zu einem mindestens genauso großen Maße konnte sie sie einfach nicht ertragen. Loretta Giuliani war eine Diva, die ganze Erde sowie die gesamte Galaxie drehten sich um sie. Und Alma bewunderte die auffälligen Gewänder, die ausladenden Gesten, die Stimme, die immer etwas zu laut war. Ihre Mutter war eine Erscheinung, immer präsent. Aber in diesem Moment, wo es einmal um Alma gehen sollte, wo sie eine konkrete Frage hatte zu einem Thema, das nicht nur Loretta verletzt hatte, sondern auch sie, da wünschte sie sich eine Mutter, die sich aufopfernd um ihr Kind sorgte, sich selbst für einen Moment vergaß, um die nagenden Fragen zu beantworten und den beißenden Schmerz der Tochter zu lindern. Aber das würde niemals passieren.

»Mama«, versuchte Alma, so ruhig wie möglich zu sagen, »ich klinge vielleicht etwas erzürnt, weil du meiner Frage ausweichst. Dabei ist die doch ganz einfach zu beantworten: Wusstest du davon, dass ich eine Schwester habe, ja oder nein?«

»Nein, tut mir leid, Alma. In diesem Ton lasse ich nicht mit mir sprechen. Ruf wieder an, wenn du dich beruhigt hast. Aber. So. Nicht!«

Dann klopfte nur noch das Freizeichen an Almas Trommelfell. Loretta Giuliani hatte ihrem Image alle Ehre gemacht und das Telefonat für beendet erklärt. Alma biss sich auf die immer noch fest geballte Faust und erstickte so einen Schrei, der sonst wohl ganz St. Pauli zusammengefaltet hätte. Tränen der Wut schossen ihr in die Augen. Sie versuchte, sie wegzublinzeln, was ihr nicht so recht gelingen wollte. Mit ihrer freien Hand kramte sie in ihrer Jackentasche. Hatte sie nicht noch irgendwo eine Scheibe für den Notfall? Endlich ertasteten ihre Finger die leise knisternde Plastikfolie. Leider war sie leer, die einzelne Scheibe Schmelzkäse, die einst in der Folie verpackt war, hatte Alma in der letzten Stresssituation gegessen. Doch vielleicht haftete noch etwas Geruch an? Alleine das würde sie sicher beruhigen. Sie drehte sich zur Hauswand, sodass niemand sehen konnte, was sie tat. Das hier war schließlich ein Notfall. Sie zog die Folie aus ihrer Jacke und schnupperte daran.

»Na hoppla, was hat dich denn überfahren?«

Hektisch stopfte Alma ihr schmutziges Geheimnis zurück in die Jackentasche und drehte sich überrascht um. Golo stand neben ihr und klimperte mit einem Schlüssel in der Hand. Als sie sich kurz klarmachte, wo sie eigentlich war, stellte sie zu ihrem persönlichen Unmut fest, dass sie genau vor dem Ladengeschäft ihres neuen Nachbarn stand.

»Nein«, raunte sie. »Du nicht auch noch! Nicht heute!«

Sie stapfte schwer atmend und wütend die paar Schritte zu ihrem Restaurant zurück. Erst als sie nach der Türklinke griff, sah sie den tiefen Abdruck ihrer Zähne auf ihrem Handrücken.

8

Noa schaute sich neugierig um und schien jedes Detail in Almas Wohnung in sich aufnehmen zu wollen. Als müsste sie das Wohnzimmer später aus dem Gedächtnis so originalgetreu wie möglich nachzeichnen. Sie tigerte durch den schmalen Flur und nacheinander in jedes Zimmer. Viele gab es nicht, immerhin lebte Alma auf bescheidenen fünfundvierzig Quadratmetern. Für sie reichte das völlig, und Gäste oder Besuch hatte sie eigentlich nie. Ihr Leben fand schließlich im *Dear Dairy* statt. Und so hatte länger niemand das kleine Schlafzimmer, in das genau ein Bett und ein Schrank passten, das kleine, weiß gekachelte und fensterlose Bad – dafür mit der lautesten Lüftung der Welt –, das überraschend geräumige Wohnzimmer, das eher zusammengewürfelt als eingerichtet wirkte, und die kleine, aber klug aufgeteilte Küche gesehen. Von dieser ging auch der große Balkon ab, der zumindest von März bis Oktober die Wohnung um ein Zimmer erweiterte.

»Schön hier«, sagte Noa, als sie versuchte, die vertrockneten Überreste des vergangenen Jahres in Almas Balkonkästen zu identifizieren.

»Danke«, antwortete Alma aus der Küche. »Möchtest du etwas trinken?«

Noa tauchte in der Balkontür auf und lehnte sich dagegen. »Gerne. Hast du Bier da?«

»Du spinnst wohl!« Alma zeigte ihr den Vogel.

»Was denn? Ich bin sechzehn, ich darf das.«

»Mag sein, aber nicht hier. Wenn du Bier willst, kannst du gerne zurück nach Lübeck fahren und dort Bier trinken.«

Sie nahm ein Glas von dem Metallregal und füllte es mit Leitungswasser.

»Hier, ich habe nichts anderes. Ich bin so gut wie nie zu Hause.«

»Weil du immer im Restaurant bist?«

Alma nickte. »Ja, der Laden frisst einfach sehr viel Zeit. Ich muss ja auch alles vorbereiten, Bestellungen machen, Buchhaltung, und, und, und.«

»Schaffst du es deshalb nicht mehr, neue Rezepte auf deinen Blog zu stellen?« Noa hatte sich an den kleinen Bistrotisch gesetzt, der in der Ecke gegenüber vom Herd stand und genau Platz für zwei Personen bot.

Alma war jedes Mal darüber verwundert, wie sie in dieser Küche, die mit sehr viel Wohlwollen vielleicht sieben Quadratmesser maß, für ihren Blog gekocht, Rezepte entwickelt und Gerichte fotografiert und sogar erste Cateringaufträge vorbereitet hatte. Letzteres war natürlich halb illegal gewesen, und das Gesundheitsamt sollte davon besser niemals Wind bekommen. Aber Anerkennung ob dieser fast unmöglich scheinenden Leistung hätte sie dennoch auch von offizieller Stelle verdient. Sie füllte sich ebenfalls ein Glas mit Wasser und setzte sich zu Noa.

»Dafür ist gerade wirklich keine Zeit. Vielleicht, wenn das Restaurant mal richtig angelaufen ist und ich mehr Personal beschäftigen kann. Aber gerade fließt meine ganze Energie ins *Dear Dairy*.«

»Also, ich verstehe davon natürlich nicht so viel, ich bin schließlich erst sechzehn. Aber auf Instagram sieht es aus, als wäre das Restaurant immer voll. Auf jedem Bild sind fast alle Tische besetzt. Wie soll es denn noch besser laufen?«

Alma machte große Augen, und Noa erkannte, dass sie sich verraten hatte. Verlegen zwirbelte sie eine Strähne ihres glatten rotblonden Haares zwischen Zeigefinger und Daumen.

»Seit Filipe mir von dir erzählt hat, *halte ich mich auf dem Laufenden*. Ich hoffe, das klingt nicht allzu gruselig. Aber mich hat einfach interessiert, was du so machst. Immerhin sind wir ja irgendwie Schwestern?«

Alma zuckte immer noch beim Klang des Namens ihres Erzeugers zusammen, und sie hatte prompt das Telefonat mit ihrer Mutter im Ohr.

»Ich weiß, das klingt komisch«, sprach Noa weiter, »auch für mich, und ich kenne dich immerhin schon etwas länger. Na ja, kennen. Ich weiß zumindest schon länger, dass es dich gibt.« Noa stockte. Sie schien schnell verstanden zu haben, dass man bei Alma nicht mit zu viel auf einmal kommen durfte, sondern behutsam lieber einen Schritt zurück als drei forsche Schritte nach vorne machen sollte. Noa hatte wohl ein gutes Gespür für Menschen, aber Alma hatte einfach keine Lust, über sich und diese verkorkste Situation zu sprechen.

»Wieso willst du nicht nach Hause?«, fragte sie stattdessen, um den Fokus von sich abzulenken. Die Luft um sie herum schien sofort ein paar Grad kühler zu werden.

Noa schwieg.

»Wenn du hierbleiben willst, wirst du es mir erzählen müssen«, sagte Alma. »Das ist meine Bedingung.«

»Aber nicht heute, okay?«, antwortete Noa nach einigem Zögern. In ihrer Stimme schwang eine Schwere mit, die Alma nicht erwartet hatte und die sie dazu brachte, sich einverstanden zu erklären.

»Na gut. Wissen denn deine Eltern, wo du bist? Also … deine Mutter?«

Mit einem Mal war Noa wieder lockerer. »Du kannst ruhig Eltern sagen. Annegret hat ein paar Jahre nach meiner Geburt Thomas geheiratet, und der ist eigentlich mein richtiger Vater. Und ja klar wissen die, wo ich bin. So, zeigst du mir, wo ich schlafen kann?«

Alma legte den Kopf schief und kniff die Augen zusammen. Vielleicht war sie doch empathischer, als sie immer geglaubt hatte, denn sie wusste, dass dieses Mädchen ihr gerade irgendwo zwischen den Zeilen eine Lüge aufgetischt hatte.

»Du kannst auf dem Sofa schlafen. Man kann es ausklappen, und es ist sicher nicht das bequemste, aber für ein paar Tage sollte es schon gehen.«

Alma verschwand im Schlafzimmer, um in einer der Kommoden frisches Bettzeug zu holen. Gemeinsam klappten sie das dunkelgrüne Samtsofa um, bezogen die Liegefläche mit einem Laken und hüllten die Decke und Kissen in frische Bezüge. Noa setzte sich auf ihren neuen Schlafplatz und schaute sich in dem Wohnzimmer um, das noch einen großen dunkelbraunen Esstisch beheimatete sowie ein Bücherregal, ein Sideboard und einen Plattenspieler.

»Viel passiert hier aber nicht«, merkte sie an.

»Wie gesagt«, sagte Alma, die etwas unschlüssig im Raum stand, »ich verbringe kaum Zeit hier.«

Da das Sofa nun von Noa okkupiert wurde, wusste sie nicht, wohin mit sich. Folglich blieb ihr nur der Rückzug ins Schlafzimmer oder in die Küche.

»Willst du nicht manchmal fernsehen?«

»Nein, eigentlich nicht. Und wenn, dann kann ich mir ja in den Mediatheken was anschauen.«

»Mhm«, antwortete Noa und ließ ihren Blick weiter durch den Raum gleiten, obwohl sie sich alles schon mehrmals angesehen hatte. Ein unangenehmes Schweigen breitete sich aus. Was machte Alma hier? Gab es eigentlich auch jugendliche Serienkiller? Nicht, dass sie dieses lange, schmale Feenwesen für einen solchen hielt, aber konnte man es wissen? Zumal Noa ihr gar nicht ähnlich sah. Sie war viel heller als Alma, die mit ihren braunen Augen, ihren braunen Haaren und ihrem braunen Teint gleichermaßen portugiesisch wie italienisch aussah. Noa war in jeder Hinsicht zart: die Haut rosa, das Haar rötlich und die Augen in hellem Blau. Auch in ihrer Statur unterschied sie sich gänzlich von Alma. Noa war auch hier – wenig überraschend – zart. Sie war etwas kleiner als Alma, aber nur ein paar Zentimeter, und wirkte aus jeder Perspektive lang und schmal. Sicher würden Pubertät und Zeit hier noch formende Veränderungen vornehmen, aber sie würde nie eine Körperform wie Alma bekommen, die schon immer kräftig gebaut war. Mit einem Meter achtundsiebzig war sie für eine Frau recht groß. Ihre Grundstatur wurde vom Boxtraining und der schweren körperlichen Arbeit in der Küche weiter definiert. Ja, Alma war kräftig, aber Alma war auch stark. Hatun verglich ihre Physis immer mit der der Williams-Schwestern, und Alma wusste wirklich nicht, ob es ein größeres Kompliment gab, als mit den Göttinnen des Tennis verglichen zu werden.

Auch wenn sie von Tennis keine Ahnung hatte. Jedenfalls, Alma fand nicht eine Ähnlichkeit zwischen Noa und ihr. Vielleicht war sie doch nicht ihre Schwester, was wiederum neue Fragen aufwarf: Wer war sie? Und was machte sie hier?

***

Der Versuch, nicht von Serienkillern zu träumen, war gescheitert. Als am Dienstagmorgen Almas Wecker klingelte, fühlte sie sich müder als am Abend zuvor. Sie hatte lange nicht in den Schlaf gefunden, zu viele Fragen und Gedanken wollten von links nach rechts und zurück gewälzt werden. Und selbst der Schlaf war vieles, aber eben nicht erholsam gewesen. Nach einer zweiten Runde Snoozen, die sie sich sonst nie erlaubte, stand Alma schließlich auf. Die neun Minuten zusätzliche Schlummerzeit versuchte sie, wieder wettzumachen, und kam durch das Abweichen von ihrer Routine erst recht ins Straucheln. Alma fühlte sich also nicht wenig gestresst, als ihr klar wurde, dass Noa ja im Wohnzimmer schlief. Neben ihrem Schlafplatz auf dem großen Esszimmertisch stand immer noch Almas Rucksack, und darin befanden sich all die Dinge, die sie im Alltag brauchte – ihr Portemonnaie und ihr Schlüssel beispielsweise. Alma warf einen Blick auf die Zeitanzeige des Backofens. Es war kurz vor halb sechs Uhr morgens, und die Chancen standen nicht schlecht, dass Noa sich gerade in ihrer Tiefschlafphase befand. Alma wollte eine Konfrontation am frühen Morgen vermeiden – und ja, nach Konfrontation fühlte es sich an. Sie überlegte sogar kurz, den Rucksack einfach zu Hause zu lassen, doch leider hatte sie keinen Ersatzschlüssel für das *Dear Dairy* irgendwo anders deponiert. Und während sie recht einfach ohne Geldbeutel durch den Tag kommen würde, ohne den Schlüssel für das Restaurant konnte sie unmöglich aus dem Haus gehen.

Behutsam drückte sie die Klinke der Wohnzimmertür runter und öffnete sie einen Spaltbreit. Noa hatte die Fenster vor dem Schlafengehen wohl noch auf Kipp gestellt, weshalb es im Raum zum einen arschkalt war, aber auch ein angenehm monotoner Geräuschpegel von draußen hereindrang. Das bisschen Rascheln würde da nicht auffallen, dachte Alma, und stieß sich prompt den Fuß an einem Tischbein. Sie unterdrückte einen Schmerzensschrei, erlaubte sich nur ein leises Zischen und hielt die Luft an, um abzuwarten, ob Noa dadurch wach wurde. Doch das Mädchen lag bewegungslos auf dem Sofa, vergraben unter der Decke. Ein leises Schnarchen drang an Almas Ohren.

Sie tastete im Dunkeln nach ihrer Tasche und zur Sicherheit noch mal die Tischplatte des Esstisches ab. Sie war sich nicht sicher, ob sie gestern Abend vielleicht doch etwas auf dem Tisch hatte liegen lassen. Tatsächlich stieß sie mit der Hand leicht gegen etwas, das durch die Bewegung aufleuchtete. Noas Smartphone lag auf dem Tisch, und das hell scheinende Display flutete den Raum mit überraschend viel Licht und blendete Alma, die sich die Hand vor die Augen hielt. Sie blinzelte einige Male, um sich an die neue Lichtquelle zu gewöhnen. Sie wollte eigentlich gar nicht so genau hinschauen, doch ihr Blick wurde vom Licht magisch angezogen wie ein Nachtfalter. Es war erstaunlich viel los auf dem Sperrbildschirm von Noas Smartphone. Einige verpasste Anrufe sowie noch ungelesene Nachrichten tummelten sich dort. Alma nahm das Handy in die Hand, und die Gesichtserkennung verwehrte ihr den Zugang zu dem Gerät. Es verriet ihr dennoch einiges, nämlich dass sowohl die Anrufe als auch die Nachrichten von drei Personen stammten: ihrer Mutter, einer WhatsApp-Gruppe namens »lykkelig familie«, was vermutlich ein Familienchat war, und von einem Jungen namens Tim. Den Inhalt der Nachrichten konnte sie nicht sehen, aber eines war klar: Zweiunddreißig Anrufe in Abwesenheit und ebenso viele Nachrichten der eigenen Mutter konnten nichts Gutes bedeuten. Alma seufzte. Es war nicht schwer, die Lüge zu erkennen, die Noa ihr aufgetischt hatte. Alma wettete, dass ihre Familie nicht wusste, dass Noa in Hamburg war. Oder wo sie sich überhaupt aufhielt. Die Vibrationen der sich ankündigenden Katastrophe, sie konnte sie wieder unter ihren Füßen beben spüren. Doch dafür war jetzt keine Zeit, Alma musste endlich loskommen, wenn sie bei den Vorbereitungen für den heutigen Tag nicht in noch mehr Stress verfallen wollte.

Sie legte das Handy wieder auf den Tisch, schnappte sich ihre Tasche und schloss leise die Wohnzimmertür hinter sich. Sie zog ihre Jacke über und schlüpfte gerade in ihre Boots, als ihre Gedanken wieder zu Noa wanderten. Die würde irgendwann aufwachen, und zwar in einer Wohnung, die sie nicht kannte und in der es nichts Essbares gab. Alma hatte keine Ahnung, ob Noa überhaupt einen Euro in der Tasche hatte. Besaßen Teenager Geld? Alma schüttelte den Kopf über die Tatsache, dass sie von Menschen, die nur mehr als zehn Jahre jünger waren als sie, so absolut keine Ahnung hatte. Sie ging in die Küche, griff nach dem Kuli, der auf dem kleinen Tisch lag, und einem Blatt Zewa, notierte ein paar Worte für Noa und legte einen Zwanzigeuroschein daneben, den sie aus ihrem Geldbeutel gekramt hatte.

Dann endlich schlüpfte sie aus der Wohnung und gab sich dieses Mal keine besondere Mühe, die Tür leise zu schließen. Immerhin war Noas Anwesenheit der Grund dafür, dass ihr Morgen heute übermüdet, gestresst und verspätet begann.

9

Er wollte sie wirklich in Ruhe lassen heute. Golo war ein standfester Mensch, den so schnell nichts schocken konnte, und nach dem furiosen ersten Aufeinandertreffen war er davon ausgegangen, dass Alma das nicht noch toppen konnte. Aber das gestern? Seine reine Präsenz hatte ausgereicht, um sie zu verjagen. Eines Tages würde er schon herausfinden, was sie eigentlich so unerträglich an ihm fand. Aber heute, das hatte er sich vorgenommen, war nicht dieser Tag. Heute mied er seine Nachbarin, ließ ihr ihren *Raum*, wie Toni das wohl nennen würde.

Er saß ein bisschen verzweifelt in seinem Laden – Atelier, Studio, Manufaktur, so richtig entschieden hatte Golo das immer noch nicht. Wie sollte er da jemals eine Produktpalette festlegen, wenn er nicht einmal einen Namen fand? Es war Abend, er vermutete, so gegen zwanzig Uhr. Er hatte absichtlich keine Uhr aufgehängt, denn ein Zeitmesser versetzte ihn automatisch in Stress. Während er das Start-up gegründet und aufgezogen hatte, war Zeit sein engster Begleiter gewesen, er war von Meeting zu Call zu Geschäftsessen gehetzt. Für die kreative Arbeit als Feintäschner musste er die Zeit außen vor lassen. Immerhin hatte er die Werkstatt fertig eingerichtet, dachte Golo, während NDR 90.3 irgendeinen Oldie spielte. Ein paar Pflanzen sowie die

Sitzecke und der knallrote Teppich nahmen dem Laden die sterile Atmosphäre. An der hinteren Wand standen Metallregale, die irgendwann zur Ausstellung seiner Designs dienen sollten. Aktuell trugen sie mit nichts seine Ideenlosigkeit zur Schau.

Auf der anderen Seite befand sich der eigentliche Star des Ladens: die Werkbank. Sie stand im rechten Winkel zur Wand, an welcher er eine metallene Lochplatte angebracht hatte, an der nun fein säuberlich sein gesamtes Werkzeug hing. In den Schubladen der geräumigen Werkbank fanden sich Materialreste, Fäden, Ösen, Nadeln und alles, was er sonst noch brauchte, um aus Lederlappen Produkte zu machen. Vor einem solchen Lappen saß er gerade, als die ersten Töne von Fleetwood Macs »Go Your Own Way« aus den Lautsprechern schallten und Golo den Tag für beendet erklärte.

Er hatte einfach keine Vision, er sah nicht, was aus diesem wertvollen Rohstoff werden sollte, wie man ihn formen und veredeln und so im besten Fall ein Stück für die Ewigkeit schaffen konnte. Oder zumindest für die nächsten Jahrzehnte. Laptopcases, kleine Anhänger für den Schlüsselbund, Dokumentenmappen – all das hatte er schon öfter hergestellt. Doch seit er die Entscheidung getroffen hatte, sein angespartes Geld in diesen Laden und ein Jahr Vorbereitungszeit zu stecken, schlief seine Kreativität. Vorbei waren die Zeiten, in denen er sich ein Stück Leder ansah und sich nach wenigen Augenblicken das fertige Design vor seinem inneren Auge formte.

Stevie Nicks sang gerade »You can go your own way«, als Golo das Lederstück zusammenrollte und an den Rand der Arbeitsfläche legte. Er lachte höhnisch auf. Ja, seinen eigenen Weg war er gegangen, aber an einem richtig sinnvollen Ort war er irgendwie noch nicht angekommen. Er wusste, dass es ihm rein gar nichts nutzte, sich Stress zu machen, deswegen vertrieb er seine nervigen Gedanken und entschied, sich ein Bier beim Kiosk zu holen. Neben den Stufen, die zum Laden hinunterführten, hatte er zwei kleine Bänke aufgestellt, auf denen er nun, wenn Sonne und Temperatur das zuließen, gerne seine Pausen verbrachte.

Er seufzte, als er die Tür hinter sich schloss und je zwei Stufen der insgesamt vier auf einmal nahm. Eigentlich war das hier sein Traum, ein Ort und ein Alltag, den er sich so lange gewünscht und herbeigesehnt hatte. Wieso lief es dann nicht so gut, wie er gedacht hatte?

Er entschied sich kurzerhand gegen den Kiosk und für Bier und eine Portion Nudelsalat aus der *Kleinen Pause*. An diesen Laden hatte er schon nach wenigen Wochen in seiner neuen Nachbarschaft sein Herz und sicher auch seine niedrigen Cholesterinwerte verloren. Der Nachteil war nur, dass er seinem Plan, seine Nachbarin zu meiden, nicht ganz treu bleiben konnte, denn die *Kleine Pause* reihte sich drei Häuser hinter dem Restaurant in die Wohlwillstraße ein. Gut, auf der Terrasse des *Dear Dairy* saßen nur zwei Frauen, die offensichtlich ihr Dinner mit einem Espresso und einer Zigarette abschlossen, wie Golo sehen konnte, der unschlüssig an der Ecke stand. Er könnte die Straßenseite wechseln, dann müsste er nicht über Almas Terrasse laufen, und dahinter wieder zurück auf die eigentliche Straßenseite kommen.

Nein, alleine sich diese Gedanken zu machen, war doch völlig übertrieben. Es konnte ihm schließlich niemand verbieten, auf dieser Seite der Straße entlangzulaufen. Und es war ja auch nicht so, dass er Angst vor Alma hatte. Entschlossen nickte er und wechselte dann doch die Straßenseite. Na gut. Aber jetzt, da er den nötigen Abstand zum *Dear Dairy* und Alma hatte, konnte Golo auch ganz ungeniert rüberstarren. In der Dunkelheit setzten sich die beleuchteten Innenräume des Restaurants gut von der Umgebung ab. Es herrschte reges Treiben, alle Tische schienen besetzt zu sein, und zwei Kellnerinnen liefen schnell zwischen ihnen hindurch, ohne sich jemals in die Quere zu kommen.

Auf einmal flog die Küchentür schwungvoll auf, und zwei Leute kamen heraus. Golo konnte sie erst erkennen, als sie die Ladentür erreichten: Alma und vor ihr ein junges Mädchen mit langen rotblonden Haaren. Almas Körper war angespannt, das konnte Golo von hier aus sehen. Und auch das Mädchen machte keinen gelösten Eindruck mit seinen vor der Brust verschränkten Armen. Alma schob das Mädchen aus dem Laden und dann auf der Straße noch ein paar Schritte weiter. Sie schien kurz zu überlegen und entschied sich dann für die andere Straßenseite – steuerte damit genau auf Golo zu. Ein flüchtiger Blick bestätigte ihm, dass es keine Möglichkeit gab, sich in den ihm verbleibenden zwei Sekunden irgendwo zu verstecken, und in das Gebüsch hinter sich wollte er sich nicht schlagen. Er ergab sich also seinem Schicksal, denn etwas anderes konnte es ja nicht sein, dass ausgerechnet an dem Tag, als er sie meiden wollte, *sie* auf *ihn* zukam.

»Ich hatte dir doch extra Geld dagelassen, damit du dir was zu essen kaufen kannst«, schimpfte Alma gerade und bekam Golos Anwesenheit gar nicht mit. Dabei stand er kaum zwei Meter von Alma und dem Mädchen entfernt.

»Ich dachte halt, ich kann doch auch bei dir essen. Immerhin hast du ein Restaurant!«, wetterte das Mädchen dagegen. Sie war ziemlich schmal und mit Sicherheit noch keine achtzehn Jahre alt, schätzte Golo.

»Noa, ich hab dir gestern schon gesagt, dass ich keine Zeit habe, mich um dich zu kümmern. Vor allem nicht zur Hauptzeit, wenn der Laden voll ist!«

»Und ich habe dir gestern auch schon gesagt, dass ich kein Baby bin! Du brauchst dich also nicht zu kümmern, keine Sorge!«

Oha, dachte Golo. Das ging ja hoch her. Hatte Alma eine Tochter, von der er nichts wusste? Nein, dafür war das Mädchen, das offenbar Noa hieß, schon zu alt. Alma hätte sie dann bekommen müssen, als sie selbst ein Teenager war, und das hielt er nach allem, was er über Alma wusste, für unwahrscheinlich. Er hatte sich zu einer kleinen Onlinerecherche hinreißen lassen, um mehr über Alma zu erfahren, deswegen wusste er, dass sie fünfunddreißig Jahre alt war – und dass weder auf ihrem Blog noch in Artikeln über sie und ihr Restaurant erwähnt wurde, dass sie Kinder hatte.

Selbst wenn sie nicht Mutter und Tochter waren, klang der Streit irgendwie vertraut. So vertraut, dass er nicht weiter unbemerkt lauschen wollte. Er räusperte sich, und beide Frauen drehten sich ruckartig um.

»Gott, hast du mich erschreckt«, rief Alma, als sie ihn erkannte.

»Golo reicht eigentlich«, versuchte er es mit einem Scherz und erntete dafür einen bösen Blick von Alma. Die Mundwinkel des Mädchens hingegen zuckten, das konnte er genau sehen. Er verbuchte es als Minierfolg.

»Bitte entschuldigt, ich wollte euch nicht belauschen. Ihr habt mich übersehen, als ihr hierhergekommen seid«, versuchte Golo, seine Anwesenheit zu rechtfertigen.

»Ich kenne dich nicht, wie sollte ich da irgendwas erkennen?«, fragte die Kleine schnippisch.

»Hast recht, die Aussage war auch an Alma gerichtet«, sagte er ruhig und entschuldigend. Sofort zeichnete sich Enttäuschung auf Noas Gesicht ab, ob der ihr genommenen Möglichkeit, noch mal nachzufeuern. Golo konnte einfach mit Menschen und sogar mit pubertären Heranwachsenden.

»Ist okay, Golo, ich muss eh wieder rein«, sagte Alma knapp und dann an Noa: »Ich habe mich einverstanden erklärt, dass du bei mir schlafen darfst. Ich habe mich einverstanden erklärt, dass du länger als eine Nacht bleibst. Ich hab dir Geld gegeben, damit du nichts von deinem eigenen nehmen musst, falls du überhaupt welches hast. Dafür, dass du mich gestern so überfallen hast, kann man also sagen, dass ich wirklich recht großzügig gewesen bin. Aber das Restaurant, Noa, ist Sperrgebiet. Hast du mich verstanden? Ich will dich hier bei laufendem Betrieb nicht mehr sehen!«

Sie funkelte das Mädchen an, das nur trotzig mit den Schultern zuckte. Alma seufzte.

»Ich muss wieder rein. Wir sprechen morgen nach dem Mittagsgeschäft.«

Sie sprintete über die Straße und verschwand wieder im *Dear Dairy*.

»Hi, ich bin Golo«, stellte sich Golo vor.

»Schön für dich«, brummte Noa und lief einfach los.

»Und du heißt also Noa«, sagte er und trottete neben ihr her.

»Blitzmerker«, fauchte sie, und dann schwieg sie.

»Ihr seid verwandt, oder?« Anders konnte er sich nicht erklären, wie ähnlich diese beiden auf ihn reagierten.

»Was geht es dich an?« Misstrauisch funkelte sie Golo an.

»Eigentlich nichts, ich bin nur ein Freund von Alma.«

»Ja klar«, lachte Noa sarkastisch auf.

»Was denn?«, fragte Golo spielerisch.

»Ihr seid ganz sicher keine Freunde. Ich zumindest freue mich, wenn ich meine Freunde sehe.«

Golo lachte auf. »Doch, doch, wird noch. Hast du Hunger?« Er wechselte das Thema. Noa machte eine unbestimmte Kopfbewegung.

»Es klang jedenfalls so, als hättest du bei Alma nichts zu essen bekommen. Ich wollte gerade eh was futtern gehen. Wenn du magst, komm gerne mit.«

»Ja klar, weil es schon immer eine richtig gute Idee gewesen ist, mit fremden Männern mitzugehen.«

»Das stimmt leider ganz oft. Und wenn ich jetzt sage *Aber mir kannst du vertrauen*, klingt es ganz falsch, richtig? Ich bin aber wirklich ein Freund von Alma. Na gut, vielleicht noch kein richtig guter Freund, ich bin kürzlich in den Laden neben dem Restaurant gezogen. Und sie hat gerade meinen Namen gesagt. Also hast du hiermit den Beweis, dass wir uns wirklich kennen!« Er setzte ein zufriedenes Grinsen auf.

»Ich weiß nicht«, sagte Noa.

»Okay, pass auf. Siehst du den Laden hier gegenüber?« Er zeigte auf die hell erleuchtete *Kleine Pause*, in deren Eingang gerade ein eng umschlungenes Paar verschwand.

»Wie könnte ich den nicht sehen?«, fragte Noa.

»Da gehe ich jetzt essen. Es gibt Currywurst, Buletten, Kartoffelsalat, Nudelsalat, Pommes natürlich auch, und die

Mayo klatschen sie dir mit einem riesigen Löffel auf den Teller. Also, ich hoffe jetzt, du bist keine Veganerin. Sonst wären nur die Pommes ein kleiner Anreiz, und ich kann dir versprechen, sie machen mindestens genauso viel Ketchup auf die Pommes wie Mayo …«

»Ich komme mit«, unterbrach ihn Noa, die wiederum von einem lauten Magengrummeln unterbrochen wurde. Sie lächelte entschuldigend. »Ich habe einen Bärenhunger.«

»Na dann«, sagte Golo und lächelte, »ich nämlich auch.«

***

Noa war keine Veganerin. Nicht mal vegetarisch. Ganz im Gegenteil. Golo studierte die Karte und überprüfte unauffällig, ob das Mädchen irgendein Fleischgericht nicht bestellt hatte. Auf ihrem Teller lagen eine Bratwurst, ein Burger, Nudelsalat und der Kartoffelsalat mit Speck. Eine Orangenlimo und das selige Lächeln auf ihrem Gesicht rundeten das Festmahl ab. Lediglich von ihrem immer wieder aufleuchtenden Smartphone ließ sie sich ablenken. Sie reagierte aber auf keine der Nachrichten. Golo hatte sich mit Currywurst, Pommes und einem Bier begnügt, wobei er nicht umhinkam, immer wieder neidisch auf Noas vollen Teller zu blicken. Nach den ersten hastigen Bissen hatte sie den brennenden Hunger wohl gestillt und konnte sich nun dem entspannten Genuss widmen.

»Erzählst du mir jetzt, woher du Alma kennst?«, fragte er, nachdem sie eine Weile schweigend gegessen hatten.

»Meinetwegen«, antwortete Noa. »Sie ist meine Schwester.«

»Ah«, sagte Golo tonlos.

»Ich weiß, wir sehen uns nicht gerade ähnlich.«

»Ihr habt bestimmt andere Gemeinsamkeiten«, sagte er, wobei er gedanklich die Betonung auf *gemein* legte. »Und du besuchst sie gerade?«

»Joa, so was in der Art«, druckste Noa und drehte das Handy, das schon wieder aufleuchtete – dieses Mal wurde sie angerufen –, mit dem Bildschirm nach unten. Es vibrierte weiter leise vor sich hin. Golo deutete mit seiner Gabel auf das Smartphone.

»Da will dich wohl jemand unbedingt erreichen, mh?«

Noa ignorierte ihn und schob sich ein Stück Bratwurst in den Mund.

»Willst du denn nicht rangehen?«

Eine Gabel Kartoffelsalat folgte.

»Vielleicht ist es wichtig?«

Nun eine Pommes von Golos Teller.

»Falls du den Plan hattest, meinen Fragen unauffällig auszuweichen, kann ich dir sagen: funktioniert nicht. Ganz im Gegenteil.«

Jetzt stocherte sie nur noch in ihrem eigenen Nudelsalat. Entweder hatte er einen Nerv getroffen, oder Noa war einfach satt.

»Also, was ist das mit dir und deinem Telefon?«

»Mann, was willst du eigentlich von mir?«, platzte es lautstark aus Noa heraus. Japp, noch so eine Gemeinsamkeit mit ihrer großen Schwester.

»Sag ich doch ganz klar: Ich will wissen, wieso du nicht an dein Telefon gehen willst, obwohl dich da jemand wirklich verzweifelt zu erreichen versucht.«

Golo lächelte sein charmantestes Golo-Lächeln. Noa schaute ihn verbissen an, dann auf ihren Teller und wieder hoch zu ihm. Golo legte noch eine Schippe Charme drauf, er hatte somit genau das Level erreicht, mit dem er bei Alma scheiterte. Doch er vernahm ein Zucken in Noas linkem Mundwinkel. Eine Sekunde später brach ihre Verteidigung auf.

»Mann, du bist echt doof«, gluckste sie.

»Ich weiß«, antwortete Golo zufrieden und genehmigte sich selbst eine seiner inzwischen erkalteten Pommes. Dann wurde er ernster, denn sein Gefühl sagte ihm, dass hinter den Anrufen ein gar nicht so unwichtiges und vermutlich auch gar nicht so leichtes Thema steckte.

»Manchmal ist es gerade mit einem Fremden leichter, über das zu sprechen, was einen beschäftigt.«

Noa seufzte. »Alma ist wirklich meine Schwester. Na ja, zumindest meine Halbschwester. Wir teilen uns denselben Vater, zu dem sie aber keinen Kontakt hat.« Sie hielt inne. »Oh Gott, sie bringt mich um, wenn sie erfährt, dass ich das einfach so einem Fremden erzähle.«

»Keine Sorge«, versuchte Golo, sie zu beruhigen. »Ich sagte doch, Alma und ich sind Freunde.«

»Oh bitte.« Noa verdrehte die Augen.

Junge, Junge, Alma und ihre Schwester konnten Golo wirklich mit Leichtigkeit vorführen. Hoffentlich tauchten nicht noch weitere Verwandte von Alma und Noa auf, er wusste nicht, ob sein Ego das würde ertragen können.

»Na gut, wir werden Freunde, glaub mir. Und bis sie es mir irgendwann selbst erzählt, werde ich schweigen wie ein Grab. Versprochen.«

»Du kannst dir deine großen Töne sparen, ich habe es dir ja eh schon verraten.« Noa seufzte erneut. »Jedenfalls hat unser Vater mir irgendwann von ihr erzählt. Und jetzt, na ja, dachte ich, ich besuche sie mal.«

»Du bist also gar nicht aus Hamburg?«

»Nein, ich wohne in Lübeck.«

»Und wie alt bist du?«

»Sechzehn.«

»Gehe ich recht in der Annahme, dass es kein Zufall ist, dass du ausgerechnet jetzt Alma kennenlernen wolltest?«

Noa presste die Lippen aufeinander, Golo nahm das als Zeichen, dass er weitersprechen konnte.

»Dann vermute ich noch, dass du zu Hause niemandem von deinem Plan erzählt hast.«

Überrascht blickte Noa auf. »Woher weißt du das?«

Golo lachte leise. »Ich war auch mal sechzehn. Ich weiß zwar nicht, wieso du auf geheimer Mission bist, ich wollte damals einfach nur Unfug treiben und bin nicht nur ein Mal von zu Hause weggeblieben.«

Noa grinste auch, wobei jetzt etwas Trauriges in ihren Augen lag. Golo lehnte sich etwas vor und schlug einen vertrauten Ton an.

»Damals fand ich das sehr aufregend und auch lustig. Über meine Eltern habe ich mir keine Gedanken gemacht. Heute, muss ich sagen, sehe ich das ein bisschen anders. Ich mache dir jetzt also einen Vorschlag, und ich bitte dich, ihn nicht direkt abzuschmettern, sondern mir bis zum Ende zuzuhören und dann mindestens dreißig Sekunden darüber nachzudenken. Versprochen?«

Noa nickte.

»Mein Angebot ist, dass ich dich nicht fragen werde, wieso du hier bist oder wieso du deinen Eltern nicht gesagt hast, wohin du gehst. Du kannst aber jederzeit mit mir sprechen, falls du magst. Wie gesagt, manchmal ist es leichter, seinen ganzen Schrott bei jemandem abzuladen, den man nicht kennt und mit dem man nicht verwandt ist. Dafür hätte ich aber gerne eine Sache: Du rufst jetzt zu Hause an und sagst, dass alles gut ist. Sag ihnen, wo du bist, damit sie wieder ein bisschen ruhiger schlafen können.«

Noa wollte etwas sagen, doch Golo hob drohend den Finger.

»Ah! Was war der Deal? Genau, dreißig Sekunden, die laufen noch.«

Die restlichen siebenundzwanzig Sekunden schwiegen sie.

»Wäre eine Nachricht auch okay?«, fragte Noa überraschend schüchtern.

»Eine Sprachnachricht«, handelte Golo, und Noa nickte erleichtert. Sie griff nach ihrem Handy, stand auf und ging nach draußen. Eine Minute später war sie zurück. Sie setzte sich.

»So, erledigt.«

»Sehr gut!« Golo hielt ihr die Hand zum High Five hin.

»Ernsthaft, Golo, das ist so cringe.«

Er ließ die Hand sinken und wäre wohl peinlich berührt gewesen, wenn er gewusst hätte, was dieses Wort bedeutete.

»Bist du eigentlich Psychologe oder so?«, wollte Noa wissen. Sie griff zur Gabel und leerte ihren Teller bis auf den letzten Krümel.

»Nein, gar nicht. Wie kommst du dadrauf?«

Noa angelte sich das letzte Stück Bratwurst von Golos Teller. »Weil du so kluge Sachen gesagt hast. Als würdest du mich verstehen.« Dann schob sie sich die Wurst in den Mund und kaute zufrieden. Golo fragte sich, wie rasant Noas Stoffwechsel sein musste, dass sie trotz unstillbarem Appetit so eine zierliche Person war. Und er fragte sich auch, wie elastisch ihr Magen war. Der wurde in kürzester Zeit mit mindestens zwei vollwertigen Mahlzeiten versorgt, und Noa machte nicht den Eindruck, als wäre ihr auch nur ein bisschen schlecht. Ganz im Gegenteil, sie schielte schon wieder zur Theke rüber.

»Magst du noch etwas?«, fragte Golo.

»Meinst du, sie haben hier Nachtisch?«, fragte Noa, ohne den Blick von der Auslage zu nehmen.

»Hier nicht, aber die Eisdiele nebenan hat Süßes. Auch Waffeln, falls du keine Lust auf Eis hast.«

Noas Augen wurden groß. »Meinst du, es gibt auch Waffeln mit Eis?«

Golo lachte. »Auch das, ganz sicher!«

Noa zog eine Schnute. »Was? Ich hab halt den ganzen Tag noch nichts gegessen«, sagte sie und verschränkte wieder die Arme vor der Brust.

Golo fing sich sofort wieder. »Du hast recht, entschuldige. Das beantwortet aber vielleicht auch deine Frage von eben: Nein, ich bin kein Psychologe oder Ähnliches. Du hast ja gerade selbst erlebt, was für ein Trampel ich sein kann. Aber ich habe vergangenes Jahr eine Therapie gemacht, und da lernt man einiges über sich und die Menschen in seinem Umfeld.«

Golo stellte zufrieden fest, dass Noas Augen groß wurden. Er hatte ihr das anvertraut, damit sie erkannte, dass sie ihm auch vertrauen konnte. Er zeigte etwas von sich und machte ihr damit deutlich, dass sie sich ebenfalls an ihn wenden konnte. Denn Noa war, so sein erster Eindruck, recht kopflos nach Hamburg gekommen, und er selbst kannte Alma zwar nicht gut, fast gar nicht, aber er wusste, dass sie nicht die empathischste Person war. Er war sich sicher, dass Noa einen Freund gebrauchen konnte. Er klopfte auf den Tisch, das Zeichen zum Aufbruch.

»Weißt du«, sagte er, als er Noa die Tür aufhielt und sie anwies, gleich rechts in den nächsten Laden wieder reinzugehen, »wenn ich so darüber nachdenke, könnte ich auch eine Waffel vertragen. Mit Eis. Denn irgendjemand hat mindestens die Hälfte von meiner Wurst und meinen Pommes gegessen, und da kann ich ja noch gar nicht satt sein.«

»Hey!« Noa boxte ihn in den Arm. Na also, dachte Golo zufrieden, während er überlegte, wie absonderlich sich wohl Schlumpfeis auf einer belgischen Waffel machen würde. Es waren Babyschritte, aber Schritte.

Von: ah.parklets@bezirksamt-mitte.de
An: info@deardairy.de
Betreff: AW: RE: AW: Parklet St. Pauli

16. März

Sehr geehrte Frau Giuliani,

Sie können sich ja sehen, wo und wie Sie wollen, meinetwegen auch noch im Rennen um das Parklet. Faktisch sind Sie es aber nicht. Denn ich kann Ihnen sagen, weshalb Sie mich telefonisch nicht erreichen konnten. Ich war damit beschäftigt, den großen »Abgelehnt«-Stempel erst auf das Stempelkissen und dann auf Ihren Antrag zu drücken, um so ein Mahnmal Ihrer Unzulänglichkeit zu setzen. Im Anschluss beförderte ich Ihren Antrag in einen passenden Briefumschlag, um Ihnen das endgültige Ausscheiden aus dem Bewerbungsverfahren postalisch zukommen zu lassen. Es müsste in den nächsten Tagen bei Ihnen eintreffen.
Ich bitte Sie, von weiteren E-Mails an diese Adresse abzusehen.
Vielen Dank.

Grüße,
Arthur Hägele
Sachbearbeitung Bezirksamt Mitte

10

»Ziehst ’ne ganz schöne Schnute dafür, dass es heute so sonnig ist.«

»Das kommt daher, dass ich nicht so gut ausgestattet bin wie du.« Alma musste lächeln, als sie mit zwei Kaffeetassen die Straße überquerte. Fietes Bank stand im direkten Lichtkegel der Sonne, und Fiete saß darauf – wie das Savoir-vivre in Person. Er trug einen hellen Panamahut, der seine besten Tage vielleicht hinter sich hatte, aber genau deshalb so perfekt auf Fietes rauschebärtigen Kopf passte. Seinen Mantel hatte er neben sich gelegt und die Ärmel seines Leinenhemdes hochgekrempelt. Als besonderes Accessoire trug er eine Sonnenbrille mit einer knallorangen runden Fassung. Sie sah aus, als könnte man sie bei einer der kleinen Boutiquen in den hiesigen Seitenstraßen teuer erstehen.

»Habe ich auf dem Stromkasten da hinten gefunden«, sagte Fiete, der Almas starr auf seine Brille gerichteten Blick wohl bemerkt hatte.

»Steht dir«, sagte Alma, drückte ihm den Kaffee in die Hand und setzte sich. »Ich frage mich nur, was du im Sommer machst, wenn du deine ganze Garderobe jetzt schon trägst. So warm ist es doch noch nicht, dass man die Leinenstoffe aus dem Schrank holen muss.«

»Das vielleicht nicht. Aber es ist schon warm genug, dass man es tun *kann*. Es gibt nämlich Leute, die freuen sich über das schöne Wetter.«

Er bedachte Alma mit einem Seitenblick.

»Ich freue mich auch über das schöne Wetter. Das bedeutet für mich nämlich eine volle Terrasse heute Mittag.«

Es war Mittwochvormittag, die typische Kaffeezeit für Alma und Fiete, und nicht nur die Bank, sondern auch Almas Terrasse bekam den vollen Sonnenschein ab. Sie hatte Arlo zum Blumenladen geschickt, denn heute sollten sich die Gäste fühlen wie auf einer Blumenwiese. Passend zur Sonne gab es heute Mittag einen Wildblumensalat und Piadine, das dünne italienische gefüllte Fladenbrot. Alma würde es fast klassisch befüllen – mit Rucola und Tomaten, Cashewfeta und Fenchelcreme. Man konnte entweder nur den Salat wählen, nur die Piadina oder beides. Für gewöhnlich freute Alma sich immer, wenn sie wusste, dass sie gleich wieder in ihrer Küche verschwinden und mit den frischen grünen Zutaten arbeiten würde. Doch seit einigen Tagen – vermutlich sogar eher Wochen – ertappte sie sich immer öfter dabei, wie sie immer länger auf der Bank mit Fiete verweilte. Gerade jetzt fiel ihr das auf, da die Jahreszeit von Winter zu Frühling wechselte. Das war eigentlich die Zeit, in der Almas Kreativität förmlich übersprudelte, weil endlich neue Gemüse- und Obstsorten Saison hatten und nur darauf warteten, von Alma in neuartige Kreationen verwandelt zu werden. Doch aktuell war von Kreativität weit und breit nichts zu sehen, und Alma lieferte einfach die Rezepte, die sie schon die Jahre zuvor entwickelt hatte. Sie wusste, dass sie gut waren, und sie wusste, dass sie funktionierten. Das musste für den Moment reichen.

»Da sitzt ihr ja in trauter Zweisamkeit.« Hatun schob sich zwischen Alma und die Sonne. Sie nickte Fiete zu.

»Moin, Hatun«, stellte sie sich vor.

»Moin, Fiete«, erwiderte er.

Dann setzte sie sich neben Alma.

»Stimmt«, sagte Alma gedankenverloren, »eigentlich erstaunlich, dass ihr beide euch noch nicht kennt.«

»Du achtest ja auch penibel darauf, dass wir uns nicht begegnen. Zumindest habe ich noch nie eine Einladung zu eurer Kaffeerunde bekommen, auch wenn du mir ständig davon erzählst.«

»Das ist Fietes und meine Qualitytime«, antwortete Alma ungeniert, denn sie meinte es so. »Außerdem würde das im Umkehrschluss auch bedeuten, dass ich Fiete mit zu dir in den Salon bringen müsste.«

Hatun lehnte sich vor und betrachtete Fiete von der Seite.

»Würde nicht schaden«, meinte sie. »Nimm's mir nicht krumm.«

Fiete nickte und lächelte vermutlich unter dem Bart. »Wenn's wärmer ist, komm ich rum«, brummte er und schlürfte Kaffee.

»Du findest mich die Straße runter«, sagte Hatun strahlend. Dann wandte sie sich Alma zu. »Wie war es gestern noch?«

Alma hatte Hatun am Abend zuvor eine Zusammenfassung ihres Streits mit Noa per WhatsApp geschickt, nachdem sie diese draußen hatte stehen lassen. Die Alternative wäre gewesen, ihre Wut an den Gewürzen auszulassen, und sie wollte nicht für Verbrennungen dritten Grades bei ihren Gästen verantwortlich sein, weil ihr der Chili in die Hände fiel.

»Ich habe sie nicht mehr gesehen. Als ich nach Hause kam, hat sie schon geschlafen. Na ja, oder zumindest so getan.«

»Und jetzt?«

»Ich fahre heute Nachmittag nach Hause, und da sprechen wir.«

»Und worüber?«, fragte Hatun.

»Ich habe keine Ahnung. Ich weiß immer noch nicht, was sie hier will.«

»Na, dich kennenlernen.«

»Und was ist, wenn ich das nicht will?«

»Alma, Noa kann doch nichts dafür, dass euer Vater so ein Lappen ist. Und wer weiß, du verpasst vielleicht die Chance, eine richtig coole kleine Schwester zu haben!«

Es war Fiete, der ihre Unterhaltung mit einem Räuspern unterbrach.

»Ach so, entschuldige, Fiete«, sagte Hatun. »Alma hat dir mit Sicherheit nichts erzählt. Also, Folgendes ist passiert: Ihre kleine Schwester, von der sie nichts wusste, ist hier vorgestern aufgetaucht und möchte Alma kennenlernen. Sie wohnt jetzt für ein paar Tage bei ihr, und unsere liebe Alma steht sich bei der ganzen Sache selbst etwas im Weg.«

»Hatun, spinnst du?«, rief Alma wütend aus. »Du kannst hier doch nicht einfach mein Privatleben ausbreiten!«

Alma war fassungslos, Hatun kein Stück beeindruckt. Fiete schaute unschuldig, aber wie sollte er auch sonst gucken, er war ja relativ unfreiwillig in die Situation gezogen worden.

»Alma, wir sind hier doch unter uns.«

»Ich wollte eh los«, sagte Fiete, stellte seine Tasse zwischen sich und Alma ab und griff nach seinen Tüten. Die Tasse war noch halb voll.

»Musst du nicht, Fiete«, sagte Alma schnell. Sie hatte sich beruhigt und drückte dem alterslos alten Mann die Tasse wieder in die Hand. »Und du bist ein schlechter Lügner.«

Fiete lächelte mit den Augen und nahm das Getränk dankend wieder an.

»Und du«, schaltete sich Hatun wieder ein, »unfassbar verkrampft, wenn es mal um dich geht.«

»Ich weiß gar nicht, wieso du da jetzt so zustimmend mit dem Kopf nickst, Fiete«, bemerkte Alma.

»Eben drum«, kicherte Fiete.

Alma verdrehte die Augen. Dass diese beiden nun eine Einheit gegen sie bildeten, hatte ihr gerade noch gefehlt.

»Schau mal, da ist dein neuer Nachbar«, sagte Hatun und zeigte über die Straße, wo Golo gerade am *Dear Dairy* vorbeilief und interessiert ins Innere des Ladens schaute. Nein, korrigierte Alma sich in Gedanken, *das* hatte ihr gerade noch gefehlt.

»Golo ist neu im Laden neben Almas. Dummerweise macht er Lederwaren, was natürlich gar nicht gut mit einem veganen Restaurant Tür an Tür harmoniert«, erklärte Hatun. Fiete hatte aufmerksam zugehört und nickte nun. Zehn Meter weiter drehte Golo seinen Kopf in Richtung der kleinen Parkbank, als hätte er seinen Namen vernommen. Er winkte und wollte schon weiterlaufen, als Alma einem Impuls folgend aufsprang und über die Straße auf ihn zuhastete.

»Warte mal!«, rief sie. Golo blieb abrupt stehen und schaute Alma überrascht lächelnd an.

»Hi«, begrüßte er sie.

»Ja, äh, hi.«

»Wie geht's?«

»Ähm, danke, gut. Aber das tut nichts zur Sache«, murmelte sie. »Ich wollte eigentlich nur wissen, was ihr gestern noch geredet habt. Also, Noa und du?«

Sie schaute ihn direkt an und hoffte, dass ihre Miene als Lächeln durchging. Sein Bart funkelte rötlich in der Sonne, ebenso wie seine Haare, denen Alma bisher keine Beachtung geschenkt hatte.

Golo legte den Kopf schief, schaute sie belustigt an, und Alma wurde klar, dass er das tat, weil sie ihn zu lange zu interessiert angeschaut hatte. Sie schüttelte sich, und ein unangenehmes Gefühl krabbelte ihre Wangen hinauf. Wurde sie gerade etwa rot? Alleine die Vorstellung, zu erröten, reichte, um ihre Wangen noch mal richtig anzufeuern.

»Also?«, fragte sie und ignorierte das Krächzen ihrer Stimme.

»Wir waren Pommes essen. Bei dir hat sie allem Anschein nach ja nichts bekommen«, zog er sie auf und Alma die Mundwinkel nach unten.

»Sie kann doch nicht erwarten, dass ich, wenn der Laden voll ist, mit ihr in der Küche abhänge und mit ihr plaudere!«

»Ich glaube, das hat sie auch gar nicht gewollt. Noa wäre bestimmt zufrieden gewesen, wenn du ihr einen Platz zugewiesen und einen Teller Nudeln vor die Nase gestellt hättest.« Er zuckte mit den Achseln.

»Und was hat sie sonst noch so gesagt?«, fragte Alma. Es war eine Sache, wenn Fiete auf einen Schlag alle Baustellen ihres Privatlebens kannte. Aber sie konnte darauf verzichten, dass ihr schmieriger Nachbar so viel über sie wusste.

»Keine Sorge, sie war hauptsächlich mit kauen beschäftigt«, sagte er lachend. »Ehrlich, ich habe noch nie einen Menschen so viel essen sehen.«

»Alles klar, danke«, sagte Alma und wollte wieder zu ihrer Bank gehen. Doch Golo hielt sie sanft am Arm zurück.

»Sie hat irgendwas. Ich konnte nicht rausfinden, was, aber ich bin mir sicher, sie trägt irgendetwas mit sich herum, über das sie eigentlich gerne sprechen würde. Vielleicht hast du mal einen ruhigen Moment, um ihr dein Gehör zu schenken. Immerhin«, er hielt einen Moment inne, bevor er weitersprach, »scheint ihr euch besser zu kennen. Vielleicht gehst du mit ihr ein wenig behutsamer um als gestern. Dann öffnet sie sich dir bestimmt, denn ich bin mir sicher, im Grunde will sie dir gerne erzählen, was sie hierhergebracht hat.«

Was sie hierhergebracht hat? Also hatte Noa ihm doch ein bisschen was erzählt?

Alma befreite ihren Arm aus seinem Griff, energischer als nötig.

»Entschuldige, das sollte kein ungefragter Ratschlag sein«, lenkte Golo ein und bewies damit ein feines Gespür. »Das ist mir nur aufgefallen, und ich dachte, es hilft, wenn ich dir von meiner Beobachtung erzähle, immerhin habe ich ja einen objektiveren Blick darauf als du.«

Alma zog die Augenbrauen nach oben.

»Ach verdammt, so sollte das jetzt auch wieder nicht klingen.« Golo kratzte sich verlegen das Kinn.

»Danke für deinen Versuch«, antwortete Alma tonlos und ging zur Bank zurück.

Wieso fand sie es insgeheim irgendwie schön, dass Golo sich bemüht hatte, die richtigen Worte zu finden? Und irgendwie nett, dass er ins Stolpern gekommen war? Wieso musste sich Noa ausgerechnet den neuen Schlächter von St. Pauli als Vertrauensperson aussuchen? Zu viele Fragen, auf die Alma die Antworten eigentlich gar nicht wissen wollte. Vielmehr wollte sie diese Fragen gar nicht erst stellen müssen.

***

Das strahlende Wetter hielt sich den ganzen Tag, und als Alma nach einem ausverkauften Mittagstisch Richtung Eimsbüttel radelte, hellte sich sogar ihre Stimmung auf. Selbst in Anbetracht des ihr bevorstehenden Gespräches mit Noa. Sie fand das Mädchen auf dem Balkon sitzend vor. Sie hatte es sich auf den gestapelten Europaletten, die mit Polstern und Kissen ausgestattet waren, gemütlich gemacht. Kopfhörer und geschlossene Augen hielten die Welt draußen und ihre Gedanken – welche das auch immer sein mochten – bei sich.

»Hey, ich bin da«, sagte Alma laut, die sie von der Balkontür aus beobachtet hatte.

Besonders laut schien ihre Musik nicht zu sein, denn Noa öffnete sogleich die Augen. Sie lächelte. »Hast du Hunger?«, begrüßte sie Alma. »Ich habe einen Salat gemacht und extra mit dem Essen auf dich gewartet.«

Alma konnte tatsächlich etwas zu essen vertragen. Sie war heute Mittag nicht dazu gekommen, auch nur einen Bissen zu naschen.

»Ja, gerne«, sagte sie, bemüht um einen freundlichen, aber nicht zu euphorischen Ton. »Ich hole mal Teller und Besteck.«

Sie verschwand in der Küche. Jetzt registrierte sie auch das Chaos, das sich in der Spüle und auf der Arbeitsfläche ausgebreitet hatte. Dreckige Schüsseln, Messer, Anschnitte von Rohkost und einzelne kraftlose Salatblätter lagen herum, garniert mit Flecken von Öl und Essig. Noa war ihr gefolgt und öffnete den Kühlschrank.

»Teller brauchen wir nicht«, sagte sie, als sie zwei große Schüsseln herausholte, in jeder Salat und Gemüse, so bunt wie ein Pantone-Fächer, garniert mit gerösteten Brotwürfeln.

Sie hat also fest mit mir gerechnet, dachte Alma, als sie Noa wieder auf den Balkon folgte. Die schlüpfte noch mal nach innen und brachte eine Milchkanne raus, in der das Dressing schwamm.

»Ich wusste ja nicht, wann du kommst, und wollte nicht, dass der Salat labbrig wird«, sagte sie, während sie ihr Grünzeug damit ertränkte.

»Du wusstest, dass ich mitessen würde?«

»Ich hatte es gehofft.« Noa strahlte sie an. »Guten Appetit.«

Den wünschte Alma ihr ebenfalls und pikste als Erstes ein Stück Gurke und Blattgrün mit der Gabel auf. Das Dressing hatte zu viel Säure, stellte sie beim Essen fest. Eine Tatsache, die sie für sich behielt. Denn selbst mit Almas nur rudimentär ausgeprägten zwischenmenschlichen Talenten war ihr klar, dass das die fragile gute Stimmung zwischen ihnen ruinieren würde.

»Ups, bin mit dem Essig ausgerutscht«, sagte Noa in die Stille hinein. »Du kannst es ruhig stehen lassen, du bist bestimmt viel besseres Essen gewohnt.«

Vehement schüttelte Alma den Kopf. »Ich mag es sauer. Ich habe meine Salate früher mit kaum mehr als Essig und Salz angemacht. Glaub mir, mit der Mischung konnte man Tote wecken.«

Noa sah erleichtert aus und stocherte weiter in ihrem Grün herum.

»Kochst du zu Hause auch manchmal?«, fragte Alma vorsichtig.

Noa schüttelte den Kopf. »Nee, das macht meistens Thomas. Annegret kann nicht besonders gut kochen, und ich werde zum Kücheaufräumen verdonnert. Und mittags esse ich meistens in der Schule.«

»Hast du denn gar keine Schule gerade?«, fragte Alma.

»Nö, sind Ferien«, antwortete Noa knapp.

Alma glaubte ihr nicht. »Wenn ich das jetzt googele, wird mir das Internet dasselbe sagen?«

»Ja, mach halt, wenn du mir nicht glaubst!« In unter einer Sekunde von freundlich zu aufbrausend, Alma fragte sich, ob man sich je daran gewöhnen würde. Sie wollte es nur ungern zugeben, aber Golo hatte wohl recht mit seiner Aussage. Wenn sie mit Noa weiterkommen wollte, musste sie mehr Fingerspitzengefühl an den Tag legen. Sie musste Noa einfach behandeln wie Filoteig. Bei dem musste sie auch darauf achten, dass er ihr nicht zwischen den Fingern zerbröselte.

»Ich glaube dir nicht«, sagte sie ganz ruhig. »Und dass ich damit richtiglag, hat mir deine Reaktion gerade deutlich gezeigt. Noa, ich bin nicht für dich verantwortlich. Wenn du also nicht zur Schule gehst, ist das alleine deine Sache, mir ist das relativ egal. Was mir allerdings nicht egal sein kann, ist, wenn ich das Gefühl habe, dass du mich anlügst. Das hatte ich eben. Und das hatte ich, als ich dich gefragt habe, ob deine Eltern wüssten, dass du hier in Hamburg bist. Ich hab zugestimmt, dich hier aufzunehmen, und ich bin gewillt, dir Zeit zu geben, bis du mir sagst, was eigentlich los ist bei dir. Aber wenn du noch einmal lügst, dann sitzt du schneller wieder im Regio, als du Lübeck sagen kannst. Ist das klar?«

Na gut, so richtig zart war sie nun nicht vorgegangen. Aber in dem Punkt war Alma wohl einfach Tochter ihrer eigenen Mutter, und Loretta hatte in ihrer Erziehung auch eher mit dem Vorschlaghammer hantiert als mit den Samthandschuhen. Und selbst wenn Noa nun eingeschnappt ihr Zeug zusammenpacken würde – dann hätte Alma immerhin wieder ihre Ruhe.

»Ich habe ihnen Bescheid gegeben.«

»Wie bitte?«

»Meinen Eltern. Ich habe ihnen gestern eine Nachricht geschickt, als ich mit Golo essen war.«

»Aha.«

»Du magst ihn nicht besonders, oder?«

»Wieso?«, fragte Alma überrascht. »Was hat er erzählt?«

»Er hat behauptet, dass ihr Freunde seid. Aber das habe ich ihm keinen Moment geglaubt.«

»Ha«, lachte Alma auf. Natürlich dachte er das. Für ihn war es vermutlich *unvorstellbar*, dass ihn jemand nicht mochte – oder seinem Charme erlag.

»Dabei ist er wirklich nett«, sprach Noa weiter. »Immerhin hat er mir Burger und Bratwurst und eine Waffel mit Eis spendiert.«

Alma schüttelte missbilligend den Kopf. »Er tut wirklich alles dafür, dass ich ihn nicht mag. Immerhin betreibe ich ein veganes Restaurant, und er muss meiner kleinen Schwester ausgerechnet Bratwurst vor die Nase setzen.«

Erschrocken blickte sie auf und schaute in ein mindestens genauso überraschtes Gesicht. Die Worte »kleine

Schwester« waren ihr ganz leicht über die Lippen gekommen, ja irgendwie ganz selbstverständlich.

Noa räusperte sich. »Vor die Nase gesetzt stimmt nicht so ganz, ich habe mir die selbst ausgesucht.«

»Das sollte auch irgendwie ein Scherz sein. Jedenfalls, weil du gekocht hast, räume ich die Küche auf. Auch wenn ich dich bitten möchte, in Zukunft nicht ein ganz so großes Schlachtfeld zu hinterlassen.«

»Ja klar, entschuldige«, antwortete Noa und half ihr, das Geschirr in die Küche zu räumen.

»Was macht eigentlich der Käse in deinem Kühlschrank?«, fragte sie, als sie hinter Alma in die Küche ging. Erschrocken fuhr Alma herum. »Wie bitte?«

»Da ist eine Tupperdose in deinem Kühlschrank, und da drin ist eindeutig Käse. Fällt mir nur gerade ein, weil du von deinem veganen Restaurant gesprochen hast.«

»Ach das«, entgegnete Alma. »Eine Freundin hat den hier mal vergessen.«

Dabei wusste Alma nicht mal, wann sie zuletzt eine Freundin zu Besuch gehabt hatte. Und das konnte nur Hatun gewesen sein, denn für mehr Freundinnen reichte ihre Zeit nicht.

»Und wieso hast du den noch? Ich meine, du isst ihn doch nicht.«

Fieberhaft suchte Alma nach einer glaubwürdigen Antwort, als sie das Besteck ordentlich in den kleinen Korb in der Spülmaschine einsortierte. Die Wahrheit war nämlich keine Option.

»Die Umwelt«, sagte sie schließlich fast schon erleichtert. »Im *Dear Dairy* geht es ja nicht nur um veganes Essen, sondern auch darum, keine Lebensmittel zu verschwenden.

Deshalb hebe ich den Käse so lange auf, bis die Freundin ihn das nächste Mal mitnimmt.«

»Aha«, antwortete Noa tonlos, und Alma wurde das Gefühl nicht los, dass sie ihr gerade genauso wenig glaubte wie Alma ihr bei der Geschichte mit den Schulferien. Doch dann setzte Noa die Kopfhörer auf und zog sich ins Wohnzimmer zurück. Katastrophe gerade noch mal abgewendet.

11

Wie konnte es eigentlich sein, dass eine Mail im Spam-Ordner landete, wenn sie von einer Adresse stammte, an die man schon geschrieben hatte? Dieses technische Defizit hatte dazu geführt, dass Alma die neueste digitale Post vom Bezirksamt Mitte erst am Samstagvormittag zwischen den zahlreichen Angeboten für Geldspenden, Penisverlängerungen und Heilmittel gegen Arthrose gefunden und diese ihr, pünktlich zum Wochenende, ordentlich die Laune verhagelt hatte. Dieser Hägele hatte es geschafft, sich mit zwei Mails zu Almas Erzfeind Nummer eins hochzuschreiben. Und das war eine beachtliche Leistung, bedachte man, dass ihr neuer Nachbar mit Leder arbeitete und der Überzeugung war, dass ihm die Frauen dieser Welt nur so zuflogen, einfach wenn er lächelte.

Alma versuchte, das Positive an der Sache zu sehen: Für den Apéro am Samstag musste wahnsinnig viel geschnippelt werden. Eine Arbeit, die sich hervorragend dazu eignete, aufgestaute Wut loszuwerden. Sie wütete also schon seit zwei Stunden in der Küche herum. Arlo hatte hin und wieder mal einen Blick hineingeworfen, sich dann aber schnell wieder verzogen. Nur einmal hatte sie den Arm durch die Tür geschoben, um Alma einen Kaffee auf der Anrichte abzustellen. Den hatte Alma aber erst nicht beachtet, dann vergessen. Sie brauchte heute nicht unbedingt noch mehr Feuer im Kessel. Vielleicht würde sie zukünftig gänzlich auf Koffein verzichten, dachte sie, so eine Mail am Morgen brachte sie da viel effizienter in Fahrt.

Arlo streckte wieder den Kopf zur Tür herein. Sie räusperte sich.

»Es geht los, wir haben Gäste.«

»Was?« Überrascht riss Alma den Kopf hoch und suchte die Küche nach einer Uhr ab. »Es ist doch noch viel zu früh!«

Arlo schüttelte den Kopf. »Nein, wir haben bereits fünfzehn Uhr. Luna und Hannes sitzen draußen und haben richtig großen Appetit auf zwei Portionen Apéro. Die Negroni Sbagliato mische ich ihnen gleich. Und du weißt, sie freuen sich wie immer über ein persönliches Hallo!«

Damit zog sie ihren Kopf wieder zurück und machte sich mit Sicherheit hinter der Bar daran, Bitter, roten Wermut und Prosecco in Gläser zu füllen. Wenn Negroni schon ein super Drink für tagsüber war, dann war der etwas leichtere Negroni Sbagliato quasi obligatorisch für einen guten Nachmittag. Eine gute vegane Alternative für Campari zu finden, war gar nicht leicht gewesen. Zwar wurde der Likör nicht mehr mit tierischen Farbpartikeln hergestellt, doch für den Klärungsprozess wurde wie so oft Gelatine benutzt. Alma und Arlo hatten tagelang kleine Feinkostläden, Getränkehandel und Onlineshops durchforstet, um anschließend ein Tasting mit den gefundenen zu machen. Gewonnen hatte der Bitter einer kleinen Manufaktur aus Sardinien.

Alma holte ein großes Holzbrett von der Anrichte, das sie als Platte für die kleinen Happen nutzte. Sie belegte das Brett mit verschiedenen Gemüsesorten und Dips. Ihr aktueller Favorit waren die Thymian-Mandel-Creme und der Feigen-Dip, in welchen sie veganen Feta bröselte, der dem Original in nichts nachstand. Geröstetes Brot mit feinstem Olivenöl eingerieben und frischen Kräutern bestreut bot die Basis für die Tomatensalsa. Pimientos de Padrón durften auf keinen Fall fehlen und auch nicht Almas neuestes Wagnis: Datteln im So-was-wie-Speckmantel. Sie hatte eine Weile daran getüftelt, das rauchige Aroma und die krosse Konsistenz des Specks zu imitieren, aber sie glaubte, sie hatte die Lösung gefunden: Reispapier.

Alma begutachtete ihr fertiges Werk und nickte zufrieden. Ja, das würde sie so auch fotografieren und auf den Blog stellen. Verrückt, an den Blog hatte sie lange nicht mehr gedacht. Dabei fehlte es ihr sehr, wie ihr ein kleiner Stich ins Herz gerade verdeutlichte. Sie knöpfte die Kochjacke auf und hängte sie an den Haken rechts neben der Tür. Dann schnappte sie sich das Brett und schob sich durch die Schwingtür.

»Machst du mir auch einen kleinen?«, rief sie Arlo zu, bevor sie sich auf den Weg nach draußen machte.

»Entschuldigen Sie?«

Alma schaute sich verwirrt um.

»Ja, Schätzchen, genau Sie mit dem Tablett«, hörte sie die Stimme erneut und sah nun auf die dazugehörige Person. An einem Tisch ganz hinten in der Ecke saß ein Paar, das so gar nicht zur gängigen Klientel des *Dear Dairy* passen wollte, da beide bestimmt um die siebzig Jahre alt waren. Alma kam zu ihnen an den Tisch. »Ja bitte?«, fragte sie freundlich und lächelte die Frau an.

»Ah, sehr schön, sehr schön. Entschuldigen Sie bitte, dass ich so nach Ihnen gerufen hab, aber zu Fuß hätte ich Sie niemals eingeholt, selbst mit den neuen Knien bin ich nicht mehr so flink. Mein Freund«, sie zeigt auf den Mann, der ihr gegenübersaß, »hat eine Frage.«

»Renate, bitte lass das«, zischte der Mann unter seinem stattlichen Schnauzer. Es war ihm ganz offensichtlich ziemlich unangenehm, dass seine Freundin nach Alma gerufen hatte.

Alma wandte sich ihm zu. »Egal, welche Frage es ist, ich bin mir sicher, entweder ich oder meine Kollegin Arlo können sie beantworten. Glauben Sie mir, Arlo weiß alles!«

Aufmunternd lächelte sie den Mann an, und auch seine Freundin, die im Gegensatz zu ihm gar nicht schüchtern zu sein schien, feuerte ihn an – auf ihre ganz eigene Art und Weise.

»Also, Metin, jetzt mach schon. Ich ruf hier doch nicht durch den ganzen Laden wie ein Brüllaffe, nur damit du dann den Mund nicht aufbekommst. Und nur, weil deine Donauwelle ganz passabel ist, ist es ja keine Schande, nicht alle Gerichte der Welt zu kennen.«

Er hatte also eine Frage zu der Karte, dachte Alma.

»Ganz passabel? Du findest meine Kuchen also nur ganz passabel?« Die Stimme des Mannes klang auffällig brüchig.

»Herrje«, sagte die Frau namens Renate und verdrehte die hellen Augen. »Natürlich nicht, Metin, ich liebe deine Donauwelle. Genauso wie dich. Ich würde es aber auch sehr lieben, wenn du aus deinem Schneckenhaus kriechen und dich einfach mit der netten Dame hier unterhalten würdest, die übrigens schon sehr lange an unserem Tisch steht und darauf wartet, dass hier mal was passiert.«

»Oh, das ist gar kein Problem«, beeilte sich Alma zu sagen. Sie wollte am liebsten den ganzen Tag bei den beiden am Tisch bleiben, es gab ja wohl nichts Schöneres als zwei verliebte alte Menschen.

»Ich liebe dich auch«, flüsterte da der alte Mann und schaute seine Freundin so verliebt an, dass er mit Sicherheit alles um sich herum vergaß. Alma schmolz dahin, Renate offensichtlich auch.

»Also gut«, sagte der Mann ein paar Augenblicke später, »schauen Sie, ich befasse mich auch leidenschaftlich mit Essen, mein Metier ist das Backen. Aber ich kenne dieses vegan nicht. Was also sollten wir bestellen, wenn wir das mal probieren wollen?«

Oh Gott, die beiden brachten Alma zum Schmelzen. Sie war wirklich nur noch eine Pfütze, ein Schneemann im April. Aber sie riss sich zusammen.

»Vegan«, begann sie zu erklären, »bedeutet, dass ein Gericht ganz ohne tierische Lebensmittel zubereitet wurde. Also kein Fleisch, keine Milchprodukte, keine Eier, Fisch, Honig und so weiter. Alles in meinem Restaurant ist vegan und orientiert sich an der mediterranen Küche, hauptsächlich Italien, aber auch Spanien, Griechenland und Portugal. Ich habe eine Idee: Was halten Sie davon, wenn wir Ihnen auch so eine Platte zusammenstellen, damit Sie mal ein wenig von allem probieren können? So bekommen Sie vermutlich den besten Eindruck, wie das *Dear Dairy* so schmeckt.«

»Schätzchen, das ist eine tolle Idee, vielen Dank«, freute sich Renate, und auch Metin klatschte verzückt in die Hände.

»Sehr gerne, so machen wir das! Und eine Frage noch: Wie haben Sie von unserem Restaurant erfahren?«, fragte Alma.

»Oh, unsere Freundinnen Irmgard und Irene haben davon auf Facebook gelesen und gesagt, wir müssen hier mal unbedingt hin. Wir sind in unserer Runde diejenigen, die sich mit gutem Essen auskennen«, prahlte Renate.

Metin räusperte sich.

»Ja gut, Metin kennt sich aus. Ich bin eher das dekorative Accessoire.« Sie klimperte spielerisch mit den Wimpern, und Alma hatte ein neues Lebensziel für sich entdeckt – nämlich genau so zu werden wie die beiden.

***

Luna und Hannes waren Stammgäste der ersten Stunde. Dabei hatten sie gar nicht zu der Leserschaft von Almas Blog gehört, sondern waren Foodies, die immer auf der Suche nach neuen und guten veganen Restaurants durch die Viertel Hamburgs stromerten. Das *Dear Dairy* war seit nun zwei Jahren ihr absoluter Favorit und der Samstagnachmittag ein fest eingetragener Termin in ihrem Kalender.

»Alma«, riefen sie erfreut, als sich die Köchin näherte. Behutsam stellte sie das große Brett auf dem Tisch ab und begrüßte die beiden mit einem Lächeln, ehe sie sich hinsetzte. Just in dem Moment kam auch Arlo mit Almas kleinem Pausendrink, einem Bicicletta, raus – eine Mischung aus trockenem Weißwein, Sodawasser und rotem Bitter. Almas Getränk wurde im kleinen Tumbler serviert, da sie gleich wieder in die Küche musste und es da ratsam war, einen klaren Kopf und damit alle zehn Finger zu behalten.

»Das sieht ja wieder himmlisch aus!«, jubelte Luna, und die drei ließen ihre Gläser klirren.

»Vielen Dank, Alma«, freute sich auch Hannes und griff als Erster zu einer der Datteln. Aufmerksam beobachtete Alma seine Reaktion, nachdem er die kleine Kugel in den Mund geschoben hatte. In ihrer Küche bekam sie nie mit, wie ihr Essen bei den Gästen ankam. Natürlich wurde im Vorfeld probegekocht, bevor etwas überhaupt auf die Karte gesetzt wurde, und Arlo und alle Aushilfen mussten her – und durften sich mit ehrlichem Feedback nicht zurückhalten. Aber die Reaktion eines Gastes, das war irgendwie etwas ganz anderes. Und Hannes' Reaktion nach zu urteilen, war ihr die Dattel so gut gelungen, wie sie sich erhofft hatte.

»Alma, wie immer«, schmatzte er zufrieden, »ein voller Erfolg!«

Hannes sah aus wie ein Erdkundelehrer, fand Alma. Er hatte lockige dunkelblonde Haare, eine runde Nickelbrille und ein gutmütiges Gesicht. Der einzige Unterschied zu den Lehrern, denen Alma in ihrer Schulzeit begegnet war, war, dass ihm Cord ausgesprochen gut stand. Er trug keine dunkelbraunen ausgebeulten Cordhosen oder grau karierte Blazer mit Patches auf den Ellbogen. Heute hatte er eine schmal geschnittene dunkelgrüne Cordhose zu seinen veganen weißen Sneakern eines hippen Berliner Modelabels an. Luna dagegen trug immer Schwarz. Ihr kantig geschnittener schwarzer Bob mit kurzem Pony und die große schwarze Brille in ihrem geraden Gesicht bildeten ein stimmiges Bild mit den Gewändern, die meist asymmetrisch geschnitten waren. Nur Lunas Schuhe waren bunt. Am liebsten griff sie zu auffälligen Neontönen.

»Sag mal, ist da jemand in den Laden nebenan gezogen?«, fragte Luna in die genießerische Stille hinein.

Alma seufzte. »Ja, leider.«

»So richtig viel passiert da aber noch nicht, oder? Hannes und ich haben eben beim Vorbeilaufen einen Blick reingeworfen. Bis auf eine große Werkbank ist da nicht viel zu sehen.«

Zum Glück, dachte Alma und ließ mit einer Antwort auf sich warten.

»Bestimmt ein Goldschmied«, mutmaßte Hannes, der einen Augenblick zuvor eine der kleinen grünen gegrillten Paprikas geköpft hatte.

Sollte sie ihnen die Wahrheit sagen? Noch konnte man von außen nicht erahnen, welche Gräueltaten sich bald im Innern des Ladens abspielen würden. Aber wenn sie Hannes und Luna davon erzählte, konnte Alma schon mal herausfinden, wie ihre Gäste es auffassen würden, dass es bald eine Ledermanufaktur Tür an Tür mit ihrem liebsten veganen Restaurant geben würde. Und eigentlich waren die beiden perfekt geeignet, um eine erste Reaktion zu bekommen. Denn sie lebten den Begriff des Veganismus in allen Facetten und allen Bereichen ihres Lebens. Es ging nicht nur um ihre Ernährung, auch ihre Kleider und Alltagsgegenstände, Einrichtung und so weiter bestanden aus tierfreien Produkten. Sie musste es wagen. Denn früher oder später – hoffentlich später bis nie – würde der Tag kommen, an dem Golo seine Pforten öffnen würde. Und lieber hatte sie die Kontrolle über die Informationsverteilung, als passiv dabei zuzuschauen, wie es sie in den prophezeiten Ruin trieb.

»Ja, er befindet sich wohl noch in der Vorbereitungsphase«, tastete sie sich langsam heran.

»Aber weißt du, was er, wer auch immer das ist, vorbereitet?«, fragte Luna neugierig.

»Ja, wir fänden es toll, einen weiteren kleinen, charmanten Laden hier auf Pauli zu haben. Noch eine Adresse, die wir samstags in unsere Flanierroute einbauen könnten, wir lieben schönes Handwerk«, meinte Hannes strahlend.

»Er, also sein Name ist Golo, ist wohl erst kürzlich von Berlin hierhergezogen. Und er macht leider keinen Schmuck.«

»Was denn dann? Mensch, Alma, jetzt mach es doch nicht so spannend!«

Alma seufzte. »Er ist Sattler von Beruf.«

»Sattler?« Luna zog eine ungläubige Grimasse.

»Ja, oder Feintäschner. Keine Ahnung, ich kenn mich da nicht aus.«

»Was ist denn ein Feintäschner?«, fragte Luna verwundert.

»Na ja, das ist jemand, der … der …«, druckste Alma herum.

»Jemand, der mit Leder arbeitet«, beendete Hannes ihren Satz. Er ließ die Gabel langsam sinken und sah so aus, als wüsste er nicht, was er von dieser Neuigkeit halten sollte.

»Was? Leder? Neben deinem Restaurant?« Luna, die sonst mit eher ruhiger Stimme sprach, klang plötzlich ganz schrill.

Betreten nickte Alma. »Ich weiß, es klingt wie ein schlechter Scherz. Aber leider ist es die Wahrheit.«

»Alma, das kannst du doch nicht mit dir machen lassen!«

»Ja, du musst dich doch irgendwie zur Wehr setzen«, sagte nun auch Hannes überraschend energisch. »Ich will ehrlich sein, ich weiß nicht, ob ich hier noch friedlich auf deiner Terrasse sitzen und essen kann, wenn mich von nebenan eine tote Kuh anglotzt.«

Da war es. Die Wahrwerdung all ihrer Befürchtungen. Alma sackte ein bisschen in sich zusammen. Wenn selbst ihre treuesten Gäste, die das *Dear Dairy* liebten, schon beim Gedanken an den Laden nebenan mit ihrem Wegbleiben drohten, sah ihre Zukunft wirklich düster aus.

»Ja, Alma, das ist echt bitter. Ich sehe das leider wie Hannes. Ich kann doch keines deiner leckeren Gerichte genießen, wenn neben mir eine Stange mit Lederhandtäschchen steht.« Luna schüttelte sich.

»Was soll ich denn machen?«, fragte Alma, die für einen Moment die Hoffnung verlassen hatte.

»Mach ihm klar, dass er schlecht für dein Geschäft ist«, schlug Luna vor.

»Ja, das Recht des Ersteren!«, stimmte Hannes zu.

»Das habe ich schon probiert, hat ihn herzlich wenig interessiert.«

»Mach es noch mal!«

»Ja, geh ihm einfach so lange auf die Nerven, bis er von selbst geht.«

Alma schaute sie ungläubig an. »Ihr meint, ich soll ihn rausmobben?«

Abwehrend hoben beide die Hände.

»Also das hat hier niemand gesagt«, sagte Hannes in aller Unschuld. Er schob seinen Teller ein Stück weg. »Bring uns bitte die Rechnung, Alma. Irgendwie ist mir der Appetit vergangen.«

»Natürlich.« Alma nickte und stand auf. Sie ging nach innen und schickte Arlo raus, um Hannes und Luna abzukassieren und sie mit einem Espresso aufs Haus noch mal auf subtile Art daran zu erinnern, was sie am *Dear Dairy* so schätzten. Neue Nachbarn hin oder her.

Alma stand an die Theke gelehnt und versuchte, durch tiefe Atemzüge wieder zu Kräften zu kommen. Sie hatte befürchtet, dass sie genau so reagieren würden. Nun fühlte sie sich ausgelaugt. Aber so ging es ihr immer, wenn sie draußen bei ihren Gästen gewesen war. Alma war eine Spitzenköchin, aber nicht unbedingt die beste Gastgeberin. Das war Arlos Stärke. Die kam mit dem noch halb gefüllten Brett zurück an den Tresen.

»Was ist denn da passiert?«, wunderte sie sich über die übrig gebliebenen Speisen. Für gewöhnlich ließen Hannes und Luna nie auch nur einen Krümel über. Sie stellte alles auf der Arbeitsfläche hinter der Theke ab und nahm sich eine der Datteln vom Brett.

»Mh, schmeckt super. Daran kann's also nicht liegen«, sagte sie kauend. Arlo war wohl der größte Fan der Datteln. Alma setzte sich auf einen der Barhocker und nahm sich ebenfalls einen Snack vom Brett. Es wäre zu schade, all die kleinen Köstlichkeiten in den Müll wandern zu lassen. Sie schielte nach draußen, um zu sehen, ob Fiete wohl gerade da war. Er würde sich über die eine oder andere Leckerei sicher auch freuen. Aber die Bank war leer.

»Ich habe ihnen vom Laden nebenan erzählt«, seufzte Alma.

»Ja, und?«

»Und es kam so, wie ich es befürchtet habe: Der Kerl macht mir mein Restaurant kaputt. Hannes und Luna haben schon gesagt, dass sie nicht mehr kommen können, wenn direkt neben ihnen die Ledertaschen hängen.«

»Wirklich?«

»Ja. Sie meinten, ich sollte ihn rausekeln. Und irgendwie haben sie recht, denn wenn er nicht wäre, könnte hier alles ungestört weiterlaufen.«

»Jetzt mach mal ’nen Punkt, Alma!«

Erschrocken zuckte Alma zusammen. Mit einem solchen Ausbruch hatte sie nicht gerechnet.

»Ja, Hannes und Luna sind unsere Stammgäste, und ja, sie sind auch ganz nett. Aber, meine Güte, sie übertreiben auch einfach! Wir sind immer noch ein Restaurant und nicht deren persönliche Spielwiese. Und wenn sie ein Problem mit dem Laden nebenan haben, dann ist das *ihr* Problem. Du hast keinen Einfluss darauf, wer die Läden nebenan mietet. Es ist nicht deine Schuld, dass es nun eben eine Ledermanufaktur ist. Das alles hat rein gar nichts mit dem *Dear Dairy* zu tun. Meine Güte, bin ich denn die einzig Normale in dem Laden hier?« Genervt stemmte Arlo die Hände in die Hüften.

»Aber sie haben doch nur versucht zu helfen«, sagte Alma zaghaft.

»Nein, Alma. Sie erpressen dich auf ganz miese Art. Deinen Nachbarn rausmobben, ich meine, ticken diese blöden Eimsbüttel-Hipster eigentlich noch richtig?«

»Du weißt doch gar nicht, ob sie in Eimsbüttel wohnen.«

»Ist mir scheißegal, wo die wohnen. Aber sie führen sich so auf, als wäre das ihr Laden, ihre Straße und ihr Viertel. Sie sind Gäste hier, gerne gesehene Gäste. Aber nur, weil sie dich beim Vornamen kennen und du dich mal auf einen Schnack zu ihnen setzt, heißt das noch lange nicht, dass sie hier irgendwelches Mitbestimmungsrecht haben! Wenn sie Golo rausgemobbt haben wollen, dann dürfen sie sich gerne selbst die Finger schmutzig machen. Wir werden das ganz sicher nicht machen. Außerdem mag ich Golo, der ist nett.«

»Aha.« Mehr bekam Alma nicht raus, zu überfahren war sie von Arlos leidenschaftlicher Rede.

»Ja.«

»Du magst Golo also?«

Arlo schüttelte lachend den Kopf. »Wirklich jetzt, Alma, nach allem, was ich gesagt habe, ist es das, was dich interessiert?«

»Na ja, mit Golos Auftauchen fingen die Probleme ja erst an«, wehrte Alma sich.

»Falsch. Nicht er ist das Problem, sondern dein Umgang damit.«

Etwas forderte Arlos Aufmerksamkeit, denn sie nahm den Blick von Alma und schaute nach draußen. Neue Gäste, die den Rest der Frühlingssonne noch auskosten wollten, hatten sich auf die Terrasse gesetzt. Sie griff sich zwei Karten, lief nach draußen und ließ Alma einfach stehen.

12

»Hallo.«

Golo ließ einen lauten Schrei los und drehte sich abrupt auf seinem Drehhocker um.

»Wow, du kreischst wie ein Mädchen«, sagte Noa, die schmunzelnd in der Tür stand.

»Falsch«, antwortete Golo und versuchte, sich so ein letztes bisschen Würde zu bewahren. »Mädchen kreischen wie ich.«

Noa schnaubte. »Was machst du da?«, fragte sie und kam zu ihm an die Werkbank.

»Ich vernähe die Träger«, antwortete er und zeigte ihr die zwei länglichen Streifen hellblauen Leders, die er aufeinandergelegt hatte. »So werden sie stabiler.«

»Wird das eine Tasche?«, fragte Noa interessiert.

»Fast, ein Rucksack. Meine Freundin Toni hat bald Geburtstag, und ich schenke ihr den.«

»Wow, das ist ein richtig tolles Geschenk!«

»Und was machst du hier?«

»Sag halt, wenn du dich nicht über meinen Besuch freust.«

Der Frieden war wie immer nur von kurzer Dauer gewesen.

»Doch, natürlich freue ich mich«, entgegnete Golo beschwichtigend.

»Na also.« Noa ließ sich auf das Sofa in der Sitzecke plumpsen.

»Ich bin nur überrascht. Ich meine, du hast sicher Besseres zu tun, als mich hier zu besuchen?«

Noa schnaubte wieder, doch dieses Mal klang es nicht amüsiert.

»Hast du doch, oder?«, hakte Golo nach.

»Nein, hab ich halt nicht! Bist du jetzt zufrieden?«

Bockig verschränkte sie die Arme vor der Brust.

Lächelnd stellte sich Golo neben das Sofa und schaute auf die Teenagerin herunter. »Noa, jetzt mal unter uns: Ist dir langweilig?«

»Mann, lach halt nicht!«

Ihre Wasserlinie flimmerte verdächtig. Oje.

»Ich lache gar nicht. Na ja, zumindest lache ich dich nicht aus. Aber du kannst doch einfach sagen, dass dir langweilig ist, da ist doch nichts bei.«

Noa setzte sich gerade auf und reckte das Kinn nach oben. »Ja, gut«, sagte sie dann. »Ich habe Langeweile, und ich hatte gehofft, dass sie hier verfliegt.«

»Nichts leichter als das«, verkündete Golo und nahm seine Jacke vom Haken. »Ich hol mir schnell was zu trinken vom Kiosk. Magst du auch etwas?«

»Gerne, ’ne Cola.«

Golo sprang die Stufen hinauf, ging ein paar Schritte zum nächsten Kiosk und war wenige Minuten später mit einer Cola, einer Apfelschorle und zwei Schokoriegeln wieder zurück.

In der Zwischenzeit war Noa nahezu mit dem Polster des Sofas verschmolzen und tippte auf ihrem Handy herum. Sie hatte sein Kommen wohl nicht gehört, und Golo witterte die Chance, ihr den Schreckmoment heimzuzahlen. Doch da hob das Mädchen den Kopf und blickte ihn unbeeindruckt an. »Denk gar nicht daran«, sagte sie, bevor sie weiter auf ihrem Handy herumtippte.

»Pff«, machte Golo nur, setzte sich auf einen Sessel neben dem Sofa und stellte seine Beute auf den Tisch. Er schraubte seine Apfelschorle auf – Gott, er liebte Apfelschorle – und nahm zwei große Schlucke. Dann griff er zu einem der beiden Riegel und riss die Folie auf. Noa interessierte sich nicht für die mitgebrachten Snacks, sondern wurde weiter von ihrem Smartphone in Beschlag genommen.

»Und, wie geht's dir so?«, fragte Golo in die Stille hinein. Jetzt, wo sie schon mal da war, hatte er das Gefühl, dass er sich auch wie ein Gastgeber zu verhalten hatte. Er war ein Meister darin, gepflegte Konversation zu betreiben. Doch bei Teenagern galten wohl in allen Lebensbereichen andere Regeln.

»Gut«, murmelte Noa, immer noch im Bann ihres Handys. Golo biss von seinem Riegel ab und ließ sich ausgiebig Zeit mit dem Kauen. Doch nichts passierte.

»Mir auch«, sagte er in die Stille.

»Schön«, murmelte Noa.

Das war wirklich nicht einfach, musste sich Golo eingestehen. Was tat so ein Jugendlicher den ganzen Tag? Aufs Handy schauen, so viel war klar. Und sonst? Vielleicht hatte sie Hobbys, nach denen er sie fragen könnte. Oder sie hatte einen Freund? Und was war eigentlich mit …

»Sag mal, Noa, hast du eigentlich keine Schule?«, fragte Golo.

Noa schüttelte den Kopf.

»Sind etwa Ferien?« Das kam Golo allerdings etwas abwegig vor. Er lehnte sich in Noas Richtung. »Schwänzt du etwa?«, fragte er mit einem Augenzwinkern in der Stimme.

»Ich brauchte einfach mal eine Pause von zu Hause«, antwortete Noa knapp, und Golo konnte sehen, dass sie auf ihrer Unterlippe herumkaute. Man musste kein Psychologe sein, um zu verstehen, dass sie sich in einem Themenfeld bewegten, über das das Mädchen gerade nicht sprechen wollte. Er lehnte sich wieder zurück und begann, das Etikett seiner Flasche abzuknibbeln.

»Auf welche Schule gehst du denn?«, fragte er. Neutralität war nun das Gebot der Stunde.

»Real«, war die einsilbige Antwort, die er bekam. Immerhin, besser als keine.

Golo rechnete kurz nach. »Das heißt doch«, dachte er dann laut, »dass du eigentlich bald deinen Abschluss machen müsstest, oder?«

Noa nickte. »Ja, dieses Jahr. Eigentlich.«

Aha, da war etwas. Dieses kleine Wörtchen, das sie sich nicht hatte verkneifen können und das viel mehr preisgab, als es Noa vermutlich lieb war. Das würde er wieder aufgreifen. Nicht jetzt. Aber er merkte es sich.

»Und weißt du schon, was du danach machen willst?«, fragte Golo also stattdessen.

»Ha, keine Ahnung.« Noa klang angemessen zynisch, wie wohl jeder, der nach seinem Abschluss nicht wusste, wohin mit sich.

»Das verstehe ich voll. Mein Schulabschluss liegt zwar schon ein paar Jahre zurück – aber ganz sicher nicht mehr als fünf! –, aber ich wusste damals auch überhaupt nicht, welchen Beruf ich später einmal ausüben wollte. Und deshalb auch nicht, welche Ausbildung zu mir passen könnte oder welches Studienfach mich interessierte.«

Endlich löste Noa den Blick von ihrem Handybildschirm und schaute interessiert auf. »Und was hast du dann gemacht?«, fragte sie.

»Praktika«, antwortete Golo wahrheitsgetreu. »Ich habe mir verschiedene Berufe und den Alltag darin angeschaut.«

Noa legte die Stirn in Falten. Ihr konzentriertes Gesicht zeigte deutlich, dass sie über diese Möglichkeit noch nie nachgedacht hatte.

»Wenn du willst, kannst du bei mir ein Praktikum machen. Na ja, Praktikum, das ist vielleicht zu hoch gegriffen. Aber was hältst du davon, wenn du mir einfach bei der Arbeit zuschaust? Und ein bisschen was ausprobierst natürlich. Vielleicht gefällt es dir ja, und Handwerk ist etwas für dich.«

Golo merkte, wie ihn die Idee total begeisterte. Nicht nur, weil er wirklich Lust hatte, Noa seine Arbeit näherzubringen. Sondern weil er durch ihre Anwesenheit auch dazu gezwungen wäre zu arbeiten, wirklich etwas zu tun und nicht nur in endlosen Gedankenschleifen zum Thema Namensfindung und Produktpalette festzustecken.

»Alma killt mich, wenn ich ihr das erzähle«, grinste Noa, und in ihren Augen funkelte es verdächtig. »Aber ja«, sagte sie dann. »Sehr gerne.«

Ob sie Alma wohl ärgern wollte? Anders konnte er sich den schelmischen Ausdruck in ihren Augen nicht erklären. *Aber gut, das ist nicht mein Problem*, dachte Golo, und direkt im selben Augenblick wurde ihm klar, dass das der wohl naivste Gedanke war, den er je hatte.

»Super!«, freute er sich. »Und Alma bringst du es einfach schonend bei? Ich bin mir ziemlich sicher, dass eine vegane

Köchin nicht in der Lage ist, einen kaltblütigen Mord zu begehen. Also solltest du sicher sein.«

Noa lachte, doch nur kurz, denn das Aufleuchten ihres Handys beendete den schönen Moment. Eine Nachricht eines gewissen Tims erschien auf dem Display, woraufhin Noas Lachen erstarb und sie genervt aufstöhnte.

»Oje«, sagte Golo. »Ist Tim dein Freund?«

»Ja«, sagte sie, und ihr Tonfall machte deutlich, dass sie das Thema nicht vertiefen wollte.

Golo räusperte sich. »Was hältst du davon, wenn wir heute Abend ins *Dear Dairy* essen gehen? Ich wollte das mit zwei Freunden machen, Santi und Toni, und du könntest mitkommen, wenn du magst?«

Erleichtert lächelte Noa ihn an und nickte. *Na also*, dachte Golo, *so schwer ist der Umgang mit Teenagern doch gar nicht.*

***

Als Noa aufs Klo verschwunden war, brach es aus Santi heraus.

»Sag mal, Golo, findest du sie nicht ein bisschen sehr jung? Ich mein, ist sie überhaupt schon volljährig?«

Golo blickte ihn fragend an, und auch Toni, die gerade etwas in ihrer Handtasche suchte, unterbrach diese Tätigkeit und blickte überrascht auf.

»Was?«, meinte Santi entschuldigend zu seiner Frau. »Er hat mir heute geschrieben, dass er ein Date mitbringt.«

Toni verdrehte die Augen und tätschelte seinen Unterarm. Ganz so, als wollte sie sagen: Immerhin ist er hübsch. Golo brach in schallendes Gelächter aus, so laut, dass die

Gespräche an den Tischen um sie herum für einen Moment verstummten. Er machte eine entschuldigende Geste, versuchte, sich zu beruhigen, kicherte aber immer noch. Die Tränen liefen ihm aus den Augen, und jedes Mal, wenn er sich und seinen Atem gerade wieder unter Kontrolle hatte, brauchte es nur einen Blick zu Santi, um in einer neuen Welle des Lachens unterzugehen. Santi schien immer noch nicht zu verstehen, weshalb sein Freund so lachte und seine Frau ihn so mitleidig anschaute. Noa, die eben von der Toilette zurückkam, verstand die Situation ebenso wenig.

»Was ist denn hier los?«, fragte sie, und eine kleine Sorgenfalte legte sich auf ihre kindlich glatte Stirn, als sie Golos derangierten Zustand bemerkte.

Der schüttelte nur den Kopf. »Ach nichts«, sagte er japsend. »Santi hat nur einfach einen sagenhaften Humor.«

Interessiert schaute Noa von einem zum anderen und setzte sich auf ihren Platz.

»Was hast du denn gesagt?«, fragte sie Santi.

Bevor der etwas Falsches sagen konnte, kam ihm Toni zuvor. »Ach, das war Situationskomik, das ist immer so schwer nachzuerzählen.«

»Ah ja, das kenne ich«, antwortete Noa und widmete sich wieder ihrer Vorspeise.

Golo hatte sie natürlich schon im Vorfeld eingeladen. Er wollte nicht einfach davon ausgehen, dass Noa im *Dear Dairy* nichts zahlen musste, und sie sollte sich beim Bestellen nicht zurückhalten. Das hier war schließlich ein kulinarisches Erlebnis. Und Noa hatte, wie er in der *Kleinen Pause* schon feststellen durfte, einen immensen Appetit. Zur Vorspeise hatte sie sich das Tomatensorbet ausgesucht, das mit Basilikumspiegel und Grissini gereicht wurde. Noas

Gesichtsausdruck nach zu urteilen, schmeckte ihr das Gericht sehr gut. Die anderen drei hatten sich für die andere angebotene Vorspeise entschieden: Tortelloni in Brühe, da ihnen der heutige Wind noch in den Knochen steckte. Sobald im Hamburger Frühling die Sonne verschwunden war, tat es ihr die ganze Jahreszeit gleich, und es herrschte wieder Winter. Die Suppe sah allerdings nicht aus wie erwartet. In der klaren Gemüsebrühe, die wunderbar aromatisch und kräftig schmeckte, schwammen keine klassischen Tortellini, sondern drei größere Tortelloni inside out. Das bedeutete, dass Spinatblätter in Form einer Tortelloni geformt wurden. Als Golo das Gebilde mit seinem Messer durchschnitt, rollten kleine Kugeln in einer weißen Masse heraus.

»Fregola«, hatte Arlo erklärt, die mit einem Mal zum perfekten Zeitpunkt an ihrem Tisch gestanden hatte. »Das sind kleine Nudeln in Kugelform, ursprünglich aus Sardinien. Vermengt wurden sie hier mit veganer Creme, Zwiebeln, etwas Muskat und Knoblauch, um in der Gesamtkomposition einer klassischen Tortelloni in nichts nachzustehen.« Sie hatte noch einen guten Appetit gewünscht und war wieder verschwunden, vermutlich um anderen zu erklären, was da gerade auf ihrem Teller passierte.

Es schmeckte köstlich, und die Brösel, die wohl den Parmesan ersetzten, standen diesem in nichts nach. Golo löffelte das letzte Stück Tortelloni auf und bereitete sich darauf vor, diesen Geschmack zum letzten Mal für heute zu genießen, als Arlo wieder an ihren Tisch kam.

»Alles gut bei euch?«, fragte sie, während sie mit unauffälligem Blick überprüfte, ob noch alle Gläser ausreichend gefüllt waren. Alle vier nickten und wirkten mehr als beseelt.

»Wie schön«, freute sie sich. »Wenn ihr mit der Vorspeise fertig seid, weise ich mal euren Hauptgang an. Nicht dass ich euch nicht gerne dahabe, ich will euch nur nicht zu lange warten lassen. Alma reißt mir vermutlich den Kopf ab, wenn sie erfährt, dass ich ihre kleine Schwester habe hungern lassen. Bei dir ist das was anderes«, sagte sie mit Blick auf Golo.

»Weiß Alma, dass wir da sind?«, fragte Noa, und Golo war sich sicher, dass nur er die Sorge in ihrer Stimme hören konnte.

»Nein, noch nicht.« Arlo schüttelte den Kopf. »Ich dachte, ich lass erst mal die Rushhour vorbeiziehen und schicke sie nachher zu euch. Also lasst euch Zeit, ihr werdet hier bis nach Feierabend sitzen!«

Sie lächelte und schwebte weiter zwischen den Tischen und Gästen hin und her, wobei ihr pistaziengrün leuchtender Kopf dafür sorgte, dass man sich nie lange nach Arlo umschauen musste. Man sah sie sofort.

Santi machte große Augen. »Almas Schwester?«, fragte er Golo.

»Äh, ja«, antwortete Noa abschätzig. »Ich bin hier vielleicht die Jüngste am Tisch, aber unhöfliches Verhalten erkenne ich. Über Anwesende in der dritten Person zu sprechen, gehört dazu.«

Toni klatschte verzückt in die Hände.

Santi entschuldigte sich hastig. »Ich hatte keine Ahnung!«

»Haben wir damit alle Fragezeichen des heutigen Abends geklärt?«, fragte Golo amüsiert und schaute nur Santi an. Der nickte und griff nach seinem Glas.

»Schön«, erwiderte Golo und nahm ebenfalls sein Glas in die Hand. »Auf diesen Abend und das Essen mit Freunden, ganz genau so wie ich es schätze und liebe!«

Und wie er es zuletzt in Berlin schmerzlichst vermisst hatte, da es dort Einladungen zum Dinner eigentlich nur im beruflichen Kontext gegeben hatte.

Selbst Noa schien sich pudelwohl zu fühlen, obwohl sie den Abend ja mit »Alten« verbringen musste. Doch sie fügte sich einfach in die Unterhaltung mit ein, und Golo nahm erleichtert zur Kenntnis, dass auch Santi und Toni ihre Aussagen und Gedanken zu Themen für voll nahmen. Er hatte sogar einmal Alma gesehen, als sie kurz durch die Küchentür geguckt hatte. Ihr Blick war an ihrem Tisch hängen geblieben, und dann war sie wieder hinter den schwingenden Türen verschwunden. Sie freute sich eindeutig über ihre Anwesenheit. Seine Ironie musste er allerdings beiseitepacken, als Arlo ein Dessert an den Tisch brachte, das keiner bestellt hatte. Wie aus dem Nichts erschien sie mit einer länglichen Platte und stellte sie in der Tischmitte ab. Darauf lagen vier Esslöffel – und auf jedem eine ordentliche Portion Schokoladencreme.

»Ist das Nutella?«, fragte Noa.

»So was in der Art.« Arlo schmunzelte. »Eine selbst gemachte vegane Adaption natürlich. Aber die Idee ist dieselbe, wie man sie zu Hause oft hat: ein Essen mit einer kleinen Süßigkeit abzuschließen. Es soll simpel sein, es soll ehrlich sein, und es soll schaffen, dass ihr euch im *Dear Dairy* ganz wie zu Hause fühlt.«

Sie lächelte noch mal das breite und herzliche Arlo-Lächeln, verschwand dann und kam eine Minute später wieder zum Tisch zurück. Dieses Mal hatte sie ein Tablett mit vier dampfenden Espressotassen dabei.

»Noa, falls du keinen Espresso magst, lass ihn ruhig stehen. Für den Rest gilt: Man kann kein Essen ohne einen Espresso abschließen.«

»Oh, ich weiß nicht, ob ich dann noch schlafen kann heute«, wandte Santi ein. Der Blick, den er dafür von Arlo kassierte, ließ seine Bedenken sich aber in Luft auflösen.

»Du hast recht«, stammelte er. »Nach dem guten Essen wird man so oder so schlafen.«

Hastig stürzte er den kleinen Kaffee hinunter, der allerdings nicht nur stark, sondern auch heiß war.

»Au, fuck«, entfuhr es ihm, als er sich die Finger an die schmerzende Lippe hielt.

»Nutella soll helfen«, grinste Toni und hielt ihm seinen Löffel vor die Nase. Golo grinste. Es schien nichts zu geben, das Toni mehr liebte, als ihren Mann zu piesacken. Denn Santi war mehr als diszipliniert, wenn es um seine Ernährung ging. Ein Abend wie heute mit einem dreigängigen Menü und zuckerhaltigem Nachtisch war eine Ausnahme, eine absolute Ausnahme. Doch selbst die fiel ihm nicht leicht, bemerkte Golo, während sein Freund kritisch den Nachtisch musterte. Toni hatte es sich zur Aufgabe gemacht, ihn hin und wieder aus seinem eng geschnürten Ernährungspyramidenkorsett herauszulocken, also hielt sie ihm den Löffel weiterhin entgegen. Santi nahm ihn endlich an und schob ihn sich ganz in den Mund. Nur eine Sekunde später schloss er die Augen, und ein verzücktes Lächeln legte sich auf sein Gesicht.

»Ist lecker?«, fragte Arlo gespannt.

»Fuper fhmackhaft!«

Sie lachte leise und ließ sie wieder alleine. Golo nahm sich ebenfalls einen Löffel vom Teller und probierte etwas von der Creme. Sie war schokoladig, schokoladiger als Nutella, aber auch nussig, süß und gleichzeitig herb. Und dann war da noch etwas. Eine Nuance, die erst nach einigen

Sekunden in den Vordergrund drang. Nur welcher Geschmack das war, darauf kam Golo beim besten Willen nicht.

»Vanille?«, fragte Toni, die ihn beobachtet hatte und seine Überlegungen nachvollziehen konnte.

»Habe ich auch schon überlegt. Oder Zimt«, mutmaßte Golo.

»Nee, das ist kein Zimt«, widersprach Toni.

»Vanille ist es aber auch nicht«, kam es da von Noa. Sie hatte ihren Löffel schon blitzblank geschleckt und tunkte gerade auf fachmännische Art ihren Cantuccini in den Espresso, als hätte sie das dolce vita erfunden.

»Was denkst du, was es ist?«, wollte Toni wissen.

»Ich bin mir noch nicht sicher, ich muss das erst noch nachhallen lassen.«

Sie waren so in ihre Gespräche und das Essen vertieft gewesen, dass sie gar nicht mitbekommen hatten, wie sich das Restaurant immer weiter geleert hatte. Erst als Golo sich suchend nach Arlo umdrehte, um noch ein Glas Wein zu bestellen, stellte er erstaunt fest, dass inzwischen nur noch ihr Tisch besetzt war. Die einzigen anderen Gäste zahlten gerade bei der Kellnerin und waren schon im Begriff aufzustehen. Anstatt nach ihr zu winken, folgte er Arlo, als die wieder hinter der Theke verschwand.

»Was kann ich dir bringen?«, fragte sie ihn freundlich.

»Eigentlich wollte ich fragen, ob ich noch ein Glas Wein haben kann, aber vielleicht gehen wir jetzt auch besser, damit ihr Feierabend machen könnt.«

Arlo griff nach einem Rotweinglas und dem Barolo, den Golo schon davor getrunken hatte, und schenkte ihm ein.

»Ich sagte doch, ihr bleibt bis nach Feierabend. Jetzt entspann dich mal, und ich schick euer fünftes Musketier gleich raus.«

Sie stellte ihm das Glas auf die Theke und zwinkerte ihm zu, bevor sie sich umdrehte und in der Küche verschwand. Aus der dröhnte nun, da sich keine regulären Gäste mehr im Laden befanden, »Bohemian Rhapsody« von Queen. Ein Klassiker, mit dem einem das Aufräumen ganz von selbst von der Hand ging, dachte Golo, als er sich wieder zu den anderen setzte. Keine fünf Minuten später gesellte sich tatsächlich auch Alma zu ihnen. Sie zog sich einen Stuhl heran und ließ sich darauf plumpsen. In der Hand hatte sie einen kleinen Tumbler mit Spritz.

»Sie hat mir gedroht zu kündigen, wenn ich mich nicht zu euch setze«, sagte Alma tonlos und nahm einen Schluck.

»Na denn, prost«, lachte Toni und hielt ihr Glas in die Höhe.

»Ja«, stimmte Golo zu. »Auf die pure Lebensfreude.«

Alma zog eine Grimasse, stieß jedoch mit ihnen allen an. »Sorry«, sagte sie nach einer Weile. »Heute war die Hölle. Und eigentlich will ich einfach nur in mein Bett fallen.«

»Da kann ich dir behilflich sein.«

»Golo! Hier sind Kinder am Tisch«, rief Toni, nur um sich gleich darauf zu Noa umzudrehen. »Entschuldigung, ich halte dich natürlich nicht für ein Kind, aber, also …«

Noa lachte. »Keine Sorge, Toni, ich habe schon mal von diesem Beischlaf gehört. Aber ich habe dennoch kein Interesse daran, Zeuge zu werden, wie Golo meine Schwester anflirtet.«

»Ihr verpasst was«, sagte Golo und lehnte sich beleidigt

zurück. Zu seiner vollsten Zufriedenheit stellte er fest, dass der Köchin die Röte in die Wangen schoss.

»Themenwechsel«, rief Toni. »Alma, wir rätseln schon die ganze Zeit, was in deiner Nutellacreme ist. Dieser Geschmack, der erst später dazukommt und dann einfach so mhhhhhhh ist.«

»Ja, wir kommen einfach nicht drauf. Vanille ist es nicht, Zimt sicher auch nicht. Ich denke, wir müssten wirklich dringend noch mal probieren«, kam es überraschenderweise von Santi.

»Tut mir leid, es ist leider leer«, lachte Alma auf. Als sie Santis Blick sah, fügte sie hinzu: »Wirklich jetzt! Ich überlege, den Löffel als Dessert mit auf die Karte zu nehmen, und heute war ein Testlauf, wie die Creme so ankommt.«

»Es ist Kardamom, oder?«, fragte Noa. Überrascht sah Alma sie an, und auch Golo war nicht wenig beeindruckt. Als er sechzehn war, konnte er gerade so Ketchup von Mayo unterscheiden. Alma nickte.

»Ja, genau.«

»Wow, du bist gut!«, jubelte Toni. »Du solltest Köchin werden, wie Alma!«

»Oh nein«, tat Noa diesen Vorschlag ab. »Ich kann nicht gut kochen, dafür aber sehr gut essen.«

»Dann eben Restaurantkritikerin, da ist Essen buchstäblich dein Job«, schlug Golo vor, woraufhin alle auflachten. Auch Alma lachte gelöst.

»Danke dafür«, sagte sie und lächelte Golo an. Japp, sein Herz hatte deshalb einen kleinen Hüpfer gemacht. Dieses Lächeln hatte ihn für jede Abweisung Almas entschädigt, doch bevor er es erwidern konnte, hatte sie den Blick wieder abgewandt. Arlo kam zu ihnen an den Tisch.

»Hier ist ja gelöste Stimmung«, sagte sie, als sie eine Flasche Barolo in die Mitte stellte.

»Ich mach mal Feierabend«, sagte sie zu Alma. »Trinkt noch einen, außer du natürlich«, sie warf Noa einen gespielt warnenden Blick zu, »und habt einen zauberhaften Abend. Ciao!«

»Tschüüüü, Arlo, und danke für heute«, rief Alma hinter ihrer zweiten Hand her, bevor sie sich wieder zu den anderen drehte. »Arlo war wirklich meine Retterin. Ich hatte einen absolut beschissenen Tag, und da hatte ich nicht gerade die beste Laune. Sie hat ohne Murren ihren Job gemacht und auch noch dafür gesorgt, dass ich meinen mache und nicht versehentlich meine Gäste vergifte.«

Golo fragte sich, ob das vielleicht nicht ihr erster Spritz war an diesem Abend. Er merkte, dass ihm der Wein bereits zu Kopf gestiegen war, und auch Alma wirkte beschwipst.

»Was ist denn passiert heute?«, fragte Toni und schenkte sich etwas von dem Rotwein ein.

»Ach, weil ich ja so viel freie Zeit habe, nutze ich die, um Kleinkrieg mit einem Beamten der Stadt Hamburg zu führen.«

»Kein Problem, halt dich nicht mit den Details zurück«, sagte Toni ironisch, der diese kurze Zusammenfassung natürlich nicht reichte.

»Okay«, lenkte Alma ein. »Immerhin habe ich gerade meine gute Laune wiedergefunden. Also, ich habe mich bei der Stadt auf ein Parklet beworben. Kennt ihr das?«

Als alle nickten, fuhr sie fort.

»Und ein gewisser Hägele, der Sachbearbeiter, hat meine Bewerbung abgelehnt. Na ja, und das habe ich so nicht hinnehmen wollen. Denn ehrlich, wenn ich beim ersten Nein immer klein beigegeben hätte, würde ich heute wohl nicht in meinem eigenen Restaurant sitzen.«

»Kenne ich, das Gefühl«, entfuhr es Golo, und er zwinkerte Alma an. Er konnte gar nichts dagegen tun, es passierte einfach. Wieder mal zeichnete sich eine sanfte Röte auf Almas Wangen ab. Tagesziel erreicht.

»Also jedenfalls will er mir das Parklet nicht geben, und ich will seine Ablehnung nicht einfach so hinnehmen. Aber scheinbar hat dieser Mann nichts in seinem Leben außer der Frustration über seine Arbeit, und dieser lässt er in den Mails an mich freien Lauf. Die neueste habe ich heute Morgen erst entdeckt, und damit war der Tag eigentlich schon gelaufen.«

»Pff, Männer«, sagte Toni, und man konnte hören, dass ihre Zunge ganz leicht Schlagseite hatte. »Ja, nicht du«, fügte sie schnell hinzu, als Santi eine beleidigte Schnute zog. »Und du auch nicht.« Das ging an Golo und seinen beleidigten Gesichtsausdruck. »Herrje, jetzt habt euch mal nicht so!«

Alma lachte, und Golo war sich sicher, die ersten zarten Bande einer Freundschaft zu erahnen.

»Lass uns eine Antwort schreiben«, schlug Noa vor.

»Jaaaaaa«, jubelte Toni. »Das ist ja wohl die Idee!«

»Oh, ich bin mir sicher, das ist sie nicht«, meinte Alma.

»Toni ist wirklich gut mit Worten«, meinte Golo. Toni war auch betrunken und hatte in diesem Zustand gerne mal Lust auf Randale, aber das musste er Alma ja nicht wissen lassen.

»Ach komm, was hast du denn zu verlieren? Dieser Kerl hat dir doch eh schon gesagt, dass du dieses Parklet nicht haben kannst. Er wird seine Meinung jetzt nicht auf einmal ändern. Deshalb können wir ja ehrlich sein und ihm ganz direkt sagen, was wir von ihm halten.« Toni schaute Alma auffordernd an.

»Vielleicht habe ich das schon mal gemacht«, sagte Alma und wirkte minimal zerknirscht. Toni überging das.

»Nicht *so* ehrlich!«

Alma schaute unsicher in die Runde. Noa grinste diebisch, Toni warf ihr flehende Blicke zu, Santi war eingenickt, und als sie Golos Blick traf, lächelte er sie einfach an. Nicht charmant, sondern ehrlich. Ihm war im Prinzip egal, was sie da ausheckten. Ihm war nur wichtig, dass ihre Wangen noch mal so aufleuchteten wie zuvor.

»Aber nur tippen, nicht abschicken«, gab Alma klein bei. Toni jubelte nur noch lauter, sprang auf und griff sich einen Stuhl, um sich zwischen Alma und Noa zu setzen. Die drei steckten die Köpfe zusammen, tippten auf Almas Handy eine Nachricht und wirkten höchst konzentriert. Abgesehen von dem diabolisch klingenden Lachen, das immer wieder aus ihnen herausbrach.

Von: info@deardairy.de
An: ah.parklets@bezirksamt-mitte.de
Betreff: RE: AW: RE: AW: Parklet St. Pauli

20. März

Sehr geehrter Herr Hägele,

sind Sie ein einsamer Mann? Gibt es irgendwas in Ihrem Leben, das Ihnen noch Freude bereitet? Ich habe starke Zweifel daran, denn nur so lässt sich erklären, dass Sie so ausführlich und mit einer diabolischen Freude den Prozess des Abstempelns dargestellt haben. Vermutlich ist das Ihr Ersatz für die leiblichen Freuden, die Ihnen durch eine Impotenz wohl nicht mehr zugutekommen. Aber gut, was nie zum Einsatz kommt, gibt einfach irgendwann den Geist auf.
Ich hoffe, Sie ersticken an Ihrer Gehässigkeit! Sie sind der Grund, weshalb Menschen, die dieser Stadt einen wirklichen Mehrwert bieten wollen, irgendwann einfach aufgeben. Dabei sollten Sie sich mal ernsthaft fragen, welchen Mehrwert Sie haben. Wobei, die Mühe können Sie sich sparen, ich verrate es Ihnen: keinen. Stempeln Sie sich das doch mal ab!

Grüße
Alma Matilda Giuliani

13

Das hätte nicht passieren dürfen. Alma hätte sich niemals zu dieser Leichtsinnigkeit hinreißen lassen dürfen. Nicht mal das Boxen heute Morgen hatte geholfen, dass sie sich besser fühlte. Zum Glück stand für den folgenden Tag Kürbis auf der Karte, der am besten schmeckte, wenn er schon am Tag zuvor geschmort wurde und dann vierundzwanzig Stunden ziehen konnte. Die Arbeit in der Küche hatte noch immer geschafft, wozu das Training heute nicht in der Lage gewesen war. Alma hatte die Zutaten, die sie zuvor auf dem Markt gekauft hatte, in die Kühlkammer geräumt, nur um sie jetzt wieder aus ebendieser zu holen und an ihren Arbeitsplatz zu bringen.

Sie war einfach nicht bei der Sache heute. Sie begann, Zwiebeln, Knoblauch, Chili, Sellerie, Möhren, Kürbis, Rosmarin und Salbei klein zu schneiden, während sie gedanklich den Samstagabend noch einmal durchgehen konnte. Sie hätten diese Mail niemals schreiben dürfen. Nicht nur war sie böse und gemein, also so wirklich böse, und nicht mal ein Beamter der Stadt hatte ein solches Schreiben verdient. Nein, nun befürchtete Alma, dass diese Mail sie für immer in Verruf gebracht hatte. Sollte sie sich nächstes Jahr wieder auf ein Parklet bewerben wollen, und das hatte sie fest vor, hätte sie mit Sicherheit keine Chance. Bestimmt hatte Hägele inzwischen alles, was er über sie und das *Dear Dairy* finden konnte, ausgedruckt und an das Schwarze Brett des Bezirksamtes gehängt. Und das waren nicht wenige Informationen, immerhin war Alma erfolgreiche Bloggerin gewesen.

Das war alles Arlos Schuld! Alma hackte die vor ihr liegende Zwiebel mit einem Hieb entzwei. Hach, direkt besser. Sie hatte Alma gezwungen, sich zu ihren »neuen Freunden« zu setzen. Pff, Freunde. Das waren sie ganz sicher nicht! Gut, Noa war ihre Schwester, daran konnte man nichts mehr ändern. Eigentlich war das Mädchen auch ganz in Ordnung, und am wichtigsten: bald wieder in Lübeck. Aber der Rest? Sicher nicht.

Zugegeben, von Santi hatte sie wenig mitbekommen, der hatte die meiste Zeit geschlafen. Oder eben mit geschlossenen Augen zugehört, wie er das nannte. Toni hingegen war wie ein Wirbelwind gewesen, und die ganze Idee mit der Mail war auf ihrem Mist gewachsen. Oder? Ach, so genau wusste Alma das auch nicht mehr, sie war vielleicht doch ein bisschen angetrunken gewesen. Sicher war sie sich allerdings dabei, dass es ohne Golo nie zu dieser Zusammenkunft gekommen wäre. Immerhin waren Santi und Toni seine Freunde, was Alma wieder mal zu der Überzeugung führte, dass Golo nicht gut für sie war.

Also für das *Dear Dairy*, für das Restaurant, war er schädlich, korrigierte sie sich schnell, als sie den Knoblauch mit der flachen Seite des Messers malträtierte. Eigentlich knackte man so nur die Schale, um die Zehe leichter davon befreien zu können. Alma jedoch machte gerade Mus daraus. Denn leider hatte sie nicht vergessen, wie ihr jedes Mal sehr warm geworden war, wenn Golo sie *so* angeschaut hatte. Das hatte ihr ja gar nicht in den Kram gepasst, sie war strikt gegen eine solche Reaktion, aber ihr Körper sah das leider anders. Bestimmt hatte sie sich nur zu der Mail verleiten lassen, weil Golo sie so abgelenkt hatte. Ja genau, so war das gewesen!

Erleichtert stellte Alma fest, dass sie neben Arlo noch einer weiteren Person die Schuld an der ganzen Misere zuschieben konnte – und das war ihr Lieblingsfeind Golo. Diese Fraternisierung musste sofort wieder aufhören, mahnte sie sich, als sie den Salbei in millimeterfeine Streifen schnitt. Das war ein Ausrutscher gewesen, den konnte sie sich verzeihen, schließlich hatte sie einen sehr anstrengenden Tag gehabt. Und auch, dass Noa Golo so gerne mochte, machte die Sache nicht leichter. Aber im Prinzip hatte das ja nichts mit Alma zu tun, das musste sie sich jetzt hier nur mal bewusst machen.

Wo war ihr Talent zum Grenzen setzen denn geblieben? Das fiel ihr doch sonst nicht so schwer. In dem ganzen Trubel, der aktuell los war, hatte sie es bestimmt einfach vergessen. Aber nur, weil sie es nicht gleich umgesetzt hatte, hieß das ja nicht, dass die ganze Fähigkeit flöten gegangen war. Deshalb machte Alma jetzt einen Deal mit sich: Diese nachbarschaftliche Verbundenheit mit Golo hörte wieder auf. Sofort. Noa konnte ja machen, was sie wollte, aber Alma machte das auch. Und Alma wollte nicht. Feierlich hielt sie das Messer in die Höhe. Damit war es also besiegelt.

Das Telefon riss sie aus ihren Gedanken. Oh Gott, das war der Mann vom Bezirksamt! Er hatte gerade ihre Mail entdeckt, und jetzt rief er an, um sie am Telefon zur Rede zu stellen. Er würde ihr mit allem drohen, was er hatte –

und das war nicht wenig. Immerhin stand ein ganzer Staatsapparat hinter ihm. Herrje, würde er ihr jetzt das Gesundheitsamt auf den Hals jagen? Wenn die etwas finden wollten, dann fanden sie auch etwas. Da konnte man seine Küche noch so penibel führen. Sicherlich hatte Hägele einen Freund oder Bekannten in der anderen Behörde und hatte diesen um einen Gefallen gebeten. Alma würde wirklich das *Dear Dairy* verlieren, und schuld daran war nur diese dumme, dumme E-Mail. Für einen kurzen Moment überlegte sie, nicht ans Telefon zu gehen. Doch wie oft konnte sie dieses Spiel treiben, bis Hägele und sein Kompagnon hier auftauchen und womöglich eine Szene vor allen Gästen machen würden? Nein, dann brachte sie es lieber jetzt hinter sich, nahm den Anruf entgegen und sagte nichts.

»Hallo?«

Okay, Hägeles Bekannter war offenbar eine Bekannte, denn die Stimme am anderen Ende der Leitung war eindeutig weiblich.

»Ist da Alma?«

Das Duzen fand Alma etwas ungewöhnlich für so eine Beamtenperson. Aber vielleicht hatte die Stadt Hamburg eine Agentur beauftragt, um das eingestaubte Image ihres Verwaltungsapparates loszuwerden, und irgendein junger, übermotivierter Stratege hatte ihnen nahegelegt, das Sie einfach mal sein zu lassen. *Nah am Bürger* hatten sie diese Kampagne vermutlich genannt.

»Hallo? Ist da jemand? Also, Thomas, ich glaube, das Telefon ist kaputt. Was? Ja klar hat es geklingelt, also ja, ein Freizeichen, genau. Das ist jetzt aber weg, es klang so, als wäre jemand rangegangen, aber niemand sagt etwas. Was meinst du? Noch mal anrufen? Ja gut.«

Dann knackte die Leitung, und Stille dröhnte aus dem Hörer. Verdattert schaute Alma das Telefon in ihrer Hand an und erschrak, als es gleich darauf wieder klingelte.

»*Dear Dairy*«, hauchte sie, nachdem sie erneut auf die grüne Taste gedrückt hatte.

»Ah, jetzt hat's geklappt«, sagte dieselbe weibliche Stimme wie eben. »Ist da Alma?«

»Äh, ja.« Alma brauchte noch eine Sekunde, bis sie sich wieder gefasst hatte.

»Toll! Hier ist Annegret.«

Die Frau schwieg, und ihr Schweigen wirkte, als müsste Alma wissen, um wen es sich handelte. Tat sie aber nicht.

»Aha«, sagte sie nur.

»Ach, entschuldige. Ich bin ein wenig kopflos heute, ich bin Noas Mutter.«

»Oh.«

Oh.

Oh nein.

Wenn ihr eins ungelegener kam als ihr neuer Freund vom Bezirksamt Mitte, dann noch mehr Anhängsel einer Familie, nach der sie nicht gefragt hatte. Aber nun ja, das Leben war nun mal kein Ponyhof.

»Gut, du weißt also, wen ich meine. Dann hat meine Tochter die Wahrheit gesagt und ist wirklich bei dir untergetaucht.«

»Also untergetaucht weiß ich jetzt nicht«, antwortete Alma, weil ihr nichts Besseres einfiel.

»Wie würdest du es denn sonst nennen?«

»Äh, ich weiß nicht.«

»Na, ist ja auch egal. Viel wichtiger ist die Frage: Geht es meiner Tochter gut?«

Alma war überrascht, wie leichtfüßig Annegret klang.

»Ja, Noa geht es gut. Ehrlich gesagt, hat sie mich mit ihrem Besuch ganz schön überrascht.«

Und ihrer ganzen Existenz, fügte sie gedanklich hinzu.

»Ja, das sieht ihr ähnlich. Sie ist eher so der Typ *Tür ins Haus, friss oder stirb*.«

»Den Eindruck habe ich auch.«

»Jedenfalls hat sie kaum auf meine Nachrichten reagiert, nachdem sie einfach verschwunden war. Sie hat nur einen Zettel auf dem Wohnzimmertisch zurückgelassen.«

Nun klang Annegret doch etwas schwermütiger. Dieser Moment, als sie den Zettel fand, musste ein großer Schock für Annegret gewesen sein.

»Deshalb wollte ich mal anrufen und dich fragen, ob wirklich alles in Ordnung ist mit Noa.«

»Ob das so ist, weiß ich ehrlich gesagt nicht. Also, es geht ihr natürlich gut. Aber sie ist schon komisch drauf, und es gibt irgendwas, was sie beschäftigt.«

»Mhm«, machte Annegret nur und schwieg für einen Moment.

»Ich habe Noa ihre Schulaufgaben per Mail geschickt«, sprach sie dann weiter. »Ich bin wirklich verständnisvoll, vielleicht zu sehr. Nichtsdestotrotz hat sie im Mai Abschlussprüfungen, und ich will nicht, dass sie einen schlechten Abschluss riskiert. Und sie will das sicher auch nicht. Wie gesagt, ich habe ihr alles, was sie braucht, per Mail geschickt. Könntest du bitte ein Auge darauf haben, dass sie die Aufgaben auch wirklich macht?«

Alma stutzte. Obwohl sie nicht um Noas Auftauchen gebeten hatte, hatte sie bei ihr Unterschlupf gefunden. Nun sollte sie auch noch *erzieherische Maßnahmen* ergreifen? Sie hatte doch mit dem *Dear Dairy* schon genug zu tun.

Von der kleinen Fehde mit Golo mal ganz zu schweigen. Doch konnte sie das wirklich zu einer Mutter sagen, deren Tochter von zu Hause abgehauen war?

»Ich gebe mein Bestes«, sagte Alma, und das war das Ehrlichste, was sie auf die Bitte antworten konnte. »Noa hat sich außerdem mit meinem Nachbarn angefreundet und verbringt recht viel Zeit in seiner Werkstatt. Ich kann ihn auch bitten, das Thema auf dem Schirm zu haben.«

»Oh … äh, ja klar, gerne.« Das Stocken in Annegrets Antwort war deutlich zu hören.

»Keine Sorge«, schob Alma schnell hinterher. »Golo hat seine Werkstatt Tür an Tür mit meinem Restaurant. Noa ist also keine zehn Meter entfernt.«

»Ach, ich mach mir keine Sorgen. Ich war nur überrascht, dass Noa direkt neue Freunde gefunden zu haben scheint. Und dann auch noch Erwachsene! Die meidet sie eigentlich wie die Pest.«

»Du machst dir wirklich keine Sorgen? Dabei kennst du mich doch gar nicht.« Alma war zu überrascht über Annegrets Aussage, um ihre Worte mit Bedacht zu wählen.

Annegret lachte. »Du bist ihre Schwester, Alma. Auch wenn ihr euch bisher nicht kanntet, vertraue ich auf die natürliche Bande zwischen euch. Und auch darauf, dass Noa längst wieder hier gewesen wäre, wenn du dich als schrecklicher Mensch entpuppt hättest.«

Wenn sie wüsste, dachte Alma nur. Das behielt sie aber lieber für sich.

»Wieso ist Noa eigentlich abgehauen?«, fragte sie stattdessen.

Annegret seufzte. »Ich weiß es nicht. Sie hatte die letzten Tage hier eine Gewitterwolke über sich, ganz untypisch für sie. Sie wollte einfach nicht damit rausrücken, was ihr so zusetzte. Dem muss ich mich aber einfach fügen, denn in Sachen Sturheit kommt sie ganz nach ihrem Vater. Und wenn sie nicht will, dann will sie nicht.«

***

»Hallo, Mama«, sagte Alma, nachdem Loretta nicht auf das kleine Glöckchen reagierte, das sie eigentlich darauf aufmerksam machen sollte, wenn neue Kunden ihren Laden betraten. Mit mäßigem Erfolg, wie sich zeigte. Loretta, die bis eben mit dem Rücken zum Eingang gestanden hatte, drehte sich überrascht um.

»Was machst du denn hier?«

»Ich freue mich auch, dich zu sehen«, antwortete Alma trocken und begrüßte ihre Mutter mit zwei Wangenküssen.

»Ja, ich mich natürlich auch«, tat Loretta ihren Fauxpas ab und tätschelte ihrer Tochter den Kopf. »Aber ganz ehrlich: Was machst du hier?«

Alma schlenderte durch den kleinen Laden. Rechts und links des Mittelgangs zweigten je zwei schmalere Gänge ab. Die kleine Fläche des Ladens hatte Loretta maximal ausgeschöpft. In den Regalen standen Oliven, Öle, Pasta, Pasteten, Weine, Biere und verschiedene Bitters und Alkoholika – eben alles, was das Feinkostherz höherschlagen ließ. Der Verkaufstresen war gleichzeitig auch die Kühltheke, in der verschiedene Wurst- und Käsesorten lagen, ebenso wie Tramezzini, Sandwiches und wechselnde Tagesgerichte. Alma konnte jedes Mal schwach werden, wenn sie durch den Laden ihrer Mutter lief. Im Alltag fehlten ihr tierische Lebensmittel gar nicht, aber hier – das war wirklich schwer.

Sie schlüpfte hinter den Verkaufstresen und hantierte an der Kaffeemaschine herum. Die Liebe zu dem Getränk hatte sie eindeutig von ihrer Mutter geerbt, denn in Lorettas kleinem Feinkostgeschäft mitten in Stade gab es vermutlich den besten Espresso nördlich von Mailand. Für die ihr bevorstehende Unterhaltung brauchte sie einen, zumindest um sich an der kleinen braunen Tasse festhalten zu können. Denn das Telefonat eben hatte sie nicht losgelassen.

Dabei ging es ihr gar nicht um etwas Spezifisches, das Annegret gesagt hatte. Vielmehr beschäftigte Alma der Fakt, dass Annegret nun auch in ihrem Leben war. Wie Noa. Da kam eine ganze Familie dazu, von der sie nichts gewusst hatte. Weil es diese eine Person gab, von der sie nichts wissen wollte: ihrem Vater. Doch war es wirklich ihre eigene, persönliche Überzeugung, ihren Vater aus ihrem Leben ausklammern zu wollen? Oder war sie nur der Haltung ihrer Mutter gefolgt? Natürlich war sie das, immerhin lebte man als Tochter der eigenen Mutter nach. Doch auch nur bis zu einem gewissen Alter, mit dem Erwachsenwerden nabelte man sich ab – nicht nur räumlich, sondern eben auch persönlich. Und Alma war in den vergangenen Jahren definitiv ihr eigener Mensch geworden. Doch sie hatte sich nie gefragt, ob sie nicht doch Kontakt zu ihrem Vater wollte. Unabhängig davon, wie Lorettas Meinung dazu aussah.

»Ich muss mit dir reden«, sagte sie und ließ zwei Espressi aus der Maschine laufen. Loretta, die wieder damit begonnen hatte, die neu eingetroffenen Olivenöle ins Regal zu räumen, unterbrach ihre Tätigkeit.

»Aha«, sagte sie. Es war eines dieser lang gezogenen Ahaaaaas, die Mütter gerne anwendeten, wenn sie genau wussten, dass es nun unangenehm für sie werden würde. Dieses Aha sollte das aufbegehrende Kind ins Wanken bringen. Drei kleine Buchstaben, die nicht nur ein Mal dafür gesorgt hatten, dass Autoritätsgefälle nicht missachtet und Revolten doch nicht durchgeführt wurden. Zumindest bei Alma. Auch jetzt durchzuckte sie kurz die Angst. Aber ich bin erwachsen, dachte Alma und drehte sich mit den beiden Tassen zu Loretta um, die an den Tresen gekommen war.

»Es geht um Filipe«, setzte Alma an.

»Ach bitte, Alma, nicht schon wieder!«

Ja, das hatte sie geahnt, Loretta würde niemals einfach klein beigeben. Schon gar nicht, wenn es um *ihn* ging.

»Doch, Mama, schon wieder. Und zwar so oft, bis du endlich mit mir redest!«

Alma wusste nicht, wer erschrockener war: sie, die gerade laut geworden war, oder ihre Mutter, die es nicht kannte, dass ihre Tochter ihre Stimme gegen sie erhob.

Loretta riss die Arme in die Luft und machte ein verzweifeltes Gesicht. »Siehst du! Er treibt einen Keil zwischen uns, ganz ohne, dass er etwas dafür tun muss. Deshalb rede ich nicht über ihn!«

»Oder du treibst einen Keil zwischen uns, weil du nicht über ihn redest!« Genervt massierte sich Alma die Nasenwurzel. Sie schlug einen versöhnlicheren Ton an. »Ich habe aber Fragen, Mama. Und die verschwinden nicht, nur weil du sie ignorierst. Ich werde sie immer und immer wieder stellen, so lange, bis du mir antwortest.«

Loretta stürzte ihren Espresso hinunter, ging zurück an das Regal, an dem sie bis eben gearbeitet hatte, und setzte ihre Tätigkeit fort.

»Dann stell halt deine Fragen«, sagte sie, allerdings ohne sich zu ihrer Tochter umzudrehen. Ihre Stimme klang hoch, fast schon schrill, und es war klar, dass der Inhalt ihrer Aufforderung nicht ihrem eigentlichen Wunsch entsprach. Aber wenn Noa, die nach Annegrets Aussage ja den Dickschädel ihres Vaters geerbt hatte, schon mit dem Kopf durch die Wand lebte, was sollte man dann von einem Kind erwarten, dass sowohl einen dickschädeligen Vater als auch eine äußerst sturköpfige Mutter hatte?

»Wusstest du von Annegret und Noa?«, fragte Alma direkt.

»Von wem?«

Alma verdrehte die Augen. »Von Noa, Mama, meiner Schwester.«

»Halbschwester.«

»Mama!«

»Was denn? Ich sag ja nur.«

Alma sah nur die zuckenden Schultern ihrer Mutter. Genau, ganz nonchalant, es war ja auch total egal. Loretta hatte ein paar Sätze und Ausdrücke in petto, die Almas Puls sofort in die Höhe schnellen ließen. Der zweite des heutigen Tages war *Ich sag ja nur*.

»Dann sag halt bitte auch.«

Alma atmete tief durch und versuchte, nicht nur ihren Herzschlag wieder unter Kontrolle zu bringen, sondern auch sich selbst. Sie wollte nicht, dass diese Unterhaltung eskalierte, und die Verantwortung dafür lag alleine auf ihren Schultern. Denn ihre Mutter würde sich nicht zurückhalten oder versöhnlich zeigen. Das tat sie nie.

Loretta schob noch eine Weile Olivenöl geräuschvoll von einer Seite zur anderen, bis sie endlich innehielt. »Ja, ich wusste von ihnen«, sagte sie leise. Alma spürte den Kloß, der sich augenblicklich in ihrem Hals gebildet hatte, ganz deutlich.

»Woher?«, flüsterte sie, als sich erste Tropfen aus ihrem Tränenkanal drückten.

»Ein paar Jahre, nachdem er uns verlassen hatte, habe ich ihn besucht. Das war dumm, ich weiß. Aber ich habe ihn vermisst, und ich dachte, vielleicht, wenn ich vor ihm stehe, wenn er mich sieht, dann wird ihm wieder klar, dass er eigentlich bei mir sein will. Doch dann erzählte er mir von dieser Frau namens Annegret, die auch eine kleine Tochter von ihm hatte und wie stolz er auf sich war, dass er bei ihr von Anfang an mit offenen Karten gespielt hatte, weil er sie eben nicht auf die gleiche Art verletzen wollte wie mich. Du musst verstehen, Alma, ich hätte nicht gedacht, dass er mich nach all den Jahren noch so verletzen konnte. Aber er konnte. Mein Herz, das eh schon gebrochen war, zersplitterte in tausend Teile, und die Tür, die ich einen kleinen Spalt für ihn geöffnet hatte, schloss sich für immer.«

Alma schluckte. »Und dir ist nie in den Sinn gekommen, dass es für mich vielleicht wichtig gewesen wäre, zu wissen, dass ich eine kleine Schwester habe?«

»Alma, es geht nicht immer um dich.«

»Das stimmt«, antwortete Alma, und es kostete sie alle Kraft, dass ihre Stimme nicht brach. »Aber jetzt gerade schon. Du hast kein Recht gehabt, mir das vorzuenthalten, denn es geht hier um meine Schwester. Und nicht um deine oder dich oder die Tatsache, dass du nie über Filipe hinweggekommen bist. Dein Schmerz tut mir leid, Mama, aber noch mehr tut mir für mich leid, dass du mir diese Möglichkeit weggenommen hast. Denn ich hätte gerne früher von

Noa erfahren, und ich hätte gerne für mich selbst entschieden, wie ich damit umgehe, dass ich eine Schwester habe. Das hattest du nicht zu entscheiden.«

Alma wartete ab, doch ihre Mutter reagierte nicht.

»Gut«, sagte sie dann traurig. »Ich gehe jetzt. Und ich denke, es ist besser, wir hören uns ein paar Tage nicht. Ich muss das erst mal verarbeiten, dass du auch jetzt lieber schweigst, als mit mir zu sprechen.«

Alma kam hinter dem Tresen hervor und lief zum Ausgang. Sie warf einen letzten hoffnungsvollen Blick zurück, doch ihre Mutter glich einer Statue. Sie seufzte, und die Glocke bimmelte hell, als sie die Ladentür aufdrückte.

»Es tut mir leid«, hörte sie da kaum vernehmbar die Stimme ihrer Mutter. Sie drehte sich um und sah echtes Bedauern in Lorettas Gesicht.

»Ich weiß, Mama. Mir auch.«

14

Alma schob den Schlüssel ins Schloss. Alles, was sie jetzt noch wollte, waren ein Glas Wein und ihr Sofa. Ach nein, da lag ja Noa. Dann eben ihr Bett oder irgendeine andere gepolsterte Unterlage. Alma konnte nicht mehr. Sie öffnete die Tür, schmiss ihren Rucksack und ihre Jacke auf ihr Bett und ging zielstrebig Richtung Küche.

»Hallo, ich bin wieder da«, rief sie Richtung Wohnzimmer. Merkwürdig, die Wohnzimmertür war zu. Noa schloss die Tür nie, sogar nachts, wenn sie schlief, blieb sie mindestens einen Spaltbreit offen. Es kam kein Gruß zurück. Noa war aber zu Hause, das zumindest ließ das Licht vermuten, das unter dem Türspalt durchschien. Alma schenkte sich ein großzügiges Glas Wein ein und ging zu besagter Tür. Vorsichtig klopfte sie an. Vielleicht war Noa eingeschlafen, das wäre eine Erklärung. Statt eines Herein hörte sie nur undefinierbares Gemurmel. Alma klopfte erneut.

»Noa, bist du da? Ist alles in Ordnung?«

Allmählich erkannte sie, dass es sich bei dem Gemurmel eher um ein Wimmern handelte. Ja, Noa wimmerte eindeutig. Alma öffnete vorsichtig die Tür. Das Mädchen lag zusammengerollt auf dem Schlafsofa und unter der Decke begraben. Sie hatte sich auf die Seite gedreht wie ein Embryo und machte ein schmerzverzerrtes Gesicht. Mit schnellen

Schritten war Alma beim Sofa und setzte sich vorsichtig auf die Kante.

»Noa, was ist denn los?«, fragte sie besorgt, denn Noa sah wirklich beschissen aus. Alma strich ihr vorsichtig die Haare aus dem Gesicht. Die Stirn der Kleinen war ganz nass und kalt. Scheiße, hatte sie sich irgendwas eingefangen? Noa wimmerte immer noch leise, und Tränen liefen aus ihren geschlossenen Augen.

»Hey«, sagte Alma leise und strich ihr über die Schulter. »Was ist denn los?«

»Ich hab solche Krämpfe«, weinte Noa, ohne die Augen zu öffnen.

Jetzt erst sah Alma, dass Noa sich eines der Kissen fest vor den Bauch gepresst hatte.

»Deine Periode?«, fragte Alma, die diesen ganz besonderen Schmerz auch nur zu gut kannte. Doch Noa schüttelte den Kopf.

»Hast du etwas gegessen, das du nicht verträgst? Das kann auch mehr als schmerzhaft sein.«

Doch wieder verneinte sie.

»Okay, ich mach dir erst mal einen Tee«, sagte Alma, als Noa offensichtlich von einer neuen Welle Krämpfe überrollt wurde und aufheulte wie ein leidender Hund. »Wir bekommen das hin!«

Sie stand auf und ging in die Küche, um das Wasser aufzusetzen. Würden sie das wirklich? Alma hatte keine Ahnung, was Noa so plagte. Und auch nicht, was sie so umtrieb. Sie war rastlos, lief die ganze Zeit in ihrer Küche auf und ab, während sie darauf wartete, dass das Wasser endlich kochte. Ihre Gedanken kreisten um Noa, die nur wenige Meter entfernt auf dem Sofa lag. Fühlte es sich etwa so an, wenn man sich um jemanden sorgte? Das war ja ätzend!

Doch die Erkenntnis änderte nichts an Almas Gemütsverfassung. Was, wenn es Noa nicht bald besser ging? Sollte sie mit ihr besser in die Notaufnahme? Oh Gott, was war, wenn sie etwas Lebensgefährliches hatte? Alma zog ihr Handy aus der Hosentasche ihrer Jeans. Welche Nummer wählte man da jetzt? Während sie noch abwägte, ob sie wohl eher die 110, die 112 oder doch erst mal die 116 117 rufen sollte, drängte sich ein anderer Gedanke in ihr Bewusstsein. Und wenn Noa nachher doch nur ein Problem mit der Verdauung hatte? Dann hätte sie einen Krankenwagen gerufen wegen eines festsitzenden Furzes. Woher wusste man denn, ob es sich um einen Notfall handelte oder nicht?

Wie von selbst wählten Almas Finger die einzige Nummer, von der sie sicher wusste, dass es richtig war, sie anzurufen. Alma schickte ein kleines Stoßgebet gen Küchendecke, dass sie noch nicht schlief.

***

Hatun klingelte keine fünfzehn Minuten später an der Tür.

»Danke, dass du so schnell gekommen bist.« Aus Alma sprach die geballte Erleichterung. Denn, da musste sie ehrlich sein, sie war einfach überfordert mit der Situation.

»Natürlich«, antwortete Hatun und umarmte Alma flüchtig. Sie trug ein Ensemble aus Jogginghose und Hoodie, beides im selben Ockerton. Und obwohl sie kein Make-up trug und ihre Haare zu einem unordentlichen Dutt auf dem Kopf zusammengefasst waren, strahlte sie eine gewisse

Eleganz aus. Hatun *hatte das einfach*, wie Alma immer wieder beeindruckt feststellte.

»Wo ist denn die Patientin?«, fragte sie dann und marschierte schon los ins Wohnzimmer. So viel Auswahl gab es in der kleinen Zweizimmerwohnung schließlich nicht. Alma folgte Hatun und blieb aber im Türrahmen stehen, während ihre Freundin sich zu Noa aufs Sofa setzte. Sie streichelte ihr sanft über den Kopf.

»Hey, Süße«, flüsterte sie. »Jetzt erzähl mal, was hast du denn?«

»Mein Bauch tut so weh«, jammerte Noa, und ihr liefen immer weiter die Tränen die Wangen herunter.

»Hast du Durchfall?«, fragte Hatun ganz sachlich. Noa schüttelte den Kopf.

»Wann warst du das letzte Mal auf dem Klo?«

Noa musste einen Moment überlegen. »Groß, meinst du? Gestern Morgen.«

»Und hast du irgendwas gegessen, was du sonst nicht isst? Oder das vielleicht nicht mehr gut war?«

Wie schon auf Almas Frage reagierte Noa wieder mit einem Kopfschütteln.

»Und Periode ist es vermutlich auch nicht«, mutmaßte Hatun.

»Nein, das hatte ich sie vorhin auch schon gefragt«, meldete sich Alma vom Türrahmen aus. Sie hatte das Gefühl, irgendwas beitragen zu müssen. Ob es wirklich um den Input ging oder darum, sich nicht mehr ganz so hilf- und nutzlos zu fühlen, wusste Alma selbst nicht.

»Alma, was hältst du davon, uns einen Tee zu machen?«, schlug Hatun vor, und es war klar, dass das nicht nur ein Vorschlag war, sondern eine recht deutliche

Aufforderung. Bevor Alma argumentieren konnte, dass Noa doch noch eine dampfende Tasse neben sich stehen hatte, fügte Hatun ein *Bitte* hinzu, und Alma gab sich geschlagen.

Um sich irgendwie beschäftigt zu halten, räumte Alma die Gläser aus dem Regal und wischte das Brett gerade mit einem nassen Lappen ab, als sie hörte, wie die Wohnzimmertür leise geschlossen wurde und Hatun in die Küche kam.

»Und?«, fragte Alma und sah Hatun mit großen Augen an. Diese lachte. »Alma, ich bin keine Ärztin.«

»Ich weiß, ich weiß. Aber du hast jüngere Cousinen und Cousins, du kennst dich mit Kindern aus!«

»Das stimmt«, meinte Hatun. »Ich glaube nicht, dass Noa etwas Schlimmes hat. Viel eher glaube ich, dass ihre Bauchschmerzen psychosomatisch sind.«

»Sie bildet sie sich ein?«, fragte Alma erstaunt.

»Nein, das auch nicht. Aber dieses Problem oder Geheimnis, das sie mit sich herumschleppt und vor allem in sich reinfrisst, schlägt ihr wortwörtlich auf den Magen.«

»Hat sie dir gesagt, was es ist?«

Hatun schüttelte den Kopf, und ihre losen Haarsträhnen wippten noch etwas nach.

»Ich habe ihr angeboten, dass sie es mir natürlich erzählen kann. Aber sie wollte nicht. Ich habe ihr erklärt, dass die Bauchschmerzen mit Sicherheit weggehen, wenn sie endlich mit irgendjemandem spricht.«

Alma zog die Teebeutel aus den beiden Tassen auf der Arbeitsfläche. Der Kräutertee war nun zehn Minuten gezogen. Dann reichte sie Hatun eine Tasse.

»Und wird sie es tun?«

Hatun seufzte und pustete in ihren Tee. »Ich hoffe es. Jetzt schläft sie aber erst mal.«

»Das ist gut«, sagte Alma und schaute ihre Freundin an. »Danke, dass du da bist.«

»Aber natürlich!« Hatun lächelte sie an und kniff dann leicht die Augen zusammen. »Du siehst aber auch so aus, als hättest du heute einen anstrengenden Tag gehabt.«

»Das kann man wohl sagen«, pflichtete Alma ihr bei.

»Willst du drüber sprechen?«, fragte Hatun.

»Muss ich wohl, wenn ich nicht enden will wie Noa.« Sie seufzte. »Ich habe heute mit ihrer Mutter gesprochen.«

»Deiner Mutter?«, fragte Hatun nach, die sie offenbar missverstanden hatte.

Alma schnaubte trocken auf. »Ja, mit der auch. Aber auch mit Annegret, Noas Mutter.«

»Oh«, machte Hatun nur.

»Ja, oh«, pflichtete Alma ihr bei. »Sie hat im Restaurant angerufen und wollte sich nach Noa erkundigen. Sie weiß auch nicht, was mit ihr los ist. Aber sie meinte, dass sie nun mal ein Sturkopf sei wie ihr Vater.«

»Euer Vater«, sagte Hatun behutsam, und Alma nickte.

»Danach bin ich nach Stade gefahren, weil mir das Thema keine Ruhe gelassen hat und meine Mutter am Telefon ja nicht gerade sehr auskunftsfreudig ist.«

»Und hat es etwas gebracht?«

»Ja«, nickte Alma. »Erst wollte sie nicht mit der Sprache rausrücken. Aber schlussendlich hat sie zugegeben, dass sie von Annegret und Noa wusste. Und zwar schon seit einigen Jahren.«

»Oh Alma, das tut mir leid«, sagte Hatun, stellte ihre Tasse ab und umarmte ihre Freundin ganz fest. Alma erlaubte es sich, die Umarmung für einen Moment anzunehmen und sich fallen zu lassen, bevor sie ein *Danke* in Hatuns Armbeuge murmelte und sich aus der Umklammerung löste. Doch Hatun war noch nicht fertig mit ihrer Fürsorge. »Wie geht es dir damit?«

Alma setzte an, um auf die Frage zu antworten, verstummte aber gleich wieder. Sie hatte keine Ahnung, wie es ihr damit ging. Natürlich, sie hatte Loretta gesagt, dass sie erst mal eine Pause bräuchte, um alles zu verarbeiten. Aber viel weiter als das hatte sie noch nicht gedacht. Sie ließ Hatun an diesen Gedanken teilhaben, die wiederum nur den Kopf schüttelte.

»Ei, ei, ei. Ganz schön viel Wirbel um einen Mann, der nie da war«, sagte sie, und Alma konnte ihr da nur zustimmen. »Die Möglichkeit, dass du wieder Kontakt mit ihm aufnehmen oder ihn sehen könntest, ist so greifbar wie lange nicht mehr. Würdest du das denn wollen?«

Alma blickte ihre Freundin verwirrt an. So hatte sie das noch gar nicht gesehen. »Ich habe keine Ahnung, Hatun«, seufzte sie dann. »Wirklich nicht. Es passiert gerade so viel und natürlich alles gleichzeitig. Wie soll ich denn da solche Entscheidungen treffen, wenn ich doch nur damit beschäftigt bin, nicht von dieser Flut weggespült zu werden?«

»Also, entscheiden musst du jetzt ja gar nichts«, sagte Hatun aufmunternd. »Höchstens, ob wir noch eine Tasse Tee trinken oder doch lieber zum Wein greifen.«

Alma lachte dankbar auf. Dankbar für ihre Freundin und dankbar für deren feines Gespür, das genau erkannt hatte, dass Alma keine Kraft mehr hatte, über Noa, ihre Mutter oder Filipe zu sprechen oder auch nur nachzudenken. Zumindest für heute.

15

Am nächsten Morgen ging es Noa schon wieder viel besser. Nachdem Hatun gegangen war, hatte Alma nochmals nach ihr gesehen, doch nur eine Noa vorgefunden, die tief und fest schlummerte. Vielleicht hatte Hatun ja recht, und es war wirklich das Geheimnis, das ihr wortwörtlich auf den Magen schlug. Auch wenn Alma sich nach wie vor nicht zu sehr einmischen wollte, hatte sie Noa eine Notiz hinterlassen und sie für den Nachmittag ins *Dear Dairy* bestellt, um ihr von dem Anruf ihrer Mutter zu erzählen.

Denn in einem Punkt hatte Annegret absolut recht – und das wusste Alma auch als Laie: Noa würde es sich sicher nicht verzeihen, wenn sie den Schulabschluss verhaute, weil sie sich in Hamburg vor was auch immer versteckte. Dafür sprach schon ihr pünktliches Erscheinen, denn Punkt fünfzehn Uhr stand Noa vor dem Restaurant.

Der Wind zerrte an ihren langen rotblonden Haaren, die ihr die Sicht versperrten. Dass Alma ihr winkend zu verstehen gab, dass die Tür offen war, hatte sie dennoch gesehen. Einen Moment später stand sie im *Dear Dairy* und versuchte, ihre Haare wieder zu sortieren.

»Irgendwann ziehe ich irgendwohin, wo es nicht so windet«, schimpfte Noa, als sie ihre Tasche ablegte und aus ihrer Jacke schlüpfte. Dabei zupfte sie sich noch ein

Laubblatt vom Ärmel, das sich nach einem anstrengenden Tanz im Wind scheinbar dort ausruhen wollte.

»Ich glaube, das würdest du ganz schnell bereuen«, lachte Alma. »Tee?«

»Lieber eine Cola.« Noa kam an die Theke und zog sich einen der hohen Barhocker heran. »Das hier ist mein Lieblingsplatz«, sagte sie zufrieden, nachdem sie sich gesetzt hatte. Alma pflichtete ihr bei, immerhin war es, neben der Küche, auch ihrer. Sie stellte die Cola vor Noa ab und setzte sich auf der anderen Seite der Bar auf die Arbeitsfläche.

»Bekomme ich Ärger?«, fragte Noa und klang erstaunlich schüchtern dabei.

Alma blinzelte sie überrascht an. »Was? Nein! Wie kommst du darauf?«

»Na ja, bisher ist es nicht so gut für mich gelaufen, wenn wir ein Gespräch im Restaurant geführt haben.«

Sie legte ein zerknirschtes Lächeln auf, und Alma konnte nicht erkennen, ob sie das ernst meinte oder ironisch.

»Oh. Also, nein. Mach dir keine Sorgen, es ist alles gut. Wobei, vielleicht auch nicht? Deine Mutter hat gestern angerufen.«

»Ach soooooooooo.« Noas Körper sackte vor Erleichterung zusammen. Dann lächelte sie, dieses Mal ganz und gar faltenfrei. »Und was wollte sie?«

»Sichergehen, dass du deine Schulaufgaben machst.«

Nun verdunkelte sich ihre Miene wieder. »Die mache ich doch. Was denkt sie denn?«

»Dass du ohne Erklärung zu deiner dir bis dahin unbekannten Schwester nach Hamburg abgehauen bist und ihre Anrufe und Nachrichten ignorierst.«

»Nee, klar. Halte dich nicht mit Nettigkeiten auf.«

»Das war nur die Wahrheit«, sagte Alma und räusperte sich. »Jedenfalls wollte ich dir anbieten, dass du deine Schulsachen nachmittags hier machst. Ich bin eh da und bereite alles für den Abend vor, und hier hast du auf jeden Fall Platz und Ruhe.«

»Willst du mich etwa überwachen?«

»Was? Nein!« Alma verteidigte sich lautstark. »Mir hilft so ein bisschen Struktur bei der Disziplin. Und vielleicht dir ja auch«, setzte sie lächelnd hinzu.

Noa dachte einen Moment nach, dann strahlte sie. »Das ist eine gute Idee! Vormittags arbeite ich ja eh bei Golo drüben, und dann kann ich mittags einfach hierherkommen und bekomme vielleicht sogar etwas zu essen.«

»Du machst *was*?«, fragte Alma perplex.

»Hoffen, dass etwas vom Mittagstisch übrig ist, das ich dann haben kann.«

»Ach, das meine ich nicht. Das andere!«

»Bei Golo arbeiten?«

»Ja!«, rief Alma aus, aber es war alles andere als ein freudiger Ausruf.

Noa zog irritiert die Augenbrauen in die Höhe. »Er hat mir angeboten, bei ihm ein Praktikum zu machen und ihm bei der Arbeit zuzuschauen. Weil ich doch nicht weiß, was ich nach der Schule machen soll.«

Alma wollte sich nicht aufregen. Aber wie sollte sie ruhig bleiben, wenn sich ein gewisser Golo mal wieder einmischte? Ohne ein weiteres Wort sprang sie von der Arbeitsfläche, verließ das *Dear Dairy* und platzte einige Meter weiter in Golos Laden.

»Du kannst es einfach nicht lassen, oder?«, bellte sie ihn an.

Golo, der an seiner Werkbank saß und mit einem Stück hellblauem Leder hantierte, schaute Alma überrascht an. »Hallo«, sagte er dann und lächelte. »Schön, dich zu sehen.«

Alma schnaubte. Wieso blieb Golo eigentlich immer so ruhig, während ihr Puls schon wieder die Glocke beim Hau den Lukas läutete? Er stand auf und stellte sich vor Alma. Er hatte die Hände in die Hosentaschen gesteckt. Alma fand es ätzend, wie lässig er dabei aussah, und noch ätzender fand sie, dass es ihr überhaupt auffiel.

»Was genau kann ich nicht sein lassen?«, fragte Golo und neigte sich dabei ein Stück zu ihr. Instinktiv wich Alma zurück, um wieder einen angemessenen, wenn auch nicht ausreichenden Abstand zwischen sie zu bringen.

»Dich in mein Leben zu pressen«, sagte sie und musste leider feststellen, dass die Worte lächerlich klangen, sobald sie ihren Mund verließen. Auch Golo verzog belustigt die Lippen.

»Also, was ich meine, ist, dass du jetzt auch schon Noa einspannst? Wann wolltest du mir von dem Praktikum erzählen?« Alma stammelte und hoffte, dass ihr Gegenspieler das nicht mitbekam.

Sein breiter werdendes Grinsen sagte aber etwas anderes. »Na ja, weißt du, wenn ich dich schon nicht zu greifen bekomme, muss ich mich eben mit der kleinen Schwester begnügen«, konterte Golo süffisant.

»Du Ekelschwein«, rief Alma aus.

»Ach Alma, du weißt genau, dass das so nicht gemeint war. Wenn du mir nur ein Mal die Chance geben würdest, könnte ich dir beweisen, dass ich nicht das Monster bin, für das du mich offensichtlich hältst.«

»Und wie willst du das schaffen?«, fragte Alma, den Blick immer noch nach unten gerichtet.

»Geh mit mir aus!«

Jetzt musste Alma doch hochschauen. »Du spinnst wohl«, rief sie und kam zum zweiten Mal an diesem Tag zu der Überzeugung, dass sie keine Kontrolle über ihre eigenen Impulse hatte. Eigentlich sollte sie nichts mit Menschen zu tun haben, das wäre wirklich das Beste für alle. Und dennoch stand sie hier.

»Nicht zu einem besorgniserregenden Grad, sagt meine Ärztin.« Golo grinste wieder, und auch Almas Gesichtsmuskulatur drohte ihr zu entgleiten.

»Also?«, hakte Golo vorsichtig nach.

Alma sammelte sich. »Nein!«

»Wieso denn nicht? Du kannst doch gar nichts gegen mich haben, du kennst mich ja gar nicht. Gib mir doch wenigstens die Chance, es mir ehrlich bei dir zu vermiesen!«

Der erneute Versuch, sie zum Schmunzeln zu bringen, scheiterte. »Checkst du es nicht?«, fragte Alma. Sie merkte, wie es in ihr wieder köchelte. Denn wenn sie eines noch weniger leiden konnte als Golo, dann einen Golo, der ihr Nein nicht akzeptierte. »Ich will dich nicht hier haben! Du und dein Laden, ihr seid schlecht für mein Geschäft. Und nun führst du auch noch Noa in die tolle Welt der Tierhäute ein und bringst mich damit noch mehr in Diskredit. Wie soll ich das denn vereinbaren: ich vegane Köchin, sie Sattlerin? Ich will, dass du und dein Laden sich einfach in Luft auflöst und ich eure Existenz wieder vergessen kann!«

Damit verließ sie Golos Werkstatt ebenso stürmisch, wie sie diese betreten hatte. Draußen ging sie nach rechts weg.

Eine Runde um den Block würde ihr Zeit geben, sich wieder zu beruhigen.

Einige Minuten später bog sie zum dritten Mal um die Ecke und stand wieder vorm *Dear Dairy*. Sie genehmigte sich einen letzten tiefen Atemzug, bevor sie die Tür aufdrückte und das Restaurant betrat. Arlo war in der Zwischenzeit angekommen. Sie schaute Alma an, zog eine Augenbraue hoch und trat einen Schritt zur Seite, um den Blick auf das freizugeben, was hinter ihr lag. Zu ihrer Überraschung sah Alma dort Luna und Hannes an einem Tisch sitzen. Schnell zog Alma ihr Handy aus der hinteren Tasche ihrer Jeans. Hatte sie völlig die Zeit vergessen oder war sogar in ein Wurmloch geraten? Sie tippte auf den Bildschirm, und dieser gab die Uhrzeit preis. Nein, war sie nicht, es war erst halb vier, und das *Dear Dairy* hatte noch geschlossen.

»Alma, wie schön, dass du da bist«, rief Luna freudig und breitete die Arme aus.

»Ja, wie schön«, wiederholte Arlo ihre Worte und meinte sie doch ganz anders. »Dann kannst du Hannes und Luna vielleicht auch noch mal sagen, dass wir noch nicht geöffnet haben.«

»Ach papperlapapp«, sagte nun Hannes und wechselte das eine überschlagene Bein mit dem anderen. »Wir sind so oft da, wir gehören ja fast schon zum Interieur.«

»Stimmt, eigentlich könnten wir uns die Drinks auch selber zubereiten«, kicherte Luna.

Arlo verdrehte die Augen, was nur Alma sehen konnte. »Wir haben noch geschlossen«, sagte ihre beste Kellnerin dann, und es klang so tonlos, als hätte sie diesen Satz schon viel zu oft gesagt. »Wozu braucht es denn sonst Öffnungszeiten, wenn sich keiner dran hält?«

»Ach, wir stören doch gar nicht! Wir wollen nur unseren Negroni Sbagliato trinken.«

»Wir müssen uns aber auf den Abend vorbereiten. Wir brauchen diese Zeit, in der wir mittags geschlossen haben, um sicherzustellen, dass es am Abend an nichts fehlt. Alma, jetzt sag doch auch mal was!«, forderte Arlo sie auf.

»Ja, Alma«, schaltete sich nun Luna wieder ein, »sag deiner Kellnerin bitte einmal, wie man mit Gästen umzugehen hat.«

Alma spürte, wie ihr jegliche Energie aus den Knochen wich. Sie hielt sich wirklich nicht für schwach und durchaus in der Lage, einiges auszuhalten. Aber das alles hier, dieser Laden, Golo, Noa, die letzten Wochen, ja sogar der vermaledeite Herr Hägele vom Bezirksamt Mitte – das alles waren Energieräuber, und jetzt war nichts mehr übrig.

»Mach ihnen einfach die Drinks«, sagte sie so kraftlos, wie sie sich fühlte, und schlurfte in die Küche. Arlos leisen Protest bekam sie kaum mehr mit, ebenso wenig Noa, die in der anderen Ecke an einem Tisch saß und sehr angestrengt versuchte, nichts von der Situation mitzubekommen.

Alma nahm ihre Kochjacke vom Haken, schlüpfte hinein und knöpfte sie mit geschlossenen Augen und tiefen Atemzügen zu. Dann öffnete sie die Augen und überprüfte ihr Äußeres in dem kleinen runden Spiegel, den sie direkt unter dem Haken angebracht hatte. Die Jacke saß tadellos, doch der Rest war eine Katastrophe. Dunkle Schatten lagen unter ihren Augen, und in diesen spiegelte sich kein Funken Freude oder Leben wider. Selbst für ihre Verhältnisse sah ihre Frisur wild aus und ihre Haut fahl. Was war aus der Alma geworden, die vor Elan strahlte und der es nie zu viel Arbeit sein konnte? Nun ja, sie war vermutlich verschüttgegangen unter der ganzen Arbeit. Aber sie liebte dieses Leben und dieses Restaurant, für das sie so hart gekämpft hatte. Es gab immer Phasen, die kräftezehrender waren als andere, das war ganz normal, versicherte sie sich mit festem Blick auf ihr Spiegelbild. *Wir müssen einfach noch ein bisschen durchhalten. Dann wird das schon wieder.* Sie nickte sich zu und kaufte sich die zufriedene Überzeugung beinahe ab.

Die Küchentür flog auf, und Arlo rauschte herein. Die sonst so stoische und in sich ruhende Frau stand komplett unter Strom. Das war unübersehbar. »Alma, das geht so nicht«, sagte sie, ging ein paar Schritte unruhig durch die Küche und blieb schließlich an der Arbeitsplatte hinter Alma stehen. Sie stützte sich mit einem Arm ab und durchbohrte Almas Rücken mit ihrem Blick. Alma fing ihn im Spiegel auf.

»Was meinst du?«, fragte sie, während sie weiter an der schon perfekt sitzenden Kochjacke zupfte.

»Dass du den beiden erlaubst, hier zu sein, wenn wir eigentlich geschlossen haben. Nicht nur, dass ich nun zwei Gäste bewirten muss, ich muss auch ständig andere Leute wegschicken, die natürlich denken, wir hätten schon geöffnet, weil sie die beiden hier sitzen sehen.« Arlo klang so aufgebracht, wie Alma sie noch nie gehört hatte. Selbst als ihre Ex-Freundin sich vor zwei Jahren völlig überraschend von ihr getrennt hatte, war Arlo nicht aus ihrer sonoren Stimmlage gefallen. Jetzt schon.

»Ist ’ne Ausnahme«, antwortete Alma knapp.

»Das stimmt nicht«, wetterte Arlo dagegen. »Bei Hannes und Luna setzt du nie Grenzen. Die dürfen sich gefühlt alles erlauben. Wenn sie eines Tages ihr eigenes Essen mitbringen würden, wäre das wohl auch okay. Und vermutlich sogar, wenn sie ein Tartar oder Steak bestellen würden. Dann würdest du in den Supermarkt losrennen und ihnen schnell das Gewünschte kaufen.«

»Arlo, es reicht!« Alma drehte sich um und funkelte sie wütend an. »Ich hab wirklich andere Probleme gerade!«

»Ach ja?!«

»Ja!«

»Dann hast du bald noch ein Problem mehr, denn so mache ich das nicht mehr lange mit.«

»Was?«, fragte Alma überrascht und merkte, wie sich ihre Eingeweide zusammenzogen.

»Du hast mich schon verstanden. Unter solchen Umständen will ich nicht weiterarbeiten. Also, entweder änderst du etwas«, sie deutete mit dem Finger in die Richtung, in der Hannes und Luna gerade in aller Zufriedenheit ihre Drinks schlürften, »oder ich kündige.«

Alma starrte Arlo einen Moment an. Arlo, die nicht nur Arlo war, sondern eben auch ihre wichtigste Mitarbeiterin. Ein Schmerz durchfuhr sie, als würden ihre Gedärme, die sich eben noch ganz fest zusammengezogen hatten, nun explodieren.

»Ich muss hier raus«, murmelte Alma, griff nach ihrem Handy und stürmte aus der Küche. Sie registrierte nichts mehr, alles, was Alma sah, war ihr Fahrrad, das sie mit schnellen Griffen von seinem Schloss befreite. Dann stieg sie auf und radelte los. Sie strampelte die Wohlwill entlang, bog auf die Stresemann ab und durchlebte auf der Kreuzung unter der Sternenbrücke die übliche Todesangst, die jeden Radfahrer hier ereilte. Erst danach erlaubte sie sich, die Anspannung abfallen zu lassen. Denn wenn man es unbeschadet hier durch geschafft hatte, war alles möglich und jedes Problem lösbar.

Eine Minute später stieg sie wieder vom Rad. Sie blickte sich einmal zu allen Seiten um, und als sie sicher war, dass sie niemanden kannte, betrat sie den Rewe. So unauffällig wie möglich schlich Alma durch die Gänge, griff einmal gezielt ins Regal, stellte erleichtert fest, dass es an der Kasse keine Schlange gab, und hatte den Supermarkt verlassen, bevor sie irgendjemand bemerkt hatte. Sie drückte sich in den Hauseingang gleich daneben und riss die Packung Chesterkäse gierig auf. Alma entblätterte die einzeln folierte Scheibe und stopfte sie sich in den Mund. Sofort strömte der käsige und künstliche Geschmack durch ihren Mundraum. Diese Scheiben hatten nichts mit Käse zu tun, würde vermutlich jeder Käseenthusiast sie schelten, und das zu Recht. Aber wenn sie unter größtem Stress und der Panik, entdeckt zu werden, in den Supermarkt ging, hatte sie weder die Zeit noch die Nerven, gemütlich an der Käsetheke entlangzuschlendern und zu überlegen, ob ihr eher nach würzig oder cremig war. Beim ersten Mal hatte sie blind ins Regal gegriffen und ausgerechnet diesen Käse erwischt. Seitdem war es Gewohnheit. Außerdem, redete sie sich ein, war es ja fast kein richtiger Käse und ihr Geheimnis damit irgendwie nur halb so schlimm.

Erst nach der zweiten Scheibe wurde sie weniger hastig, und die dritte Scheibe ließ sie in ihrem Mund schmelzen. Sie lehnte sich kurz gegen die Haustür und ließ die restliche Käsepackung in ihrer Jackentasche verschwinden. Das war es, ihr dunkles Geheimnis, das eigentlich nie eines gewesen war und sich in den letzten Jahren doch verselbstständigt hatte. Denn Alma hatte nie behauptet oder sich aktiv dazu entschieden, vegan zu leben, als sie den Blog damals startete. Alles, was sie tat, war, ihre liebsten Rezepte der mediterranen Küche vegan nachzukochen, damit ihre damaligen Freunde aus dem Studium, die sich eben vegan ernährten, sie probieren konnten. Freunde, die heute kein Teil mehr ihres Lebens waren, weil Alma vor lauter Arbeit und Erfolg keine Zeit mehr gehabt hatte, diese Freundschaften zu pflegen. Dennoch war damals daraus ihre Neugier gewachsen, ob sich wohl jedes Gericht »veganisieren« ließ – und damit auch die Anzahl ihrer Follower. Diese waren einfach davon ausgegangen, dass Alma Veganerin war, und zu einem großen Teil stimmte das ja auch. Sie vermisste nichts, Fleisch und Fisch hatte sie eh nur selten gegessen und Milch nie gut vertragen. Nur der Käse, von dem kam sie wirklich schwer los. Sie probierte sich immer wieder durch das Sortiment an veganem Käse, doch bisher gab es keinen, der ihre Gelüste stillte. Und sie hatte sich ja auch gut unter Kontrolle – wenn sie nicht gestresst war. Und gerade, da war sie gestresst. Mehr als das, sie ging auf dem Zahnfleisch und wusste nicht mal, wohin. Alma friemelte eine vierte Scheibe aus der Tasche. Eine letzte noch, den Rest würde sie wie immer auf dem Weg zurück entsorgen, und dann wäre alles wieder okay.

16

Er befürchtete schon, Alma wäre doch wieder zurückgekommen, als er die Tür hörte. Aber als er von seiner Werkbank aufsah, stellte Golo erleichtert fest, dass Noa vor ihm stand.

»Du bist ihr heute also auch begegnet«, sagte Noa trocken und ließ sich auf das Sofa fallen.

»Kann man wohl sagen.« Golo beugte sich über das Werkstück, vor dem er wieder mal seit einer gefühlten Ewigkeit ideenlos saß. »Ein Alma-Sturm in Stärke zehn auf der Richterskala rauschte vor nicht allzu langer Zeit durch diese heiligen Hallen.«

»Ich hatte ihr nur davon erzählt, dass ich dir hier zur Hand gehen kann.« Noa verdrehte die Augen.

»Nur?«, lachte Golo. »Sie mag mich nicht. Manchmal glaube ich sogar, dass sie mich hasst, obwohl es dann auch wieder Momente gibt, in denen … na ja, egal. Ich habe wirklich keine Ahnung, wieso sie sich so viel Mühe gibt, mich nicht zu mögen.«

»Vielleicht weil du mit Leder arbeitest?«, meinte Noa.

Golo weigerte sich vehement dagegen, diesen Grund anzunehmen. Sein Beruf konnte doch nicht Auslöser dafür sein, dass seine *gesamte* Person in Verruf geriet. Er war ja nicht Jeff Bezos.

»Das kann doch nicht alles sein. Ich meine, ist es so, dass wir in komplett konträren Bereichen arbeiten? Ja. Driften wir dadurch moralisch ebenso weit auseinander? Nein. Immerhin sind sowohl Alma als auch ich um nachhaltiges Handeln bemüht, eben jeder in seinem Wirkungsfeld und unter seinen eigenen Voraussetzungen. Eigentlich sitzen wir also im selben Boot, und wenn wir jetzt einmal davon ausgehen, dass sie mich wirklich nur so scheiße findet, weil ich Sattler bin, müsste sie mich ja unendlich toll finden, sobald sie einsieht, dass wir die gleichen moralischen Ansprüche haben.«

»Wie meinst du das?«, fragte Noa. Irgendwo auf dem Weg zum Ende dieses Gedankens hatte sie wohl den Faden verloren.

»Na, dass wir nach denselben Prinzipien handeln.«

»Aha. Dann sag ihr das doch.«

Golo war aufgestanden und hatte sich zu Noa in die Sitzecke gesetzt. »Ha.« Er lachte auf. »Spinnst du? Ich begebe mich doch nicht freiwillig in die Höhle der Löwin und belehre sie darüber, wie wir doch eigentlich auf derselben Seite stehen, nachdem sie mich heute dafür angeschissen hat, dass du gerne deine Zeit hier verbringen willst. Glaub mir, da haben wir noch einen langen Weg vor uns. Aber«, er lehnte sich vor und funkelte Noa verschwörerisch an, »wir werden ihn meistern.«

Er klang siegessicher, und er war es auch. Denn was Alma nicht bedachte, war, dass er sie immer interessanter, schöner, großartiger und inspirierender fand, je öfter sie wutschnaubend vor ihm stand. Mit jedem genervten Blick aus diesen großen braunen Augen schraubte sie sich tiefer in sein Herz. Er konnte es sich nicht erklären, und er konnte es nicht verändern, also wehrte er sich auch nicht dagegen.

»Was hat es damit auf sich?«, fragte er Noa und deutete auf die losen Blätter, die neben ihr auf dem Sofa lagen. Sie hatten Knickstellen, und die Ränder waren teilweise eingerissen. Sie sahen aus, als hätten sie mit Indiana Jones die größten Abenteuer erlebt und diese nur ziemlich lädiert überstanden.

»Das sind meine Schulaufgaben. Nachdem Alma vorhin abgedüst ist, habe ich mich und meine Sachen auch lieber schnell hier in Sicherheit gebracht. Meine Mutter hat sie geschickt, damit ich nicht zu viel vom Unterricht verpasse. Ich mache im Sommer ja meinen Abschluss. Eigentlich.«

»Brauchst du Hilfe dabei?«, fragte Golo und nickte in Richtung der Blätter.

»Das wäre toll. Also, nur wenn ich welche brauche. Ich bin ziemlich gut in der Schule.« Der Stolz war ihr anzuhören. »Ich dachte, wenn ich nachmittags eh im Restaurant an meinen Aufgaben arbeite und mal nicht weiterweiß, kann ich einfach kurz rüberkommen und dich fragen.«

»Und damit riskieren, dass ein Alma-Sturm losbricht?«

Noa lachte auf. »Ich bin mir sicher, das wird nicht passieren. Zumindest nicht, wenn ich ihr sage, dass die Alternative ist, dass ich sie dann damit nerven muss.«

Golo schüttelte belustigt den Kopf. »Noa, meinen größten Respekt – du hast diese Frau wirklich ziemlich schnell durchschaut.«

Noa stand auf und verbeugte sich tief. »Vielen Dank.«

»Wie gefällt dir die Farbe Dunkelrot?«, wechselte Golo das Thema. Er stand ebenfalls auf und ging zu seiner Werkbank. Noa folgte ihm.

»Diese?«, fragte sie und zeigte auf den Lederlappen, der auf der Arbeitsfläche lag. Golo nickte. Noa legte den Kopf schief und schien darüber nachzudenken, ob ihr die Farbe gefiel oder nicht. Dann nahm sie das Leder in die Hand und hielt es ins Licht.

»Ja, doch, sie gefällt mir«, sagte sie, nachdem sie die Farbe eingehend betrachtet hatte.

»Du triffst keine leichtfertigen Entscheidungen, mh?«

Golo meinte es als Scherz, doch für den Bruchteil einer Sekunde verdunkelte sich Noas Miene.

»Willst du mir den Lederfetzen etwa schenken?« Sie blieb ihm eine Antwort schuldig, doch auch er war ganz gut darin, andere zu durchschauen.

»Fast. Was hältst du davon, wenn daraus eine Mappe für deine Arbeitsblätter wird? Damit die nicht mehr so lose rumfliegen.«

Noa quietschte und klatschte vor Freude in die Hände. »Das würdest du für mich machen?«

Sie strahlte Golo an, doch der schüttelte den Kopf. »Nein«, sagte er und freute sich diebisch darüber, wie Noa versuchte, ihre Enttäuschung zu verbergen. »Du machst das. Das wird dein erstes Werkstück.«

»Was?«, rief die Teenagerin nun erfreut aus und fiel Golo um den Hals. »Vielen, vielen Dank, ich habe so Lust, das auszuprobieren!«

Golo lachte und klopfte ihr freundschaftlich auf den Rücken. »Ich danke dir, dass ich endlich eine Idee habe, was ich aus diesem Stück machen will. Beziehungsweise jetzt eben du.«

Noa löste sich wieder aus der Umarmung. »Das ist echt die beste Überraschung des Tages!«

»Glaubst du, deine Schwester mag auch Überraschungen?«, fragte Golo. Eine Idee, wie man die Konzepte *Leder* und *vegan* zusammenbringen konnte, keimte gerade in seinem Kopf.

»Sprechen wir über dieselbe Person?«, konterte Noa zynisch.

»Touché. Ich denke, ich mache es trotzdem.«

»Was willst du machen?« Noa klang neugierig.

»Na, die Überraschung.«

»Ja, das ist mir schon klar. Aber was ist es?«

»Das verrate ich nicht.« Golo grinste verschwörerisch.

»He, das ist nicht fair«, protestierte Noa. »Wir haben keine Geheimnisse!«

»Aber du hast doch auch eins.« Golo schlug nun einen ruhigeren, vertraulichen Ton an.

Noa nahm wieder das Stück Leder in die Hand und rieb es zwischen ihren Fingern.

»Noa, wieso meintest du vorhin, dass du *eigentlich* im Sommer die Mittlere Reife machst?«

Das Mädchen zuckte mit den Schultern.

»Willst du denn nicht endlich über das sprechen, was du die ganze Zeit mit dir rumträgst?«

Sie nickte leicht, und Golo sah, wie ihr Tränen übers Gesicht liefen. Er schob sie zurück in Richtung der Sitzecke. Noa setzte sich aufs Sofa und er sich auf den Sessel daneben.

»Kannst du mich in den Arm nehmen?«, fragte Noa, und all ihre Coolness und pubertäre Überheblichkeit waren verschwunden. Auf dem Sofa saß ein kleines Mädchen, das unfassbare Angst vor etwas hatte.

»Natürlich«, antwortete Golo und setzte sich neben sie. Er legte ihr den Arm um die Schulter und drückte diese aufmunternd.

»Ich bin hier«, sagte er leise. »Und ich bleibe hier, egal, was es ist.«

Noa schniefte laut und lehnte den Kopf gegen Golo. Ob es sich wohl so anfühlte, eine kleine Schwester zu haben, fragte er sich, als Noa begann.

»Es gibt einen Grund, weshalb ich im Sommer vielleicht nicht an den Prüfungen teilnehmen kann.«

Und während Noa sprach, wuchs in Golo die Gewissheit, dass es sich genau so anfühlte und dass er für Noa da sein würde – komme, was wolle.

17

Irgendwann hatte Alma die Hoffnung aufgegeben, dass der Tag noch enden würde. Aber nun war es tatsächlich so weit. Hannes und Luna waren nach ihrem Drink wieder verschwunden, Arlo hatte sich auch wieder beruhigt und war beim Abendgeschäft die reizende Gastgeberin, die Alma damals eingestellt hatte. Selbst als sie mit Bestellungen in die Küche kam, konnte Alma nicht behaupten, dass noch irgendwelche Spannungen zwischen ihnen herrschen würden. Irgendwann hatte sie ihr sogar unaufgefordert einen Espresso gebracht, denn nicht nur war heute die Hölle los gewesen, die Gäste schienen sich auch abgesprochen zu haben, ausschließlich die aufwendigsten Gerichte zu bestellen, sodass Alma über zwei Stunden am Rotieren war. Sie hatte Arlo ein dankbares Lächeln zugeworfen, und es wurde sogar erwidert. Vielleicht war ihre Drohung also nichts weiter als heiße Luft gewesen? Im Eifer des Gefechts konnte man schon mal verbal übers Ziel hinausschießen. Wenn jemand das wusste, dann wohl Alma.

Und dennoch hatte sie die schlechte Laune nicht ganz abschütteln können, sie hatte sich festgezeckt. Im Versuch, irgendwas zu entschädigen, hatte sie Arlo nach Hause geschickt, sobald der letzte Gast das *Dear Dairy* verlassen hatte, und auch Raffa war schon weg. Alma wischte noch einmal alle Flächen in der Küche ab, bevor sie das Licht löschte und in den Gastraum trat. Alles war aufgeräumt und geputzt.

»Dann habe ich wohl Feierabend«, seufzte Alma angesichts der Tatsache, dass sie nun einfach nur zu Hause in ihr Bett fallen würde. Doch dann schlichen sich Arlo, Golo und Noa in ihr Bewusstsein. Mit jedem Einzelnen hatte sie sich heute angelegt. *Ja, aber zu Recht!* Eine Stimme in ihrem Innern versuchte, sich zu verteidigen, doch Alma wusste es besser. Es waren leider nicht immer die anderen die Ursache allen Übels. Manchmal fiel einfach alles auf den kleinsten gemeinsamen Nenner zurück, und der war in diesem Fall unleugbar Alma.

»Fuck«, murmelte Alma, als sie die Ladentür von außen abschloss und mehrmals überprüfte, ob sie auch wirklich geschlossen war.

»Na, na, na«, hörte sie da die tadelnde Stimme, deren Besitzer sie nur zu gut kannte.

»Fiete, was machst du denn noch hier?«, fragte Alma überrascht. Der alte Mann stand ein Stück hinter ihr und hatte die Hände tief in die Manteltaschen gesteckt.

»Ach, weißt du, ich konnte nicht schlafen und dachte mir, ein abendlicher Spaziergang hilft da sicher.«

Er hob den Mantel etwas an, was Almas Blick auf seine Beine lenkte. Die steckten in warmen Lederstiefeln – aber eben auch in einer dunklen Schlafanzughose aus Flanell. Alma versuchte ein müdes Lächeln, doch die Schwere erlaubte es ihren Mundwinkeln nicht, sich nach oben zu biegen.

»Oha«, brummte Fiete nur, der Almas feststeckende Mimik wohl richtig gedeutet hatte. »Na dann, komm mal mit.«

Noch bevor Alma fragen konnte, wohin er wollte oder was er vorhatte, stapfte der alte Mann davon, und das in einem überraschend zackigen Tempo, dass Alma keine Zeit zum Überlegen oder Nachhaken blieb und sie einfach hinter Fiete hermarschierte. Halt machte dieser erst vor einer unscheinbaren hölzernen Tür. Links davon war ein großes Fenster, durch dessen vergilbtes Milchglas man Menschen im Inneren erahnen konnte.

Fiete drückte die Tür auf, und mit einem Schlag drangen ein Schwall an Musik, Gelächter und die vermutlich stärkste Nikotinwolke nach draußen.

Sobald sie den ersten Schritt in die Kneipe gemacht hatten, tönte ein »Moin, Fiete« von der Theke herüber. Fiete hob zum Gruß die eine Hand, mit der anderen bahnte er Alma und sich einen Weg zu besagter Theke. Man kannte ihn augenscheinlich im *Otzentreff*. Obwohl der kleine Laden übervoll mit Gästen war, gab es zwei freie Hocker ganz hinten, die nur auf Alma und Fiete zu warten schienen. Sie setzten sich, und schon standen zwei Bier und zwei Schnapsgläser vor ihnen.

»Was ist das denn?«, fragte Alma misstrauisch.

»Meine Rache für das Grünzeug«, kicherte Fiete. Alma schnupperte am Schnaps und erkannte, dass es Wodka war. An einem Zahnstocher war ein Sardellenfilet aufgespießt und hing in den Schnaps. Sie inspizierte das Gebilde genauer, dann schaute sie ihren Begleiter misstrauisch an.

»Fiete, das ist nicht dein Ernst, dass du mir so etwas vor die Nase setzt?«

Der alte Mann lachte scheppernd auf. »Nein, natürlich nicht.« Er nahm das Glas, das vor Alma stand, an sich und gab dem Mann hinter der Bar per Handzeichen zu verstehen, dass er ihnen einen Wodka ohne tierischen Zusatz bringen sollte.

»Ich bekomme immer ein Gedeck aus Bier und einem Gehängten hingestellt, wenn ich mal hier bin, da haben sie heute keine Ausnahme gemacht«, sprach er weiter, während er den frischen Shot entgegennahm.

»Bist du denn oft hier?«

»Inzwischen nicht mehr. Sogar mir krabbelt das Alter langsam in die Knochen.« Wieder lachte Fiete scheppernd auf und erhob sein Glas, um mit Alma anzustoßen.

»Prost, Fiete, vielen Dank für den Schnaps.«

»Prost, Alma. Auf dass man alles hinbekommt, immer, irgendwie.«

»Auf dass du recht hast«, murmelte Alma, bevor sie den Wodka kippte. Ihr Gesicht verzog sich zu einer Grimasse. Schnäpse waren einfach nicht ihres, aber einen von und mit Fiete konnte sie nicht ablehnen. Und wollte sie auch nicht.

»Also, was ist los?«, fragte Fiete, nachdem er auch seinen zweiten Gehängten getrunken hatte. Alma hatte fasziniert beobachtet, wie er erst das Glas in einem Zug leerte, schluckte und dann die Sardelle aß.

»Was meinst du?«, formulierte Alma eine Frage statt einer Antwort.

Fiete drehte sich auf seinem Stuhl etwas behäbig um, sodass er sie direkt anblickte. »Alma, du siehst scheiße aus.«

Überrascht zuckte Alma zurück. »Oh, wow. Vielen Dank für die schmeichelnden Worte.«

»Ach Kind, du weißt, was ich meine. Natürlich ist deine Schönheit weiterhin unangefochten, aber du siehst *nicht gut* aus. Und daran müssen wir etwas ändern.«

Ganz automatisch wollte Alma bestreiten, dass Fiete recht haben könnte, und vielleicht noch gegenschießen. Das war ihre Art. Doch die scheiterte hier gerade, denn schon bevor sie einen Konter formulieren konnte, hielt sie doch inne. Keine Ahnung, ob es daran lag, dass es Fiete war, der ihr gegenübersaß, ob es der Wodka war oder doch die Tatsache, dass Alma wirklich einfach nicht mehr konnte – so oder so sprudelte alles aus ihr heraus.

»Es ist alles nicht gut«, setzte Alma an, und schon mit dem ersten Satz spürte sie, wie eine Barriere bröckelte. Der Staudamm erhielt einen Riss, aus dem erst ein dünnes Rinnsal lief, doch der wurde durch den Druck des Wassers immer größer, bis die Mauern aus Beton schließlich nachgaben und von den Wassermassen davongespült wurden.

»Golo und Noa, und nicht mal die Arbeit macht mir noch Spaß.« Sie schaute Fiete an, und ihre Augen füllten sich prompt mit Wasser. »Fuck, Fiete, ich stecke total fest.«

Alma legte die Stirn auf der Theke ab, damit niemand sah, wie sie versuchte, die Tränen wegzublinzeln.

»Mh«, brummte Fiete und tätschelte ihr den Kopf.

»Ich weiß einfach nicht, wo ich anfangen soll, diesen riesigen Haufen Scheiße aufzuräumen.«

»Sollen wir eine Münze werfen?«

»Bei drei Optionen?«

»Na, dann eben Streichhölzer ziehen.«

»Mh«, brummte Alma.

»Gut, dann nicht. Dann treffe ich diese Entscheidung einfach für dich. Ich sage, wir kümmern uns zuerst um das Restaurant.«

Alma hob wieder den Kopf und schaute Fiete interessiert an. »Und wie?«

»Indem du sagst, wieso die Arbeit dir keinen Spaß mehr macht.«

Alma dachte eine Weile darüber nach. Das hatte sie bisher nämlich noch nicht gemacht. Die Angst davor, zu welchem Ergebnis sie kommen würde, hatte sie abgehalten. Aber die Barrieren brachen.

»Ich glaube, es ist einfach zu viel«, war der erste Gedanke, der klar genug war, dass er sich in einen Satz übertragen ließ. »Versteh mich nicht falsch, ich liebe mein Restaurant! Ich habe so hart gearbeitet, um mir diesen Traum zu erfüllen!«

»Alma, du musst dich nicht rechtfertigen. Man darf auch mal etwas nicht mögen, was einem eigentlich wichtig ist.«

»Ja?«

Das Prinzip war Alma nicht neu, immerhin mochte sie manchmal ihre Mutter nicht so gerne, auch wenn sie sie natürlich liebte. Aber dass sie das auch mit ihrem Traum fühlen durfte, daran hatte sie noch nie gedacht.

»Natürlich«, nickte Fiete.

»Es ist nur so, dass ich keine Zeit mehr für irgendwas anderes habe. Ich gehe montags zum Boxen, und eigentlich ist das mein freier Tag. Doch den verbringe ich ebenfalls im *Dear Dairy*, immerhin muss ich irgendwann auch die Buchhaltung, Bestellungen, Gehälter und Vorbereitungen für die Woche machen. Ich habe das Gefühl, ich mache nur noch Dienst nach Vorschrift. Und ja, Kochen macht mir immer noch viel Spaß. Aber ich habe meinen Funken verloren. Ich kann mich nicht erinnern, wann ich zuletzt ein Menü entwickelt habe! Klar, hier und da mal eine Kleinigkeit, aber das ist nicht dasselbe, wie sich ein ganzes Konzept zu überlegen und daran zu tüfteln.. Ich wechsle nur noch die bisherigen Gerichte durch, und es beschwert sich auch nie jemand. Und ich habe weder die Zeit noch den Kopf, um kreativ zu arbeiten. Dafür braucht man den Raum und die Ruhe, sich einfach mal wieder austoben zu können. Wie sollte ich das in meiner Woche denn noch unterbringen?«

Atemlos schaute sie zu Fiete. Er nahm einen Schluck von seinem Holsten, sein Blick ruhte auf Alma. Das war nicht unangenehm, viel eher hatte Alma den Eindruck, Fiete hätte alle Antworten schon parat. Und nicht nur für ihre Probleme, sondern für jedes einzelne auf der ganzen Welt.

»Du könntest jemanden einstellen«, schlug er vor.

»Ich habe doch schon Arlo, Raffa und eine Handvoll Aushilfen.«

»Aber niemanden für die Küche. Der *dich* entlastet.«

»Das ist nicht so leicht.« Alma knibbelte das Etikett von ihrer Flasche ab.

»Wieso?«

Alma hatte Fiete schon immer geschätzt. Doch gerade wuchs sein Ansehen enorm, da er die Fähigkeit besaß, eine Frage ganz neutral zu stellen und keinen Vorwurf darin zu verstecken. Wenn er nach dem Warum fragte, dann wollte er genau das wissen und nicht noch die Botschaft mitschicken, dass es bestimmt nur daran lag, dass Alma sich anstellte. Es war ein rhetorisches Mittel, das ihre Mutter perfekt beherrschte.

»Weil ich erst mal jemanden finden müsste, dem ich meine Küche anvertraue. Ich habe keine Zeit, um Bewerbungen zu sichten und Gespräche zu führen.«

»Arlo könnte dir helfen.«

»Ich weiß nicht, ob sie weiß, was mir wichtig ist.«

»Was ist dir denn wichtig?«

»Die Person muss natürlich gut kochen können, das ist ja klar. Sie sollte aber auch strukturiert, ordentlich und zuverlässig sein. Letzteres ist vielleicht das Wichtigste. Und dann sollte sie auch noch zu uns und dem Restaurant passen.«

»Das klingt nicht unmöglich.« Fiete lächelte ihr aufmunternd zu.

Alma nickte, doch wirklich zustimmen konnte sie ihm nicht. »Ich habe einfach Angst, dass ich das *Dear Dairy* gegen die Wand fahre. Also, die habe ich immer, das ist vermutlich normal. Aber wenn ich mir dann noch vorstelle, dass ich meine Küche jemand anderem anvertraue und nicht selbst immer alles überprüfe, da wird mir ganz schwindelig. Ich kann einfach nicht gut abgeben, ich *muss* immer alles alleine machen. Dass das auf Dauer weder gut, klug noch gesund ist, weiß ich auch. Ich habe nur noch nicht herausgefunden, wie ich das Problem lösen kann.«

»Indem du einfach anfängst.«

»Wie meinst du?«

»So wie es jetzt ist, kann es nicht bleiben. Denn dann wirst du den Laden früher oder später ruinieren, wenn dir weiter alles über den gestressten Kopf wächst. Es bleibt also nur eine Möglichkeit, und die lautet: Du musst einfach aktiv werden. Und über deinen Schatten springen.«

»Ich könnte auch nichts machen und auf ein Wunder hoffen?« Sie schaute Fiete zerknirscht an.

»Da sieh her, ein Witz verlässt ihre Lippen. Das ist ein gutes Zeichen.«

Er orderte noch mal zwei Schnäpse bei dem Barkeeper, und dieses Mal kamen direkt ein Gehängter und ein Wodka ohne maritime Fauna.

»Oh Fiete, ich mag Schnäpse echt nicht so gerne.«

»Ich auch nicht, Alma, aber manchmal müssen Dinge einfach sein. Wie Schnaps trinken. Oder einen Souschef einstellen.«

»Botschaft angekommen.« Sie prostete Fiete zu. »Ich kümmere mich darum.«

Dann stürzten sie die Shots runter, und nachdem Alma kurz schmerzhaft das Gesicht verzogen und mit Bier nachgespült hatte, konnte sie die Frage stellen, die sie nun schon zehn Sekunden lang beschäftigt hatte.

»Woher weißt du denn, was ein Souschef ist?«

»Ich habe einige Jahre als Schiffskoch gearbeitet, in den Neunzigerjahren auch auf Kreuzfahrtschiffen. Ja, schau mich nicht so an, damals hatten wir es noch nicht so mit der Umwelt«, schob er ein, als er Almas Augenbrauen nach oben wandern sah. »Was wir aber hatten, war Teamgeist. Es wäre auch gar nicht anders gegangen, immerhin haben wir jeden Tag Tausende Gäste versorgen müssen. Das hieß aber auch, dass wir darauf vertrauen mussten, dass der andere seine Aufgaben korrekt ausführt und pünktlich fertig ist. Das hat zu Beginn natürlich etwas gedauert, man muss sich ja auch erst einspielen und kennenlernen, um in der Küche gut miteinander zu harmonieren. Aber nach den ersten beiden Wochen waren wir wie ein Uhrwerk, bei dem jedes Zahnrad perfekt in das andere griff. Das Beste aber war, dass wir nicht nur eine tolle Arbeit geleistet haben, sondern auch Spaß dabei hatten. War es stressig? Ja. Das weiß aber jeder, der in einer Küche arbeitet oder arbeiten will. Haben wir mehr gearbeitet, als jedes moderne Arbeitsschutzgesetzt jetzt zulassen würde? Vermutlich auch das. Aber wir hatten eine gute Zeit, wir haben gebrannt für unsere Arbeit. Und wenn es wohl einen Beruf gibt, bei dem die Leidenschaft niemals fehlen darf, dann ist es der des Kochs.«

»Oder der Köchin.«

»Ganz genau.«

***

Alma dachte noch über das Gespräch nach, als sie zu Hause im Bett lag. Ihre Leidenschaft war verflogen. Sie freute sich zwar noch über die Formen, Farben und Geschmäcker der Dinge, die in ihrer Küche passierten. Eine fein marmorierte Bete schaffte es nach wie vor, ihre Laune schlagartig besser zu machen, wenn sie das Wurzelgemüse hauchdünn für ein Carpaccio aufschnitt. Aber war das die Leidenschaft, die Fiete meinte? Nein, das sicher nicht. Sie stand nicht jeden Tag im Laden und war überzeugt, einhundert Prozent zu geben, damit ihre Gäste den besten Abend ihrer Woche hatten. Sie stand jeden Abend in der Küche und hoffte, dass es keine Beschwerden über das Essen geben und die Zeit schnell vorbeigehen würde, weil sie gedanklich schon mit ihrer To-do-Liste für den kommenden Tag beschäftigt war. Das war keine Leidenschaft, das war Survival-Mode.

Fiete hatte recht, sie musste ihr Feuer wiederfinden. Und wenn der Weg über einen Souschef führte, dann würde sie diese Pille wohl schlucken müssen.

18

»Du hast Besuch.« Arlo hatte den Kopf durch die Küchentür gestreckt.

Alma schaute von ihrem Schneidebrett auf. »Alles klar, ich komme gleich«, ließ sie sie wissen. »Ich mache das hier nur eben fertig.«

Arlo nickte und verschwand wieder. Es war Samstagabend, das *Dear Dairy* wie immer gut besucht. Trotzdem fühlte sich Alma weniger gestresst als sonst. Das Gespräch mit Fiete hatte etwas in ihr ausgelöst, eine Veränderung losgetreten, die sie so dringend brauchte. Jetzt, da sie sich das einmal eingestanden hatte, konnte sie es nicht mehr leugnen. Gleich am folgenden Tag hatte sie Arlo von der Unterhaltung mit Fiete erzählt, und diese hatte sich um die Jobausschreibung gekümmert.

Zugegeben, Alma mied die anderen Brandherdthemen. So verbot sie sich alle Gedanken rund um das Parklet und die fürchterliche Mail an Herrn Hägele, auf die sie bis heute keine Reaktion bekommen hatte. Aber es konnte ihr auch keiner einen Vorwurf daraus machen, sich für einen Moment mal nur auf das Gute zu besinnen. Nicht einmal sie selbst.

Sie legte das Messer ordentlich seitlich auf dem Schneidebrett ab und wusch sich die Hände. Bevor sie sich im

Sinnieren über die letzten Tage verlor, musste sie noch einen standesgemäßen Besuch im Gastraum absolvieren – wer auch immer da auf ihre Anwesenheit bestand. Sie trat aus der Küche und ließ ihren Blick einmal über die anwesenden Gäste schweifen. Den schwarzen Pagenkopf und die dunkelblonden Locken sah sie sofort, zumal Hannes und Luna an ihrem angestammten Platz, einem Tisch am Fenster, saßen. Alma ging zu ihnen.

»Ihr kommt ja doch noch zum Essen«, scherzte Alma.

»Wenn wir drinnen sitzen, geht es ja«, antwortete Hannes, jedoch ohne Humor.

»Hallo, meine Liebe«, flötete Luna. »Toll, dass du persönlich unsere Bestellung aufnimmst. Ich habe da nämlich einige Fragen zu deiner heutigen Karte.«

Alma merkte, wie die Gäste an den Tischen um sie herum die Köpfe drehten oder zumindest die Ohren spitzten. Chefkochbetreuung, das wollten sie wohl auch gerne haben. Innerlich verdrehte Alma die Augen, dieses Getue konnte sie wirklich gar nicht leiden. Sie war weder ein Fabelwesen noch prominent, und Arlo kannte die Karte und konnte ebenfalls jede Frage beantworten. Es machte überhaupt keinen Unterschied, wer von ihnen nun die Bestellungen entgegennahm. Und dennoch fühlten sich die Leute wie etwas ganz Besonderes, wenn Alma an ihrem Tisch stand. Manchmal zu einem solchen Grad, dass es unangenehm wurde.

Doch bevor sich Alma den Fragen von Luna stellen konnte, geriet sie aus dem Gleichgewicht. Jemand rempelte sie versehentlich leicht an und formulierte eine Entschuldigung.

»Was machst du denn hier?«, fragte Alma überrascht, nachdem sie sich umgedreht und den Verursacher erblickt hatte. Golo stand am Nachbartisch und war, offenbar beim Versuch, den Stuhl heranzuziehen, um sich darauf zu setzen, gegen Alma gestoßen. Er lächelte sie an. Natürlich, was auch sonst.

»Das Essen neulich war so sensationell. Ich konnte nicht noch länger warten bis zu meinem zweiten Besuch.«

»Ihr kennt euch?«, fragte Hannes interessiert, und Alma atmete erleichtert aus, als Golo zur Beantwortung der Frage einfach nur nickte und nicht näher ins Detail ging.

»Dann setz dich doch zu uns«, forderte Hannes ihn auf. »Dann gehörst du ja auch quasi an den Freundestisch.«

»Oh, das ist nett«, antwortete Golo ebenso überrascht wie erfreut. »Das mache ich sehr gerne.«

Er nahm seine Jacke von dem Stuhl neben ihm und setzte sich zu Hannes und Luna.

»Luna«, stellte sich die Frau vor und hielt ihm die Hand hin. Er schüttelte sie herzlich.

»Golo, freut mich.«

Dann begrüßte er auch Hannes.

»Was ich wirklich empfehlen kann, was ich letztes Mal hatte, waren die Involtini di Melanzane. Ich weiß nicht, was es genau war, aber irgendwas machte einfach nur wow.«

Golo schwärmte so offen und ehrlich über Almas Essen, dass sie gar nicht anders konnte, als ein wenig zu erröten. Natürlich kannten Hannes und Luna die Vorspeise, sie war ein Klassiker, und der geheime Geschmack, den Golo ansprach, waren vermutlich die frittierten Kapern, die Alma erst ganz zum Schluss über die gerollten Auberginenscheiben in Tomatensoße streute. Sie liebte Effekt, Textur und Geschmack ebenfalls, und dennoch hatte sie noch nie jemanden mit einer solchen Begeisterung über ihr Essen sprechen hören. *Mit einer solchen Leidenschaft*, dachte Alma und erinnerte sich an das Gespräch mit Fiete zurück. Vielleicht konnte der Funke von Golo wieder auf sie überspringen, wenn sie ihm einfach eine Weile zuhörte?

Oh Gott, nein. Sie schüttelte den Gedanken fort. Damit würde sie ihn ja bitten, gut über ihre Kochkünste zu sprechen, und ihn geradezu dazu auffordern, ihr Komplimente zu machen, und das war wirklich peinlich. Sie würde ihren Funken anders wiederfinden.

»Und woher kennt ihr euch?«, fragte Luna gerade, als Alma sich ebenfalls wieder der Gegenwart widmete.

»Wir sind Nachbarn«, sagte Golo zu Almas Schrecken.

»Oh«, antwortete Luna überrascht, und Hannes lehnte sich interessiert nach vorne. Um nicht zu sagen, angriffslustig.

»Bist du der mit dem …?«, begann er, und Golo vollendete seinen Satz.

»Genau, der mit dem Laden nebenan. Na ja, oder Werkstatt, Atelier, Manufaktur, Studio. So ganz hab ich den Namensdreh noch nicht raus«, scherzte er.

»Du machst also die Ledersachen«, sagte Luna, und es klang wie ein Vorwurf und nicht wie eine Frage.

»Ganz genau. Doch auch bei meiner Arbeit habe ich das Konzept noch nicht ganz ausgearbeitet und weiß, ehrlich gesagt, noch nicht, wie genau ich es anstellen werde. Zugegeben, mein Umzug und der Laden waren eine spontane Entscheidung, und ich muss mich jetzt erst noch sortieren.« Golo strahlte noch immer, weil er keine Ahnung hatte, was hier ablief. Aber Alma konnte die Blicke sehen, die sich Hannes und Luna zuwarfen. Und zu ihrem eigenen Verdruss konnte sie sie auch entziffern.

»Bring uns die Rechnung, bitte«, sagte Hannes knapp. Eine Bitte, die Alma galt, auch wenn er sie nicht anblickte.

»Ihr wolltet doch gerade noch bestellen?«, setzte Alma an.

»Uns ist der Appetit wieder mal vergangen«, kam es von Luna.

Im Gegensatz zu ihrem Mann schaute sie Alma direkt an, und Alma konnte die Verachtung in ihrer eiskalten Mimik lesen.

»Oh, das ist aber schade«, sagte Golo und schüttete damit unwissentlich noch mehr Öl ins Feuer. »Ihr wollt sicher nicht doch noch bleiben?«

»Bestimmt nicht, wenn wir den Tisch mit einem Leichenfledderer teilen.« Hannes zog einen Zwanzigeuroschein aus seinem Portemonnaie und legte ihn auf den Tisch. »Das sollte für die beiden Drinks reichen«, sagte er mit Blick auf die beiden Espresso Martinis, die vor ihnen standen. Alma nickte nur, während Hannes und Luna aufstanden, nach ihren Jacken griffen und aus dem Restaurant liefen. Sie boten einen perfekt inszenierten Abgang, der unmöglich von den anderen Gästen zu übersehen war.

Alma konnte das Getuschel an den umliegenden Tischen genau hören. Ihre Hände umklammerten die Rücklehne eines vor ihr stehenden Stuhls.

»Was war das denn?«, fragte Golo, vor Ungläubigkeit halb lachend.

»Sag jetzt nichts«, zischte Alma und flüchtete in die Küche. Zurück in ihren heiligen Hallen, ging sie rastlos auf und ab. Sie strahlte eine solche Unruhe und Zerstreuung aus, dass sogar Raffa kurz aufblickte.

»Yo, alles okay?«, fragte er und gab sich mit einem halbherzigen Nicken als Antwort zufrieden.

»Cool«, sagte er und widmete sich wieder seiner Spülmaschine. Alma las die Bestellzettel, die an der Anrichte klebten, und nahm doch keine der Informationen auf. Sie griff ein paar Teller aus dem Regal und kontrollierte dann die Töpfe, die auf dem Herd standen. Sie versuchte so sehr, sich auf ihre Arbeit zu konzentrieren, doch ihre Aufmerksamkeit fokussierte sich nur auf ein Thema: Es hatte sich bewahrheitet, dass Golo ihr Geschäft ruinierte.

Anders war die Szene, die sich gerade da draußen abgespielt hatte, nicht auszulegen. Egal, wie Alma es drehte und wendete. Sie lehnte sich gegen die Arbeitsfläche und ließ sich in den Strudel ihrer Gedanken hineinziehen.

»Scheiße, Scheiße, Scheiße«, murmelte sie und spürte, wie ihre Augen feucht wurden.

»Das glaubst du jetzt nicht«, hörte sie plötzlich Arlo neben sich und wischte sich schnell über die Augen. Damit Arlo nicht bemerkte, dass Alma kurz vor einem Heulkrampf stand, hantierte sie weiter planlos mit den Tellern und vermied es, sie anzuschauen.

»Was denn?«, fragte sie und musste sich schnell räuspern, da ihre Stimme ganz belegt klang. Arlo legte ihr einen Bestellzettel hin, den Alma schnell überflog. Darauf standen drei Vorspeisen, zwei Hauptgerichte und zwei Löffel Nutella. Überrascht schaute sie zu Arlo.

»Das gibt es doch noch gar nicht?«, fragte sie und zeigte auf die Dessertbestellung.

»Das ist Golos Order, und der durfte den Schokolöffel ja schon mal probieren.«

Alma überflog den Bestellzettel ein weiteres Mal. »Hat er noch jemanden erwartet?«

Arlos Grinsen wurde größer, und sie schüttelte den Kopf. »Er hat das alles bestellt, um den Ausfall von Hannes und Luna wettzumachen.«

Ungläubig legte Alma die Stirn in Falten.

»Ist das nicht megasüß?«, fragte Arlo.

»Megasüß?«, echote Alma. Sie erkannte ihre sonst so toughe Kellnerin kaum wieder.

»Alma, ernsthaft. Hannes und Luna haben sich *wieder mal* aufgeführt wie die letzten Menschen, und Golo übernimmt da gerade eine Verantwortung, die er gar nicht tragen muss, um das aufzufangen, was Hannes' und Lunas dummes Verhalten verursacht hat. Ich finde, da kann man durchaus mal megaverzückt sein, weil die Geste so süß ist.«

Sie zwinkerte Alma zu und verschwand wieder im Restaurant.

***

Selbst als Alma am Ende des Abends die Küche putzte, ließ ihr Golos Bestellung keine Ruhe. Nun war Alma in der Position, sich bei ihm bedanken zu müssen. Weil es sich so gehörte. Weil seine Geste wirklich nett war. Das passte ihr natürlich gar nicht. Und dennoch nagte da irgendwas an ihr.

Arlo kam in die Küche, schon abflugbereit in ihrem Mantel und mit einer Mütze auf dem Kopf. Mit den kurzen Haaren fror sie schnell, deshalb verließ sie selbst im Sommer nachts oft mit Mütze das Restaurant.

»Ich mach dann Feierabend«, sagte Arlo.

Alma lächelte sie an. »Alles klar, ich brauche hier noch kurz. Danke für heute, das war ein richtig guter Abend. Gut, bis auf einen kleinen Zwischenfall.«

»Was höre ich denn da von dir?« Arlo lehnte sich gegen die Arbeitsfläche und beobachtete amüsiert, wie Alma etwas in Verlegenheit geriet.

»Ich weiß nicht, was du meinst«, antwortete sie und polierte einen Topf fast schon aggressiv.

»Ich glaube, du hast dich noch nie bei mir für meine Arbeit bedankt.«

»Dann wurde es ja höchste Zeit. Und im Ernst: Auch wenn ich dir das nicht immer sage oder zeige, weiß ich sehr wohl, was ich an dir habe. Du bist die Seele und das Fundament dieses Restaurants. Ohne dich könnte ich den ganzen Bums in die Tonne treten. Das ist mir die Woche noch mal bewusst geworden.«

»Du meinst, nachdem ich dir mit Kündigung gedroht habe?« Arlo konnte es nicht lassen, noch mal in der Wunde zu stochern. Aber gut. Alma nickte.

»Dann solltest du Hannes und Luna echt mal in die Schranken weisen. Sie führen sich wirklich auf, als würde das *Dear Dairy* ihnen gehören, und ihr schlechtes Verhalten können nicht immer ich oder Golo oder sonst irgendjemand auffangen. Alma, es ist deine Aufgabe, dagegen etwas zu tun.«

»Aber …«

»Nein, Alma! Ich weiß genau, was du sagen willst. Aber. Es. Ist. Nicht. Golos. Schuld. Wieso verstehst du das denn nicht?«

»Weil es keine Probleme gab, bevor er aufgetaucht ist«, sagte Alma, obwohl sie selbst wusste, dass dieser Satz lächerlich war.

»Alma, ernsthaft: Luna und Hannes haben sich vorhin so unmöglich Golo gegenüber benommen. Sie haben ihn beleidigt. Hörst du? Beleidigt! Und anstatt etwas zu machen, stehst du wie zur Salzsäule erstarrt daneben und versuchst dann auch noch, Golo die Schuld in die Schuhe zu schieben. Das ist schäbig, Alma, und auf gewisse Weise verhältst du dich genauso wie Luna und Hannes.«

»Ich weiß«, seufzte Alma. Es war nur so viel leichter, Golo die Schuld für alles zu geben. Solange sie das tat, musste sie keine unangenehmen Konsequenzen ziehen. Aber auch ihr war klar, dass das nagende Gefühl in ihrer Magengrube die Einsicht war, die sich dank Arlo Bahn brach und der sie folgen musste. »Du hast recht, Arlo. Aber können wir das Thema heute nicht weiter ausführen? Es ist spät, es war anstrengend.«

»Na gut. Apropos Golo: Der sitzt noch draußen. Ich hab ihm eine Flasche Wein und zwei Gläser hingestellt. Du verstehst die Anspielung, nehme ich an?«

Alma nickte erneut.

»Gut, dann bin ich jetzt weg. Hab einen schönen Feierabend!«

»Eine Frage noch«, hielt Alma sie zurück. »Wie läuft es mit der Jobausschreibung?«

»Ganz gut, es sind ein oder zwei Leute dabei, die vielleicht interessant sind. Aber mal sehen, die Anzeige ist ja noch nicht lange online. Zudem kommen da sicher noch einige rein, wenn dein Interview veröffentlicht ist.« Stimmt, in wenigen Tagen würde eine Redakteurin von einem hippen Stadtblog vorbeikommen, um einen Beitrag über Alma und das *Dear Dairy* zu machen. Arlo hob die Hand nochmals zum Abschied und schob sich wieder aus der Küche.

Alma schaffte es noch, ihre Arbeit auf weitere fünfzehn Minuten auszudehnen, obwohl sie schon längst fertig war.

Ihre Angewohnheit, dem Unausweichlichen aus dem Weg gehen zu wollen, begann, ihr aufzufallen – und sie zu nerven. Es gab schlichtweg keinen Hinterausgang, durch den sie sich hätte verdrücken können. Zumal sie Golo niemals alleine in ihrem Restaurant gelassen hätte. Und eben schon gar nicht nach seiner Großzügigkeit heute. Noch genervter als von ihren eigenen schlechten Mustern war sie von der Tatsache, dass sie es einfach nicht schaffte, diesen Mann aufrichtig scheiße zu finden. Und man konnte nicht behaupten, dass Alma sich nicht die größte Mühe gegeben hatte. Sie trocknete sich die Hände, schaltete das Licht in der Küche aus und ging in den Gastraum.

Golo saß noch immer an dem Tisch am Fenster, eine angebrochene Flasche Tempranillo vor ihm. Er saß mit dem Rücken zum restlichen Gastraum mit Blick raus auf die Straße. In einer Hand schwenkte er sein Weinglas leicht hin und her und machte sonst nichts. Er saß einfach in seinem Stuhl und beobachtete das Treiben draußen auf der Wohlwillstraße, die am Wochenende die Hauptverkehrsader zwischen Schanze und Kiez war. Er wirkte weder gelangweilt, noch schaute er permanent auf sein Handy. *Er kann einfach genießen*, dachte Alma und bewunderte ihn dafür.

»Schenkst du mir auch ein Glas ein?«, fragte sie, als sie sich neben Golo setzte.

»Klar«, sagte er, griff nach der Flasche und schenkte Alma formvollendet ein.

»Hat Arlo dir das beigebracht?«, fragte Alma und deutete auf die fließenden Bewegungen seiner Hand, die die Weinflasche führte.

Golo lachte auf. »Nein, aber als Gründer eines Start-ups musste ich nicht nur ein Mal potenzielle Investoren umgarnen. Unter anderem eben mit den korrekten Umgangsformen.«

»Was für ein Start-up war das eigentlich genau?«

»Ich habe gemeinsam mit zwei Studienfreunden eine App entwickelt, die hilft, Reisen und Urlaube nachhaltiger zu gestalten. User können die Parameter, die ihnen wichtig sind, eingeben, und die App rechnet aus, wie hoch die Umweltbelastung ist, schlägt Alternativen vor, und man kann natürlich einen CO_2-Ausgleich über die App leisten. Außerdem haben wir mit Unternehmen wie Airlines, Bahn, Hotellerie oder auch Vermietungen von Camperbussen Kooperationen.«

»Spannend«, sagte Alma und meinte es so. Sie war jedoch zu müde für tiefergehende Fragen zu Golos beruflicher Vergangenheit.

Er hob sein Glas. »Auf den Feierabend?«, fragte er und ließ sein Glas gegen ihres klirren.

»Mindestens«, antwortete Alma, nahm einen Schluck und folgte Golos Blick nach draußen auf die Straße.

»Du hast deine Desserts ja gar nicht gegessen«, meinte sie und deutete auf die beiden unangetasteten Löffel mit der selbst gemachten Schoko-Nuss-Creme.

»Ich dachte, ich warte damit, bis du auch fertig bist. Die passen nämlich ganz wunderbar zu diesem Rotwein, aber schmecken am allerbesten in Gesellschaft.«

Alma spürte Golos Blick, der lang und freundlich auf ihr ruhte. Wenn sie sich jetzt umdrehte, musste sie ihm ins Gesicht blicken, schlimmer noch: in die Augen. Und dann würde dieser ganze Golo mit seiner ehrlichen, aber auch unverständlichen und nervigen Begeisterung für Alma in sie hineinfließen. Alma wurde schon allein bei der Vorstellung daran panisch. Denn ihre Barrieren begannen nicht nur an einer Stelle zu verschwinden. Nein, Alma musste erkennen, dass sie das relativ willkürlich überall taten und dass das einem gewissen Jemand die Möglichkeit gab, ihre Mauern zu überwinden. Und dann wäre er sehr nah. Zu nah. Alma tat also das einzig Vernünftige. Sie ruinierte den Moment.

»Ich hatte recht damit, dass du schlecht für das Restaurant bist.«

»Du meinst, wegen Hannes und Luna?«, fragte Golo, und Alma nickte.

»Alma, das sind Arschlöcher gewesen. Die willst du doch gar nicht in deinem Laden haben.«

Jetzt drehte sie sich doch zu ihm um und schaute ihm direkt ins Gesicht. »Zuerst einmal sind das zahlende Gäste«, konterte sie.

»Das bin ich auch«, scherzte Golo.

»Aber sie sind Stammgäste, die mindestens einmal die Woche kommen.«

»Dann werde ich das jetzt auch!«

»Alles, nur nicht das!«, rief Alma aus.

»Okay, okay. Ich will mich nicht mit dir streiten«, sagte Golo.

Sie seufzte. »Ich mich auch nicht. Dafür hab ich nicht auch noch Kraft.«

»Das hier liefert Energie«, entgegnete Golo und hielt ihr den Löffel hin. Jetzt war es tatsächlich Alma, die lächeln musste und den Löffel dankend annahm. Sie hielt ihn Golo entgegen.

»Auf Waffenstillstand?«, fragte sie und hoffte, dass ihm das als Entschuldigung genügte.

Golo nahm seinen Löffel und stieß mit ihrem an. »Auf Frieden«, sagte er und schob sich den Löffel komplett in den Mund.

»Das war ein Fehler«, kommentierte Alma, und Golo nickte heftig. Er wollte etwas sagen, aber die Schoko-Nuss-Masse verklebte seinen ganzen Mundraum.

»Das ist eine wirklich interessante Art, dich zum Schweigen zu bringen«, sagte Alma und lachte leise.

Golo schmatzte noch ein bisschen, konnte aber schnell wieder sprechen. »Mir würden da noch bessere Methoden einfallen.« Er lehnte sich zu Alma rüber und funkelte sie an. Sein Blick fixierte ihre Lippen, und mit einem Mal war die Stimmung angespannt. Aber nicht wie sonst, stellte Alma fest. Denn anstatt Golo in die Hölle schicken zu wollen, wollte sie ihn stattdessen ganz nah an sich ziehen. Sie spürte, wie ein großes Stück ihrer Barriere wegbrach. Sie müsste sich nur ein kleines Stück nach vorne lehnen, ihm nur das kleinste Zeichen geben – aber sie konnte nicht. Sie löste ihren Blick von ihm und schaute wieder aus dem Fenster. Golo räusperte sich.

»Jetzt, da wir Frieden geschlossen haben, kann ich dir ja ganz in Ruhe sagen, was ich von deinen beiden Lieblingsgästen halte«, sagte er.

»Das sind nicht meine Lieblingsgäste!«, echauffierte sich Alma.

»Ein Glück! Sonst hätte ich dir wirklich den Kopf waschen müssen, und das meine ich ausnahmsweise nicht flirty.«

Almas Wangen explodierten, während ihre Barriere zerbröselte. Wieso war er nur immer so direkt und ungeniert?

»Jedenfalls fand ich deren Verhalten wirklich unmöglich. Ich meine, wir sind doch alle erwachsene Menschen, möchte man meinen. Es ist die eine Sache, dass ihnen nicht passt, was für einen Beruf ich habe. Aber du bist doch sonst so tough und lässt dir von niemandem etwas vorschreiben.«

»Bin ich das?«, fragte Alma. Golo breitete die Arme aus und zeigte auf sich.

»Ich bin ja wohl der glücklicherweise noch lebende Beweis dafür. Bei mir hast du noch nie Probleme gehabt, Grenzen zu ziehen.«

Wenn du wüsstest, dachte Alma, deren *Grenzen* ja gerade erst zu Staub zerfallen waren.

»Ich weiß, dass die beiden manchmal ein bisschen ihre Kompetenzen überschreiten …«, setzte Alma an, doch Golo fiel ihr ins Wort.

»Ein bisschen? Alma, noch mal – und ich meine es wirklich, wirklich nur gut mit dir, das glaubst du mir hoffentlich –, aber diese beiden führen sich so unglaublich unmöglich auf. Das habe ich noch nicht erlebt. Und ich komme immerhin aus Berlin, da erlebt man so einiges.«

Alma seufzte. »Ich weiß das auch.«

»Und dass sie ihren persönlichen Unmut an dir auslassen, auf diese Art und mit dieser Gehässigkeit, wirklich, Alma, so kannst du doch nicht mit dir umgehen lassen.«

»An mir?« Alma machte große Augen. Immerhin war es Golo, der als Leichenfledderer bezeichnet worden war.

»Natürlich an dir. Sie erpressen dich, fordern, dass du dich entscheiden musst. Das ist doch krank!«

Alma konnte nur stumm nicken.

»Wieso änderst du dann nichts daran?«

»Ich möchte nicht, dass das *Dear Dairy* in Verruf gerät.«

»Wieso sollte das denn passieren?« Golo sah sie ehrlich interessiert an.

»Weil Hannes und Luna sicher nicht die Einzigen sind, die ein Problem mit meinem neuen Nachbarn haben. Ich meine, ein Ledergeschäft ausgerechnet Tür an Tür mit meinem Restaurant, da hat sich wirklich jemand einen gehörigen Spaß erlaubt. Verstehst du nicht, sie sind nur der Anfang. Wenn sie gehen, werden auch andere gehen. Und dann bleibt mein Laden leer und irgendwann geschlossen.«

»Aber Alma, du kannst doch nicht in solcher Angst leben! Damit manövrierst du dich in eine Sackgasse, denn irgendwann wirst du dich gar nichts mehr trauen aus Angst, deine Gäste zu verlieren.«

»Woher willst du das denn wissen?«

»Weil ich auch selbstständig bin und war. Im Prinzip ist es ja egal, in welchem Bereich man tätig ist, sobald man etwas Eigenes hat, hat man Ängste, die Leute in einem Angestelltenverhältnis einfach nicht haben. Und ich hatte natürlich auch Angst, falsche Entscheidungen zu treffen und damit den Erfolg meines Start-ups zu riskieren. Gemacht habe ich es dennoch, und weißt du, wieso?«

Alma schüttelte den Kopf, und Golo sprach weiter.

»Weil es das Richtige ist. Weil sich immer neue Möglichkeiten auftun und keine Entscheidung jemals für immer in Stein gemeißelt ist. Schau doch mal bei dir: Selbst wenn Hannes und Luna wirklich nicht mehr bei dir essen gehen, so what? Es werden andere Gäste kommen, das *Dear Dairy* ist so erfolgreich wie begehrt. Und es gibt viele weit weniger engstirnige Menschen da draußen, die sich von einem Laden nebendran nicht abschrecken lassen. Denen es egal ist oder die vielleicht sogar erkennen, dass wir beide eigentlich dieselben Prinzipien vertreten.«

»Das musst du mir jetzt aber bitte erklären«, forderte sie Golo auf und nahm ihr Weinglas in die Hand.

»Es geht uns beiden um Mehrwert und Nachhaltigkeit in Kombination mit etwas Schönem. Bei dir ist das Essen, bei mir sind es Produkte.«

»Also entschuldige, aber was hat denn Leder mit Nachhaltigkeit zu tun?«, hakte Alma ein. Das war wirklich die wildeste Argumentation, die sie seit Langem gehört hatte – und immerhin wohnte sie gerade mit einer Teenagerin unter einem Dach.

»Es geht um den Kreislauf der Rohstoffe. Tierhaut fällt beim Schlachten als Abfallprodukt an, und natürlich ist es viel zu schade, das wegzuschmeißen. Pure Verschwendung wäre es auch. Also nehme ich dieses Leder und schaffe daraus etwas mit Mehrwert, das über Jahre halten wird.«

»Aber es ist doch Quatsch, denn es werden doch auch Tiere für ihr Leder geschlachtet.«

»In den konventionellen Industrien leider ja. Ich aber beziehe meine Materialien von einem Schlachter hier. Erinnerst du dich, als wir gemeinsam nach Eimsbüttel geradelt sind?«

»Du meinst, als du mich verfolgt hast?«

Golo gluckste. »Das kann man jetzt so oder so sehen. Jedenfalls hatte ich da einen Termin mit der Schlachterei. Die verkaufen ihre Häute bisher an irgendeinen Großhändler. Ich konnte sie davon überzeugen, an mich zu verkaufen. Zudem habe ich eine Gerberei in Schleswig-Holstein, mit der ich zusammenarbeiten werde, die wiederum nur mit natürlichen Mitteln gerbt. Und im letzten

Schritt versuche ich, so zeitlose Designs zu entwickeln, dass meine Produkte auch nie *aus der Mode* kommen. Ich habe also regionale Produkte, die regional und umweltschonend weiterverarbeitet werden. Oh, und hatte ich schon erwähnt, dass ich auch nur so viel produziere, wie ich eben an Rohmaterial vorrätig habe? Das heißt: Wenn es leer ist, ist es leer. Ich kaufe kein Leder von irgendwo dazu. So, und jetzt sag du mir, dass das nicht zirkulär und nachhaltig gedacht ist.«

Alma staunte nicht schlecht. Das war wirklich gut durchdacht. »Und dennoch wäre es besser, wenn gar kein Tier geschlachtet werden würde, für was auch immer«, sagte sie stattdessen.

»Sicher, aber das ist noch Utopie. Unsere Aufgabe ist es aber, sich mit der Realität zu befassen und da zu schauen, was man machen kann, damit es vielleicht ein bisschen weniger scheiße ist.«

»Wieso nimmst du nicht einfach veganes Leder? Da gibt es doch auch schon so viele Alternativen.«

»Du wirst lachen, aber ich habe mich tatsächlich schon mit dem Thema befasst.«

»Wirklich?«

»Ja. Als ich dich kennengelernt habe, habe ich nach einer guten Alternative gesucht, damit du mich nicht mehr ganz so doll hasst.«

»Ja genau«, schnaubte Alma.

»Ist so«, entgegnete Golo, und wieder einmal wurde Alma klar, dass er es einem wirklich schwer machte, ihn nicht zu mögen.

»Wieso hast du dann noch nicht auf veganes Leder umgestellt?«

»Weil das auch nicht die Antwort auf alles ist. Weißt du, woraus dieses Leder gemacht wird?«

»Ja, aus Laub oder Pilzen oder Ananas«, zählte Alma auf und war nicht wenig stolz auf ihr Wissen.

»Ja, Teakholzblätter. Und woher kommen die? Exakt, aus Asien. Da kannst du dir den regionalen Aspekt schon mal schön in die Haare schmieren. Außerdem müssen diese Materialien ja auch irgendwie zu Leder verarbeitet werden. Das passiert oftmals noch mithilfe von Kunstharz oder Kunststoff. Ja, da wird dein Blick schon skeptischer. Da kommt dann nämlich wieder Erdöl ins Spiel und der Fakt, dass das ganz und gar nicht gut für die Umwelt oder gar abbaubar wäre. Was ich sagen will, ist, nur weil irgendwo vegan draufsteht, heißt das nicht, dass es automatisch geil für die Erde ist.«

»Also willst du sagen, Leder sei besser als vegane Alternativen?« Eine kleine Provokation, ganz die alten Muster aufgeben wollte Alma auch nicht.

Golo schüttelte gelassen den Kopf. »Nein, es gibt kein besser oder schlechter. Es gibt zahlreiche Perspektiven, von denen man auf das Thema Nachhaltigkeit schauen kann. Was es dagegen nicht gibt, ist die eine richtige Antwort. Wir sind alle weit vom Optimum entfernt, und irgendwo muss man ja anfangen. Schau dir das Start-up an, das ich gegründet habe: Wäre es eigentlich besser für den Planeten, wenn man gar nicht mehr in den Urlaub fliegen würde? Mit Sicherheit, aber das ist Utopie. Also arbeiten wir mit dem, was wir haben. Es klingt im ersten Moment vielleicht auch komplett kontraproduktiv, dass wir beispielsweise Kooperationen mit Automobilkonzernen oder Mietwagenverleihern eingegangen sind. Aber wenn man einen Moment länger darüber nachdenkt, wird einem klar, wer die größte Hebelwirkung haben kann. Ganz genau: die großen Player.«

»Wie Fast-Food-Ketten, die mit veganen Burgern werben?«, überlegte Alma laut.

»Exakt«, stimmte Golo ihr bei. »Ich halte zum Beispiel die Forschung an veganen und auch wirklich umweltfreundlichen Lederalternativen toll und wichtig. Genauso wichtig finde ich aber auch meinen Beitrag, der womöglich auch zu einem Umdenken führen kann, dass Tierhäute nicht an irgendwelche Großhändler verkauft werden und damit die konventionelle und wirklich beschissene Lederproduktion unterstützt wird, sondern dass das Verständnis dafür wächst, um was für ein besonderes und langlebiges Produkt es sich dabei handelt. Ich kann zumindest für mich sagen, dass ich mir Mühe gebe, aus dem, was wir haben, das Beste zu machen.«

»Ich doch auch!«

»Ich weiß.« Golo lächelte. »Übrigens wirst du es nicht schaffen, mich zu provozieren.«

»Hatte ich gar nicht vor.«

»Natürlich.«

Alma wusste nicht, was sie von diesem Gespräch halten sollte. Sie würde eine Weile über die Dinge nachdenken müssen, die Golo gesagt hatte, denn sie klangen nachvollziehbar und logisch. Sie hatte ja nie behauptet, dass ein veganer Lebensstil die Welt retten würde, doch wie immer hatte sie bei Golo einfach das Gefühl, das letzte Wort haben zu müssen. Und das sollte dann auch noch das klügere sein.

»Das mag ja alles sein«, antwortete sie also. »Das löst aber unser ganz eigenes Problem hier nicht.«

»Das stimmt natürlich. Vielleicht können wir es ähnlich wie mit der gesamten Thematik als solche halten und akzeptieren, dass jeder von uns seinen Beitrag leistet, eben auf seine Art?«

Alma zog skeptisch die Augenbrauen zusammen. »Du willst doch nur, dass ich von jetzt an immer nett zu dir bin.«

»Was soll ich sagen«, antwortete Golo lachend und zog die Schultern hoch. »Du hast mich durchschaut!«

Wie konnte man ihn nicht durchschauen, der Mann war ein offenes Buch, und zwar mit voller Absicht. Und so langsam gefiel ihr das.

19

»Hast du mein Handy gesehen?«, rief Alma ins Wohnzimmer, als sie gerade ihre Bettdecke aufschüttelte. Doch auch hier war das verflixte Ding nicht.

»Nee, hier ist nichts«, antwortete Noa.

Dann würde sie wohl ohne aus dem Haus müssen, immerhin war sie schon viel zu spät dran. Und so dringend brauchte sie ihr Handy auch nicht bei der Arbeit.

Noa lehnte in der Wohnzimmertür. »Alma, kann ich dich was fragen?«

»Klar, immer«, antwortete Alma gedankenverloren und packte weiter ihre Sachen in den Rucksack, der auf dem Boden neben der Wohnungstür stand.

»Können wir über Filipe reden?«

Die Frage überrollte Alma mit der Wucht einer Dampflok. »Noa, das ist … also gerade habe ich keine Zeit …«, stotterte sie.

»Du hast gerade gesagt, dass ich dich immer fragen kann.«

»Ja, aber ich habe nicht mit so einer Frage gerechnet.«

»Was ist denn *so eine Frage*?« Noa malte Anführungszeichen in die Luft.

Alma seufzte. »Na eine, die so ein großes Fass aufmacht. Dafür hab ich jetzt keine Zeit, du siehst doch, dass ich schon viel zu spät dran bin.«

»Du hast nie Zeit!«

»Noa, lass uns bitte später darüber reden, jetzt muss ich ins Restaurant«, versuchte Alma den sich anbahnenden Streit zu verhindern – oder zumindest auf einen späteren Zeitpunkt zu verschieben.

»So wie immer«, schnaubte Noa.

»Noa, es kann nicht immer nach deinem Kopf gehen!«

»Pah, das sagt gerade die Richtige.« Noa verschränkte die Arme vor der Brust und funkelte Alma wütend an.

Die seufzte. »Okay, dann beantworte ich deine Frage, aber nur diese. Nein, wir können nicht über Filipe reden. So, zufrieden?«

»Aber wieso denn nicht?«, schob Noa nach und folgte Alma in die Küche, die in einem letzten verzweifelten Versuch im Kühlschrank nach ihrem Handy suchte.

»Noa, ich sagte, ich beantworte eine Frage!«

»Das war keine richtige Frage, die war doch nur rhetorisch!«

»Dann musst du besser auf deine Wortwahl achten.« Alma hörte selbst, dass sie gerade erschreckend stark ihrer eigenen Mutter ähnelte. Doch Noa hatte sich wirklich den schlechtesten Moment für ein solches Gespräch ausgesucht.

»Aber er ist doch unser Vater!«

»Falsch, Noa. Er ist dein Vater, für mich ist er nur mein Erzeuger.«

»Aber für mich ist es wichtig, mit dir darüber zu sprechen. Immerhin haben wir denselben Vater, und wir haben noch nie über ihn gesprochen!«

»Mir ist es aber nicht wichtig, Noa. Mir ist es *egal.* Akzeptier das bitte einfach.«

»Wie kann er dir denn egal sein, er ist doch dein Vater!«

»Noa, du musst das nicht verstehen, aber du sollst mich damit in Ruhe lassen!«

Alma erschrak über ihre eigene Lautstärke.

»Keine Sorge, das mache ich. Ich bin dir doch eh egal, du kannst mich doch gar nicht leiden.« Noas Stimme war tränenerstickt.

»Ich bitte dich, Noa, das habe ich doch gar nicht gesagt.«

»Nein, du sagst ja gar nichts. Überhaupt nie. Golo ist echt der einzige Freund, den ich hier habe. Er hört mir wenigstens zu.«

Das reichte Alma. »Dann geh doch zu deinem ach so tollen Golo.« Ihre Stimme hallte durch die Wohnung, und mit einer ausladenden Handbewegung zeigte sie zur Wohnungstür. »Wirst schon sehen, wie lange bei dem alles besser ist.«

»Ja, vielleicht mach ich das ja«, brüllte Noa zurück, rannte ins Wohnzimmer und knallte die Tür hinter sich zu.

Wütend hob Alma den Rucksack vom Boden. Darunter lag ihr Handy.

***

Der Streit steckte ihr auch abends noch in den Knochen. Vor allem nach Feierabend, als sich Alma nicht mehr mit Kochen und der Arbeit im Restaurant ablenken konnte. Doch sie spürte keine Wut, nein, Alma fühlte sich schlecht. Noa hatte ihr deutlich gemacht, wie wichtig es für sie war, dass sie eben auch über Filipe redeten, und Alma hatte sie eiskalt abblitzen lassen. Sicher, der Zeitpunkt war ungünstig gewesen, aber sie hätte die Ruhe bewahren sollen. Sie würde sich sofort bei Noa entschuldigen, dachte Alma und schloss die Wohnungstür auf. Im Flur war es dunkel, und ein Blick nach rechts bestätigte Alma, dass auch unterm Türspalt zum Wohnzimmer kein Licht brannte. Noa schlief wohl schon, nicht verwunderlich, es war weit nach Mitternacht. Anstatt selbst in ihr Bett zu gehen, lief Alma jedoch zu der Tür und drückte die Klinke behutsam nach unten. Geräuschlos öffnete sie die Wohnzimmertür. Sie wollte nur schauen, ob Noa noch etwas brauchte.

»Noa?«, flüsterte Alma, und als nichts passierte, wiederholte sie den Namen, nur lauter. Doch es kam keine Antwort.

Es dauerte kurz, bis Alma das Schlafsofa in der Dunkelheit erkennen konnte. Dann sah sie die glatt gezogene Decke. Da lag definitiv kein Mensch drunter.

Alma schaltete das Licht an. Noa war nicht da.

Vielleicht hat sie sich ausnahmsweise in mein Bett gelegt, dachte Alma. Nein, sie hoffte es, lief aus dem Wohnzimmer, die zwei Schritte durch den Flur, ins Schlafzimmer. Ins leere Schlafzimmer. Fuck, wo konnte sie nur sein? Obwohl sie wusste, dass es sinnlos war, durchstreifte Alma noch die Küche und das Bad. Doch Noa war definitiv nicht hier. Vielleicht war sie nur kurz am Kiosk? Nein, dann wären sie sich auf der Straße begegnet. Der Einzige, der jetzt noch offen hatte, lag auf Almas Heimweg.

Sie zog ihr Handy aus ihrer Tasche. Ihr Display zeigte einige Anrufe in Abwesenheit, doch keiner von Noa, wie Alma mit rasendem Puls feststellte. Wieder eine unbekannte Nummer. Wieso lernten die Leute einfach nicht, dass sie im Restaurant anrufen sollten, wenn sie eine Reservierung haben wollten? Sie suchte Noas Kontakt und drückte auf Wählen. Doch ihr Anruf wurde direkt zu der netten Dame weitergeleitet, die einen wissen ließ, dass die angerufene Person nicht zu erreichen war. Mist, fluchte Alma, Noa hatte scheinbar ihr Handy aus. War der Akku leer? Oder war es ihr weggenommen worden? Oh Gott, hatte sie jemand entführt? Was sollte sie nur Annegret sagen?

Alma zwang sich zu drei tiefen Atemzügen. Sie durfte jetzt nicht ihrer blanken Panik die Zügel in die Hand geben, die würde nur dumme Entscheidungen treffen. Alma legte noch mal weitere drei Atemzüge drauf und fühlte sich wieder besser. Immer noch panisch zwar, aber auch realistischer.

Als Nächstes wählte sie Hatuns Nummer. Sie hatte wenig Hoffnung, ihre Freundin zu erreichen, denn sobald sie schlief, schaltete sie immer den Flugmodus ein. So auch jetzt, zum zweiten Mal innerhalb kürzester Zeit hörte sie die Frau ohne Namen aus der Leitung tönen. Sie legte auf und starrte das wieder schwarze Display an, überlegte, was sie als Nächstes tun könnte, als ihr Handy plötzlich wieder aufleuchtete und ein Anruf einging. Erschrocken schrie Alma auf und ließ fast das Telefon fallen. Es war wieder die unbekannte Nummer. Vielleicht doch Entführer? Fokus, Alma! Vielleicht war Noas Akku wirklich leer, sie hatte sich verlaufen und jemanden um Hilfe gebeten, von dessen Handy sie nun versuchte, Alma zu erreichen? Sie nahm den Anruf hektisch an.

»Hallo?«, rief sie atemlos ins Handy.

»Alma«, kam es ruhig zurück. »Hier ist Golo.«

Tausend Fragen schossen Alma gleichzeitig durch den Kopf, eine belangloser als die andere.

»Du?«, war dann aber alles, was sie sagte.

»Ja, ich«, antwortete Golo. »Ich hatte gehofft, dich früher zu erreichen. Bist du schon zu Hause?«

Was wollte er? Alma hatte jetzt keinen Kopf für Golos Flirtoffensiven, zumal sie einen Anruf nach Mitternacht nicht als Flirt verstand, sondern als absolute Frechheit.

»Ja, bin ich«, antwortete sie knapp. »Hör zu, Golo, ich hab keine Zeit für dich. Noa ist weg, ich hab keine Ahnung, wo sie sein könnte, ich erreiche sie nicht, und ich muss sie irgendwie finden!«

Alma wollte schon auflegen, als sie Golo etwas sagen hörte. Die Worte brauchten einen Moment, bis sie sich in ihrem Gehirn zu einer verständlichen Information zusammengesetzt hatten.

»Noa ist hier, bei mir.«

»Sie ist *was*?«, rief Alma schrill.

»Bitte, Alma, beruhig dich. Es geht ihr gut, es ist alles in Ordnung.«

»In Ordnung? Hier ist gar nichts in Ordnung«, rief Alma nun ins Telefon. Tränen liefen ihr übers Gesicht, und sie war völlig aufgelöst.

»Ich hatte so gehofft, dich zu erreichen, bevor du zu Hause ankommst, aber leider scheinst du dein Telefon nicht gehört zu haben«, sagte Golo, und er klang so sanft, wie eine Umarmung sich anfühlte.

»Geht es ihr wirklich gut?«, schniefte Alma, nachdem die erste Welle der Erleichterung, die sie da gerade überrollt hatte, abgeklungen war.

»Ja, sie schläft. Sie ist nach eurem Streit zu mir gekommen, weil sie sich auskotzen musste. Sorry, ein besseres Wort fällt mir gerade nicht ein.«

»Ist okay«, sagte Alma leise.

»Ich bring sie morgen früh nach Hause, ja?«

Alma nickte, und als ihr bewusst wurde, dass Golo sie gar nicht sehen konnte, sagte sie schnell: »Okay.«

»Ich hoffe, du kannst jetzt auch schlafen, Alma. Tut mir leid, dass du so einen Schreck bekommen hast. Ich hätte das wirklich gerne verhindert.«

»Danke, dass du Noa bei dir einquartiert hast«, sagte Alma, anstatt auf Golos nette Worte einzugehen.

»Natürlich, sie ist immerhin meine Freundin«, antwortete er, und Alma spürte einen Stich in der Seite. Seine Worte erinnerten sie an Noas Vorwurf, und Alma wurde von großer Traurigkeit übermannt.

»Gute Nacht, Golo.«

»Gute Nacht, Alma. Bitte schlaf gut. Und ruf mich an, wenn irgendwas ist. Ich bin da.«

Die letzten Worte sagte er so eingänglich, dass sie irgendwo in Almas Brustkorb resonierten. Sie legte auf und spürte, wie die zweite Welle großer Emotionen auf sie zurollte. Diese Gefühle waren ihr wirklich zu viel. Wie bei einem guten Frühjahrsputz ließ Alma ihnen einfach freien Lauf. Sie hatte keine Kraft mehr, mit vermeintlicher Stärke und stoischer Bockigkeit dagegen anzugehen. Mit tränenverschmiertem Gesicht und unter wiederkehrenden Schluchzern ging Alma zum Kühlschrank und öffnete ihn. In der völligen Dunkelheit, in der ihre Küche lag, blendete sie das Licht, das aus dem Kühlschrank strahlte. Im obersten Fach ganz hinten fand sie, wonach sie suchte: die Tupperdose mit dem Käse. Sie holte sie aus dem Kühlschrank und hob den Deckel ab. Der Brie war von einem weißen Pelz bedeckt, aber nichts, was man mit einem Messer nicht beheben konnte. Zumal es sich ja auch um einen Notfall handelte. Alma befreite den französischen Weichkäse großzügig vom weißen Schimmel, denn auch wenn der nicht gefährlich und sogar gewollt war, mochte Alma ihn nicht. Sie wollte nur das weiche Innere, schnitt es in Würfel und schob sich den ersten in den Mund. Sie schloss die Augen und spürte, wie sich ihr Puls augenblicklich wieder normalisierte. Wenn ihr Körper so auf Käse reagierte, wie sollte sie dann jemals davon wegkommen?

***

Nach einer erstaunlich ruhigen Nacht erwachte Alma am nächsten Morgen erst um halb neun. Für ihre Verhältnisse war das richtig spät. Einerseits fühlte sie sich ausgeruht wie lange nicht mehr, und andererseits steckten ihr noch die Ereignisse des vergangenen Abends in den Knochen – und irgendwie auch die Ereignisse der ganzen letzten Wochen. Irgendwann musste es aus diesem Tal doch auch wieder bergauf gehen. Sie hatte Golo eine Nachricht geschrieben, und nachdem er bestätigt hatte, dass sie auch schon wach waren, hatte sich Alma schnell unter die Dusche gestellt und angezogen. Dann hatte sie versucht, die Wohnung mit wenigen Handgriffen besuchertauglich aufzuräumen, als es schon klingelte.

Ohne die Gegensprechanlage zu nutzen, öffnete Alma die Haustür. Einen Moment später erschien ein wie immer strahlender Golo und hinter ihm eine schlecht gelaunte Noa.

»Guten Morgen«, begrüßte Golo Alma und drückte ihr eine riesige Tüte von der *Kleinen Konditorei* in die Hand.

»Wir konnten uns nicht so richtig entscheiden, also haben wir irgendwie alles mitgenommen«, lachte er. Als wäre das nicht genug, baumelte auch noch ein Jutebeutel mit weiteren Lebensmitteln an seiner Seite.

»Ich wusste ja nicht, ob du überhaupt Essen zu Hause hast, da du ja immer im Restaurant bist, deswegen habe ich heute früh lieber mal die Grundausstattung eingekauft und später von Noa erfahren, dass das die absolut richtige Entscheidung war«, erklärte Golo, als er Almas fragenden Blick bemerkte. »Wo ist die Küche?«

Alma zeigte nach rechts, Golo nickte und machte sich davon. Noa stand nun vor ihr und sagte kein Wort.

»Guten Morgen«, sagte Alma vorsichtig. Sie wusste nicht, wie sie sich verhalten sollte. Aber leider war sie die Erwachsene von ihnen beiden – zumindest auf dem Papier –, also musste sie den ersten Schritt machen.

»Hallo«, erwiderte Noa, konnte Alma aber nicht ins Gesicht schauen. Sie ging an ihr vorbei ins Wohnzimmer, und weil Alma nicht wusste, was sie sonst tun sollte, folgte sie ihr. Noa legte ihren Rucksack auf ihr Bett und begann, ihn auszupacken. Offensichtlich hatte sie sich Zeug für einige Tage eingepackt, denn es kamen mehrere Shirts und Socken zum Vorschein. Alma setzte sich an den Tisch.

»Noa«, begann sie und tat sich schwer damit, die richtigen Worte zu finden. »Unser Streit gestern … das tut mir leid.«

»Mir auch«, sagte Noa, jedoch ohne sich zu Alma umzudrehen oder ihre Tätigkeit zu unterbrechen.

»Ich hätte nicht einfach gehen dürfen, das war nicht in Ordnung. Vor allem nicht, ohne das mit dir geklärt zu haben oder dir zu versprechen, dass wir zu einem anderen Zeitpunkt in Ruhe darüber reden.«

»Okay.«

»Weißt du, ich will mich gar nicht mit dir streiten, ich weiß nicht, wieso das immer wieder passiert. Vielleicht müssen wir uns wirklich noch aneinander gewöhnen.«

»Ja, kann sein.«

»Noa, setz dich doch bitte mal«, bat Alma sie, und tatsächlich setzte die Teenagerin sich auf ihr Bett und schaute Alma an. »Du hast da gestern was gesagt, das hat mich ziemlich beschäftigt.« Alma hielt festen Blickkontakt zu Noa. »Dass du mir egal seist und ich dich nicht leiden könnte. Und das stimmt nicht, das ist einfach nicht wahr. Weißt du, woran ich das gemerkt habe?«

Noa schüttelte stumm den Kopf.

»Weil es mich verletzt hat, als du das gesagt hast. Das hat richtig wehgetan.«

Alma spürte, wie sich der altbekannte Kloß in ihrem Hals bildete, und atmete tief durch. »Weißt du, ich war anfangs überfordert von der Möglichkeit, die du dargestellt hast. Immerhin könnte ich über dich wieder Kontakt zu Filipe aufbauen. Aber irgendwie fühlte sich das nicht richtig an. Und nach unserem Streit gestern habe ich da noch länger drüber nachgedacht. Noa, die Sache ist, ich habe einfach nicht das Bedürfnis, Kontakt zu Filipe aufzunehmen. Ich bin nicht wütend auf ihn oder hasse ihn. Aber er ist mir auch nicht wichtig. Er ist mein Erzeuger, und das wird er auch immer bleiben. Mehr aber auch nicht, ich verspüre einfach nicht den Wunsch, dass er einen aktiven Part in meinem Leben spielt. Bei dir hingegen wünsche ich mir sehr, dass du ein Teil meines Lebens bleibst, denn auch wenn ich das nicht sehr deutlich gemacht habe, mag ich dich sehr gerne. Und ich will alles dafür tun, dass du das Gefühl hast, mir auch so vertrauen zu können, wie du Golo offensichtlich vertraust.«

Noas Augen begannen zu glänzen.

»Und dass du auch mir irgendwann erzählst, was dich nach Hamburg gebracht hat«, fügte Alma sanft hinzu.

Als die ersten dicken Tränen rollten, schlug Noa sich die Hände vors Gesicht und weinte stumm. Alma sprang von ihrem Stuhl auf und eilte zu Noa. Sie setzte sich neben sie aufs umgebaute Sofa und legte ihren Arm um sie.

»Hey«, sagte sie, während sie ihr sanft über den Kopf strich. »Es ist alles gut. Egal, was passiert, es wird alles gut.«

Sie wiegte ihre kleine Schwester hin und her, die gar nicht mehr leise heulte, sondern laut schluchzte. Es war keine zwölf Stunden her, dass Alma selbst von einer Welle an Emotionen überrollt worden war. Auch Noa beruhigte sich schließlich wieder, machte aber keinerlei Anstalten, sich aus der Umarmung lösen zu wollen.

»Ich bin schwanger«, sagte sie irgendwann, so leise, dass Alma sie fast überhört hätte. *Scheiße*, dachte Alma und hatte keine Ahnung, wie sie darauf reagieren sollte. Was antwortete man auf so was? Wie verhielt man sich? Was hatte Golo gesagt? Alma hielt Noa weiter fest im Arm, und aus irgendeinem Grund schien das die richtige Reaktion zu sein, denn das Mädchen begann von ganz alleine zu erzählen.

»Deshalb bin ich hier, Alma, ich hab einfach ein bisschen Zeit gebraucht, um nachzudenken.«

»Weiß deine Familie davon?«, fragte Alma, und Noa verneinte.

»Und dein Freund?«

Wieder schüttelte sie den Kopf.

Nun lockerte Alma die Umarmung doch, um Noa anschauen zu können. »Willst du es denn behalten?«

»Ich weiß es nicht«, antwortete Noa, doch ihre Stimme brach immer wieder.

»Hey, hey, hey«, sagte Alma und streichelte ihr wieder über den Kopf. »Wir bekommen das hin, ja? Ich bin für dich da, wirklich.«

»Und ich auch«, hörten beide vom Türrahmen und drehten sich um. Golo stand in der Wohnzimmertür.

»Frühstück?«, fragte er, und Alma und Noa nickten. Emotionen waren nicht nur anstrengend, sie machten auch richtig hungrig. Sie folgten Golo auf den Balkon, und Alma staunte nicht schlecht. Auf dem Tisch standen frischer Orangensaft, zahlreiche Aufstriche, herzhaft wie süß, Rohkost, Obst, Brötchen und Croissants. Er bedeutete ihnen, sich zu setzen, verschwand noch mal in der Küche und kam mit drei dampfenden Tassen zurück. Tee für Noa und Kaffee für sich und Alma. Als er saß, lächelte er Noa an.

»Geht es dir besser?«, fragte er und schnitt ein Brötchen auf. Noa nickte und blinzelte mit tränenverquollenen Augen gegen die Sonne.

»Und dir?«, richtete er die Frage dann an Alma, deren Augen keinen Deut besser aussahen. Auch sie nickte.

»Gut, das freut mich. Wir bekommen das hin, Noa. Immerhin sind wir so etwas wie deine komplett verschrobene Ersatzfamilie.«

Noa lächelte dankbar, und Alma spürte erneut einen Stich in ihrem Brustkorb. Und gleich darauf ein Flattern in ihrem Bauch. *Oje*, dachte sie sich, *das ist nicht gut.*

Von: ah.parklets@bezirksamt-mitte.de
An: info@deardairy.de
Betreff: AW: RE: AW: RE: AW: Parklet St. Pauli

29. März

Sehr geehrte Frau Giuliani,

Ihre Beleidigungen können mir nichts anhaben. Viel mehr noch, ich sehe sogar davon ab, Anzeige wegen Beamtenbeleidigung gegen Sie zu erheben. Ich habe etwas, das mich viel zufriedener stellt, als Sie durch die Mühlen der gesetzlichen Bürokratie zu jagen. Denn ich kann Ihnen heute feierlich mitteilen, dass »Ihr« Parklet vergeben wurde. Nicht an Sie, nur um das noch mal in aller Deutlichkeit hervorzuheben.
Sie haben recht, es gibt in dieser Stadt Bürgerinnen und Bürger, die einen Mehrwert leisten. Sie sind keine davon.

Sparen Sie sich die Mühe, mir weitere Beleidigungen per E-Mail zu schicken, ich werde sie ungelesen löschen.

Grüße
Arthur Hägele
Sachbearbeitung Bezirksamt Mitte

20

Oh, heute war ein guter Tag. Denn Golo hatte auf dem Weg von seiner Wohnung nach unten in den Laden gute Nachrichten aus dem Briefkasten gezogen und bog spontan nach links ab. Es gab nur eine Person, mit der er diese Nachrichten unbedingt teilen wollte. Er grüßte Arlo, die gerade damit beschäftigt war, die Tische und Stühle auf der Terrasse aufzubauen.

»Moin, Arlo, geht's dir gut? Super Tag heute, oder?«

»Wenn du das sagst«, entgegnete Arlo freundlich. »Und falls du Alma suchst, die ist in der Küche.«

Sie lächelte ihn an, Golo zwinkerte ihr zu und drückte die Tür des Restaurants auf. Schon vom Eingang hörte er die Musik aus der Küche dröhnen, die so gar nicht zu seiner Stimmung passen wollte. Er war heute in der Stimmung für Natasha Bedingfields »Unwritten«, Alma hingegen hörte die harten Klänge Manowars. Vorsichtig öffnete er die Küchentür.

Alma stand am Waschbecken und wusch Salat. Unter fließendem Wasser befreite sie die Blätter von grobem Schmutz, zog sie nochmals durchs Wasserbad und legte sie anschließend in eine Salatschleuder, ein Gerät, mit dem sie auch das letzte Chlorophyll aus dem Gemüse schleuderte.

»Muss das so doll?«, fragte Golo mit sorgenvollem Blick auf das Gerät in Almas Händen. Wenn sie den Knauf auf dem Deckel noch etwas energischer und schneller kreisen ließ, war das keine Salatschleuder mehr, sondern ein Teilchenbeschleuniger.

»Was willst du?«, knurrte Alma, ohne ihre Arbeit zu unterbrechen. Es war offensichtlich, dass das Küchengerät für etwas herhalten musste, was andere Menschen über Gespräche zu lösen versuchten. Aber gut, Alma war nun mal nicht andere Menschen.

»Guten Morgen, Sonnenschein«, flötete Golo und wollte sie ein wenig aufziehen. Doch sie reagierte gar nicht auf sein Necken.

»Hey, hast du später Zeit, mal rüberzukommen?«

»In deine Totenkammer?« Almas Gegenfrage triefte vor bitterbösem Sarkasmus. Was auch immer ihr über die Leber gelaufen war, es hatte diese wohl nachhaltig vergiftet.

»Ich habe tolle Neuigkeiten, und ich bin mir sicher, sie werden dich auch erfreuen. Komm einfach, wenn es dir passt, ich bin den ganzen Tag im Laden.«

Er winkte und verdrückte sich schnell aus der Küche, bevor Alma noch eine Gehässigkeit nachlegen konnte.

***

Tatsächlich tauchte sie gegen drei Uhr mit einer Tasse Kaffee bei ihm auf. Ihr Äußeres war ein wenig derangierter als sonst, einzelne Strähnen hatten sich aus ihrem Zopf gelöst, ihre Haut glänzte noch leicht, vermutlich durch Schweiß und dampfende Töpfe, und ihre Wange zierte ein Fleck Tomatensoße. Außerdem schien ihre Laune immer noch im

Keller zu sein. Es muss ein stressiger Mittag gewesen sein. Golo hatte die voll besetzte Terrasse gesehen, als er sich selbst etwas zu essen holen gegangen war, und beim Vorbeilaufen auch den Innenraum, in dem jeder einzelne Tisch besetzt war. Arlos korall gefärbtes Haupt war nicht eine Sekunde stehen geblieben, sondern nur zwischen den Tischen umhergewuselt.

»War wild heute, oder?«, begrüßte Golo sie.

»Machste dir kein Bild von«, sagte Alma und schaute nochmals aus den Fenstern des Souterrains, als wollte sie sicherstellen, dass wirklich niemand sie hier hatte hereingehen sehen.

Golo legte die Schere ab, mit der er gerade hantiert hatte, und stand auf. Gute Nachrichten überbrachte man schließlich aufrecht auf beiden Beinen. Keine Ahnung, ob das wirklich eine Regel war oder irgendeine Weisheit, die Golo aus einem der zahlreichen Rhetorik- und Präsentationsworkshops für Leadership kannte. Für ihn jedenfalls funktionierte es so am besten.

»Alma, ich habe wirklich tolle Neuigkeiten«, sagte er und versuchte, Almas Aufmerksamkeit auf sich zu ziehen. Sie jedoch starrte immer noch aus dem Fenster, genauer auf die Parkplätze direkt vor ihnen.

»Weißt du, was wirklich die größte Frechheit überhaupt ist?«, fragte sie und starrte weiter auf den grauen Asphalt.

»Ähm, nein«, antwortete Golo.

»Dass Menschen Entscheidungen zu Dingen treffen, von denen sie keine Ahnung haben.«

Golo dagegen hatte keine Ahnung, was sie meinte.

»Ich meine, was fällt diesem Mann eigentlich ein? Das ist meins!«

Golo stellte sich neben sie und folgte Almas Geste. Sie hatte ihre Arme nach vorne gestreckt, gespannt bis in die Spitze ihres Zeigefingers, der auf das Glas vor ihnen deutete.

»Das Fenster?«, fragte Golo dümmlich.

»Was?« Verwirrt drehte sich Alma zu Golo um. »Nein, natürlich nicht.« Sie deutete weiter mit dem Finger auf *diese eine Stelle*, so energisch, als würde Golo dadurch erkennen, was sie wirklich meinte. Doch der konnte nur mit den Schultern zucken.

»Das sollte mein Parklet sein! Meine Fläche! Und was ist passiert? Ein frustrierter Angestellter des Bezirksamtes Mitte hat es mir weggenommen und aus purer Gehässigkeit irgendjemand anderem gegeben.«

Oh.

Das meinte sie also.

Alma zeigte nicht auf das Fenster, sondern hindurch auf den Asphalt, der in dem Bereich des vorgesehenen Parklets verlegt war.

»Als ob irgendjemand eine bessere Verwendung dafür hätte als ich!«, wetterte Alma weiter. Sie war komplett in Rage, nicht zu bremsen. Immerhin hatte sie mittlerweile den Arm wieder runtergenommen. »Bestimmt wird er auch nur eine weitere Bank daraufstellen.«

»Wer?«

»Na der Kerl, der statt meiner das Parklet bekommen hat.«

»Woher weißt du denn, dass es ein Mann ist?«, fragte Golo.

»Glaub mir, es ist ein Mann«, antwortete Alma, und es lag so viel Verachtung in ihrer Aussage, dass Golo sich kaum mehr traute, mit der Wahrheit herauszurücken. »Keine andere Frau hätte sich je so unsolidarisch verhalten.«

»Aber Alma, woher sollte denn die Gewinnerin oder der Gewinner wissen, dass du dich auch darauf beworben hast?«

»Ach, ist doch egal jetzt!«, keifte Alma und schaute demonstrativ nicht in Golos Richtung.

»Alma, weißt du, du liegst gar nicht so verkehrt mit deiner Vermutung, dass es sich um einen Mann handelt.«

»Natürlich nicht«, fiel Alma ihm ins Wort. »Aber dass die Mail auch noch ausgerechnet heute kommen muss, ist einfach die Kirsche auf diesem riesengroßen Haufen Scheiße.«

Golo seufzte resigniert. »Wieso, was ist denn heute?«, fragte er und schob die Wahrheit noch mal ein Stückchen nach hinten. Es war zwar allgemein bekannt, dass es mit dem Aussprechen der Wahrheit nicht gerade leichter wurde, je länger man damit wartete. Aber Alma unterbrach ihn ständig, es war also gar nicht seine Schuld, sollte es mit seinem Geständnis heute nicht mehr klappen.

Alma zog ihr Handy aus der Hosentasche und warf einen schnellen Blick darauf, dann nickte sie. »Weil jetzt gleich eine Redakteurin vorbeikommt und ich ein Interview geben soll. Und wie soll ich denn locker flockig von meinem tollen Restaurant erzählen, wenn dieser Schandfleck mich die ganze Zeit hämisch angrinst?«

»Ihr könnt euch ja im Restaurant so setzen, dass man gar nicht rausschauen kann. An die Theke zum Beispiel!«

»Und was ist, wenn sie mich fragt, ob ich vorhabe, mich zu vergrößern?«

»Wieso sollte sie das fragen?«

»Was weiß denn ich? Aber darum geht es doch auch gar nicht!«

»Worum geht es dann?«, fragte Golo vorsichtig und rieb sich die Schläfen.

»Darum, dass meine Laune *im Arsch* ist und ich mich dieser Redakteurin niemals als die liebreizende hippe Restaurantbesitzerin präsentieren kann, die alle erwarten.«

»Das wird bestimmt nicht passieren, du bist ein Profi, Alma!«

Bevor auf den schiefen Blick, den sie ihm zuwarf, noch etwas anderes folgen konnte, sprach Golo schnell weiter.

»Vielleicht kann ich deine Laune auch wieder heben«, sagte er und legte eine kunstvolle Pause ein. »Ich versuche nämlich schon die ganze Zeit, dir etwas zu erzählen.«

»Ach ja, und was?«

»Ich habe das Parklet bekommen.«

Golo beobachtete, wie Alma schon zu einer Antwort ansetzte und dann innehielt. Langsam gefror jeder einzelne Muskel in ihrem Gesicht. Lediglich ihre Augenpartie zog sich zusammen.

»Du?«, flüsterte sie.

»Ja.« Golo lachte, um die Situation aufzulockern. Almas Wut entzog dem ganzen Raum den Sauerstoff, und er wollte ihr doch eigentlich nur die guten Neuigkeiten überbringen. »Ich dachte, du freust dich vielleicht.«

»Du!?!?!?!«, brüllte Alma ihn an. Sie war aus ihrer Starre erwacht und schien ernsthaft zu überlegen, ob sie ihm an die Gurgel gehen sollte. Um den Hals fallen, wäre Golo lieber gewesen. Er hatte sich doch nur auf das Parklet beworben, damit sie es nutzen konnte. Doch Alma war schon aus der Werkstatt gestürmt, bevor Golo ihr das sagen konnte. Und diese Information hätte es wohl gebraucht, um eine Alma Giuliani dazu zu bringen, sich ihm an den Hals zu werfen.

Golo überlegte, ob er ihr hinterherlaufen sollte. Er bräuchte ja nur zwei Sekunden, um dieses Missverständnis aufzuklären. Die Frage war allerdings, ob Alma ihn überhaupt hören würde in ihrer Wut. Scheiß drauf, er würde es versuchen. Er zog die Tür auf und wäre fast gegen Toni, Sheila und Diego gerannt.

»Hoppsala, wir haben's aber eilig«, kommentierte Toni, die nicht einmal ein paar Zentimeter zurückgeschreckt war. Golo dagegen taumelte rückwärts in seinen Laden und musste aufpassen, nicht über seine eigenen Füße zu stolpern. Toni und die Kinder blieben in der Tür stehen und sahen ihn gespannt an. Gerade als Golo sich wieder gefangen und sein Gleichgewicht zurückgewonnen hatte, hatte wohl auch Sheila verstanden, wie das Spiel funktionierte. Sie rannte los, begann, wild zu taumeln, und krachte ungebremst in Golos Beine. Der jaulte auf, und Sheila lachte verzückt. Golo hob die Kleine hoch. Die Verabredung mit Toni und den Kids hatte er in dem Tumult gerade ganz vergessen.

»An deiner Vorstellung von Spaß müssen wir noch arbeiten, okay?«, tadelte er sie und versuchte, den stechenden Schmerz in seinem Schienbein zu ignorieren. Sheila, die das Konzept der Ironie natürlich noch nicht verstand, breitete ihre Arme aus und warf sich in eine ebenso stürmische wie herzliche Umarmung um Golos Kopf.

»Na gut, du darfst jederzeit meine Beine zerschmettern«, gab er sich geschlagen.

»Golo, ich sag's dir. Sheila lebt nach dem Motto *love hurts.*«

Gut, Toni hatte auch leicht reden. Sie trug Diego auf dem Arm, der interessiert, aber still alles beobachtete und definitiv keine Blessuren auf dem Menschen hinterließ, der ihn trug.

»Apropos love hurts«, sprach Toni weiter, und ein wissendes Grinsen breitete sich auf ihrem Gesicht aus. »Was war das denn eben?«

Golo setzte Sheila wieder auf die Erde, die sich sofort zu einem Streifzug aufmachte, auf der Suche nach gefährlichen Gegenständen, mit denen sie spielen konnte.

»Das war die misslungenste Überraschung in der Geschichte der Menschheit«, sagte Golo ironisch.

»Klingt nach einer Geschichte, die ich unbedingt hören muss! Fängst du Sheila ein? Dann kannst du sie mir auf dem Weg erzählen.«

Golo nickte und blickte sich suchend nach Sheila um. Wie es die Dreijährige in diesen wenigen Sekunden auf seine Werkbank geschafft hatte, wollte er gar nicht wissen. Immerhin konnte er sie gerade noch davon abhalten, nach dem Messer an der Wandaufhängung zu greifen. Sheilas Protest ignorierend, klemmte er sich das Kind untern Arm, und alle vier verließen die Werkstatt.

Schräg gegenüber war der Spielplatz, den sie für heute Nachmittag anvisiert hatten. Er war groß, es gab Sand zum Buddeln und Spielen und viele andere Kinder. Nur von der Seilbahn mussten sie Sheila fernhalten, da sie das Gerät eher als Katapult interpretierte und sich jauchzend von dem Sitz fallen ließ, wenn dieser am Ende des Seilzugs angekommen war und in großem Bogen nach außen schwang.

Wie immer, wenn er am Restaurant vorbeilief, versuchte Golo, unauffällig einen Blick auf Alma zu erhaschen. Doch er sah sie nicht.

»Ich habe endlich die Zusage der Gerberei bekommen«, begann er. Solange sie im Dunstkreis des *Dear Dairy* waren, würde er einen Teufel tun und von seinem Streit erzählen. Nachher lauerte Alma noch hinter einem Gebüsch und wartete nur darauf, sich fälschlicherweise an ihm zu rächen.

»Oh Golo, das sind ja fantastische Neuigkeiten!«

»Ja«, freute er sich ebenfalls. »Die ersten Stücke sollen schon übernächste Woche kommen.«

»Und weißt du schon, was du als Erstes produzieren willst?«

»Toni, du kannst einem die Freude wirklich versauen«, spottete Golo, der natürlich nach wie vor keine Ahnung hatte, welche Produkte er umsetzen wollte. In der Schublade seiner Werkbank lag eine Mappe mit zahlreichen Skizzen und Designs, aber so richtig überzeugt war er noch von keiner davon. Toni lachte und drückte das Gatter zum Spielplatz auf. Bevor es hinter ihnen wieder ins Schloss fiel, hatte sich Sheila schon freigestrampelt und raste über den gesamten Spielplatz auf der Suche nach Spielsachen, Freunden und Risikopotenzialen. Diego war auf dem kurzen Stück im Kinderwagen eingeschlafen und hing etwas schief in seinem Buggy.

»So, jetzt sind wir auf sicherem Terrain«, sagte Toni, nachdem sie sich auf eine Parkbank gesetzt hatten. »Was also war da los? Alma kam uns entgegen. Nein, sie kam nicht, sie stampfte und kochte förmlich.«

»Ich wollte sie überraschen. Das Parklet, du erinnerst dich?«

Toni dachte eine Weile nach, dann wurden ihre Augen groß. »Die E-Mail an den Mann vom Bezirksamt.«

Golo nickte. »Genau. Sie hat es nicht bekommen. Das Gute ist, dass der Mann ihre Bewerbung schon zuvor abgelehnt hatte.«

»Das soll gut sein?«

»Ja. Also in dem Sinne, dass es nicht unsere Schuld ist, weil wir sie zu dieser E-Mail überredet haben. Da war sie eh schon aus dem Bewerbungsverfahren ausgeschieden. Aber sie wollte dieses Parklet so unbedingt haben, und ich dachte, das sei eine gute Chance, Alma eine Freude zu machen.«

»Sich bei ihr einzuschleimen, meinst du?«

Golo lachte auf. »Nenn es, wie du willst. Aufgegangen ist mein Plan so oder so nicht.«

»Wie sah der denn genau aus?«

»Ich habe auch eine Bewerbung für das Parklet abgegeben. Es ist Unternehmen nicht gestattet, an der Verlosung teilzunehmen, sondern nur Privatpersonen. Mit einem Parklet soll man schließlich nicht seinen Umsatz steigern. Deshalb schied Alma auch aus, weil sie die Terrasse des *Dear Dairy* über den Sommer erweitern wollte. Ich aber bin Anwohner, und als solcher habe ich mich beworben. Und na ja, jetzt habe ich ein Parklet zur freien Gestaltung.«

»Und das wolltest du Alma überlassen?«

Golo nickte.

»Aber es ist doch gegen die Regeln, dass sie damit dann mehr Umsatz macht.«

»Ach, das kontrolliert doch keiner. Zumal man ja irgendeinen Kompromiss hätte finden können, beispielsweise, dass die Leute da auch so sitzen können, wenn das *Dear Dairy* geschlossen hat. Damit hat das Ganze schon einen nachbarschaftlichen Mehrwert. Und, sind wir mal ehrlich: Die meisten Leute, die bei Alma essen gehen, wohnen oder arbeiten hier auf der Ecke. Sie sind also *die Nachbarschaft.*«

»Na, ich weiß ja nicht«, meinte Toni. »Es ist dennoch gegen die Regeln. Wobei dein Einsatz natürlich Zucker ist. Ich an Almas Stelle wäre von so viel Engagement hingerissen gewesen. Da fällt mir ein: Wieso war sie es nicht?«

»Weil Alma einfach Alma ist«, antwortete Golo und musste im selben Moment lachen. Dafür, dass er sie erst so kurz kannte, kannte er sie dann doch schon recht gut.

»Sie hat heute wohl eine Mail von dem Mann vom Bezirksamt bekommen – Hägele heißt der –, in der er ihr schrieb, dass jemand anderes den Zuspruch für das Parklet bekommen hat. Sie hat sich tierisch darüber aufgeregt, und ich meinte irgendwann, dass ich diese andere Person sei. Und bevor ich auch nur die Chance hatte, ihr zu erklären, mit welcher Intention ich mich darauf beworben hatte, ist sie schon wieder abgehauen.«

»Und wieso bist du ihr nicht hinterher?«

»Bin ich ja, aber eine Frau mit zwei Kindern hat mir den Weg versperrt.«

»Oh!«

»Nicht so schlimm. Wirklich weglaufen wird Alma ja nicht. Das ist der Vorteil an so einem Restaurant.«

Toni betrachtete Golo lange von der Seite. »Golo, wieso bemühst du dich so?«

Golo zuckte mit den Schultern. »Weil ich sie toll finde. Und ich weiß, dass sie mich auch mag. Sie lässt es nur noch nicht zu, aber wir haben immer wieder diese Momente.«

»Aber meistens ist sie fürchterlich zu dir!«

»Kann schon sein, aber so ist sie nicht. Wenn ich sehe, wie sie mit Arlo spricht oder wie weich sie bei Noa ist – das ist ihr Kern, Toni. Und den befreie ich von dem ganzen grummeligen Geröll drum herum.«

»Herrje, ich weiß wirklich nicht, ob du der romantischste oder verzweifeltste Mann bist, den ich kenne.«

»Vermutlich beides«, konterte Golo und lachte.

21

Die Redakteurin war natürlich schon da, als Alma von Golo zurückkam. »Claire«, stellte sie sich vor und wirkte so gelangweilt, dass Alma sie sofort unsympathisch fand. *Claire* – Alma kam nicht umhin, ihren Namen in Gedanken immer betont in die Länge zu ziehen – konnte kaum älter als Anfang zwanzig sein. Ihre haselnussbraunen Haare fielen in perfekten Wellen über ihre Schultern und harmonierten mit dem goldenen Teint, den sie sich hoffentlich aufs Gesicht geschminkt hatte. Nicht auszudenken, sie würde von Natur aus mit so einem Glow durchs Leben gehen. Alma hatte auch Glow, in ihrem Fall waren das aber feine Schweißperlen, die sich über ihrer Oberlippe bildeten. Direkt neben dem Stresspickel, mit dem sie heute Morgen aufgewacht war. Almas Haare waren auch wellig, nur ergossen sie sich nicht fließend über ihre Schultern, sondern standen fedrig in alle Richtungen ab. Und kein Concealer wäre ihren Augenringen gewachsen.

Alma hatte kein Problem mit ihrem Aussehen, und sie wusste, dass sie sich aktuell keine Mühe damit gab. Aber sie wusste auch, wieso das so war, immerhin gab es ihr Restaurant, da blieb keine Zeit für Wimperntusche und Rundbürste jeden Morgen. Doch immer, wenn eine solch perfekt inszenierte Schönheit vor ihr stand wie *Claire*, wurde Alma ihr eigener ästhetischer Zustand bewusst. Aber gut, dachte Alma, während die Redakteurin vor ihr heute Morgen Stunden vorm Spiegel verbracht hatte, hatte Alma schon um sechs Uhr in der Küche gestanden und seitdem Vorbereitungen, einen Mittagstisch und den erbarmungslosen Verrat Golos hinter sich gebracht. Ihre Haare durften also wild aussehen. Außerdem ging es hier um Inhaltliches, und darauf war Alma natürlich bestens vorbereitet. Das glaubte sie zumindest, bis sie Claire dabei zusah, wie diese ein kleines Stativ aus ihrer Handtasche holte und ihr Smartphone daran befestigte.

»Was wird das?«, fragte Alma.

»Unser Interview.« Claire strahlte sie an und entblößte eine Reihe perfekter weißer Zähne.

»Ich dachte, wir machen das mit Stift und Papier?«

»Oh nein, das war Gott sei Dank vor meiner Zeit. Das wäre ja richtig viel Arbeit.« Claire lachte auf. »Ich begleite dich ein wenig mit der Kamera, und nachher schneide ich einen Beitrag daraus. Wir sind ja hauptsächlich auf Social Media unterwegs, da braucht man einfach Bewegtbild.«

»Äh, ja klar«, antwortete Alma und versuchte unauffällig, an ihrem Äußeren zu retten, was es zu retten gab. Viel war das nicht.

Das Stadtmagazin, für das Claire arbeitete, informierte seine Leserschaft über die besten, neuesten oder hipsten Cafés, Restaurants, Bars und darüber, was in der Stadt so passierte. Claire machte ihre Sache überraschend gut. Sie ließ sich von Alma durchs Restaurant führen, stellte an den richtigen Stellen die passenden Fragen und griff immer wieder Details auf, die sie für spannend hielt. Sie fragte Alma nach dem geheimen Star bei den Lebensmitteln oder ihrem

Lieblingsmesser. Sie wollte ganz praktische Dinge wissen über den Alltag in einem Restaurant, aber fragte auch, wie es sich anfühlte, seinen Traum zu leben. Ganz zum Ende wollte Claire noch ein wenig die Umgebung und Nachbarschaft einfangen.

»Klar«, stimmte Alma zu und richtete extra noch mal ein paar Tische draußen her. Claire folgte ihr durch den Außenbereich und versuchte, das ganze Gebäude in die Aufnahmen zu bekommen.

»Das ist wirklich eine ganz besondere Ecke hier«, schwärmte sie, und Alma konnte ihr nur zustimmen.

»Oh, was ist das denn?«, fragte sie plötzlich und zeigte in die eine Richtung, die Alma die vergangene Stunde ignoriert hatte.

»Ach, nur der Laden nebenan«, versuchte sie, so beiläufig wie möglich zu sagen. Es gab dort wirklich nichts Interessantes zu sehen, doch Claire war scheinbar anderer Meinung.

»Und was für ein Laden ist das?«, fragte sie und zeigte sich verzückt über die kleinen Bänke, die Golo rechts und links vom Eingang aufgestellt hatte. Jede war mit einer kleinen Blumenvase dekoriert. Konnte Claire bitte ein bisschen weniger begeistert sein? Almas Puls zog wieder an.

»Nur einer, der mich auf allen Ebenen ruinieren will«, fauchte sie leise.

Augenblicklich drehte sich Claire zu ihr um. »Wie meinst du das?«

Und wäre Alma nicht so wütend gewesen, dann hätte sie vielleicht das Aufleuchten in Claires Augen gesehen, die genau witterte, dass sie hier einen Nerv getroffen hatte.

»Er verjagt meine Gäste. Legt tote Tiere in die Auslage und denkt, es hat keine Auswirkungen auf mein Restaurant.

Und weil das noch nicht reicht, weil der Schaden noch nicht groß genug ist, hat er sich jetzt auch mein Parklet geschnappt. Er wusste genau, dass ich das haben wollte, und was macht er? Bewirbt sich auch. Soll er doch wie jeder eine blöde Bank draufstellen, am besten noch mit einem beschissenen Lederüberzug, und sich diebisch darüber freuen. Mir ist der scheißegal. Der kann mich mal. Er ist für mich gestorben!«

Atemlos schaute sie Claire an. Sie hatte sich schon wieder von ihren Emotionen übermannen lassen, verdammt.

»Das war nicht so gemeint«, beeilte sich Alma zu sagen. »Oh Gott, wirklich nicht, das ist ganz falsch rausgekommen. Ich hab heute nur einen sehr stressigen Tag, und ich hab da vorhin eine blöde Mail bekommen, und du kennst das ja sicher, wenn das mal passiert.«

Argwöhnisch blickte sie auf das Stativ mit Handy, das Claire immer noch in der Hand hielt.

»Ja klar«, antwortete Claire und packte Telefon und Stativ schnell ein. »Gut, ich bin dann auch fertig. Danke dir für deine Zeit. Der Beitrag über dich wird vermutlich schon Ende der Woche online gehen.«

Und dann waren Claire und ihre perfekten Haare auch schon verschwunden, bevor Alma überhaupt Balayage sagen konnte.

22

Der vermutlich einzige Vorteil, den Almas permanentes Stresslevel hatte, war, dass sie gar nicht mitbekam, wie schnell die Zeit verging. Golos Verrat lag schon einige Tage zurück. All seine Versuche, mit ihr in der Zwischenzeit ins Gespräch zu kommen, hatte sie kategorisch abgeschmettert. Was auch immer er ihr zu sagen hatte, es war ihr egal. Golo hatte sie nicht nur hintergangen, sondern ihr auch so nachhaltig die Laune verhagelt, dass sogar Noa die meiste Zeit das *Dear Dairy* mied. Anstatt wie vereinbart ihre Schulaufgaben vormittags im Restaurant zu erledigen, saß sie da schon ins Golos Werkstatt und blieb den Nachmittag dann gleich noch, um ihrem »Praktikum« nachzugehen.

Alma sollte es recht sein, solange Noa ihre Aufgaben erledigte und schlafend im Bett lag, wenn Alma nachts von der Arbeit nach Hause kam. Und das wurde in letzter Zeit immer später. Arlo musste dringend jemanden für die Küche finden. Denn seit Alma sich eingestanden hatte, dass sie völlig überladen war, fiel es ihr auch immer öfter auf. Das blockierte sie und führte dazu, dass sie für manche Aufgaben noch länger brauchte als sonst, was natürlich wiederum dazu führte, dass sie noch weniger Zeit und noch mehr Stress hatte.

Sie brütete mal wieder über ihrer Buchhaltung, aber ihre Gedanken drifteten ständig ab, und die Zahlen vor ihr auf dem Papier begannen zu tanzen.

»Ich brauch 'ne Pause«, murmelte Alma und ging zur Kaffeemaschine. Sie ließ frisches Kaffeepulver aus der Mühle in den Siebträger rieseln und drückte dieses gerade fest, da hörte sie die Tür.

»Wir haben noch geschlossen«, rief Alma über ihre Schulter und hantierte weiter an der Maschine herum. Erst ein Räuspern bewegte sie dazu, sich umzudrehen.

»Wie gesagt, wir haben geschlossen. Kommen Sie gerne ab siebzehn Uhr wieder, wobei ich Ihnen raten würde, es eher so um zwanzig Uhr zu versuchen, wenn Sie nicht reserviert haben.«

Das Paar, das mitten im Restaurant stand, schien nicht den Anschein zu machen, wieder gehen zu wollen. Vielleicht waren sie Touristen und sprachen kein Deutsch?

Die Frau, Alma schätzte sie auf Mitte vierzig, kam einen Schritt auf sie zu.

»Alma?«, fragte sie, und Alma nickte. Ein Lächeln zeichnete sich auf dem Gesicht der Frau ab. »Wie schön, dich endlich persönlich kennenzulernen. Ich bin Annegret Larsen, und das hier ist mein Mann Thomas.«

Sie deutete auf den großen, glatzköpfigen Mann, der sich dezent im Hintergrund hielt.

»Noas Eltern«, meinte Alma, und Annegret nickte. Tatsächlich gab es eine Ähnlichkeit zwischen Mutter und Tochter, die nicht zu verleugnen war. Alma wusste nun, von wem Noa ihre schöne rotblonde Haarfarbe hatte. Annegret sah genau so aus, wie man sich eine skandinavische Schönheit vorstellte, wenn man noch nie nördlich von Flensburg gewesen war. Die langen glatten Haare umrahmten ein feines Gesicht, und ihre blauen Augen strahlten förmlich. Sie war groß und schlank, hatte gleichzeitig aber nichts Zerbrechliches an sich.

Thomas war genauso groß wie seine Frau, ein sportlicher Typ, der eine gefütterte Cordjacke über seinem karierten Hemd trug. Beide wirkten so nett und nahbar, dass sogar Alma sich gerne mit ihnen an einen Tisch gesetzt und ein bisschen geplaudert hätte.

»Wollt ihr einen Kaffee?«, fragte sie.

»Das ist sehr nett, danke. Wir sind aber hier, um uns mit Noa zu treffen.« Annegret schaute sich suchend um. »Ist sie denn da? Sie schrieb, dass wir sie hier treffen könnten.«

»Sie hat sich gemeldet?«, fragte Alma und war gleichermaßen überrascht wie erfreut, das zu hören, wenn sie an ihr Telefonat mit Annegret zurückdachte.

»Ja«, antwortete Noas Mutter und wirkte trotz der Kontaktaufnahme ihrer Tochter etwas verunsichert. »Sie hat uns geschrieben, ob wir kommen können und dass sie uns etwas erzählen muss.«

Alma wusste natürlich, worum es sich bei *etwas* handelte. Sie ließ ihren Kaffee stehen und kam hinter der Theke hervor.

»Noa ist nebenan bei Golo, der so was wie ihr neuer bester Freund oder großer Bruder ist. Außerdem ist er auch irgendwie ihr Arbeitgeber, Noa macht eine Art Praktikum bei ihm.«

Annegret zog die Augenbrauen nach oben.

»Ja, so hab ich auch geschaut, als ich das erfahren habe«, kommentierte Alma spitz.

Sie führte die Larsens nach nebenan. Noa und Golo saßen nebeneinander an der Werkbank und waren in ihre Arbeit vertieft: Sie zeichneten Schnittmuster auf ein rotes Stück Leder und schienen darüber zu diskutieren.

Annegret räusperte sich. Augenblicklich verstummten die beiden und schauten auf.

»Mama«, rief Noa freudig und sprang von ihrem Stuhl auf, um ihrer Mutter in die Arme zu fallen. Obwohl sie von zu Hause weggelaufen war, wurde klar, dass sie ihre Familie schrecklich vermisst hatte. Thomas umarmte beide auf einmal, und für einen kurzen Moment stand das Knäuel, das die Familie Larsen war, ganz still da. Alma merkte, dass Golo ihren Blick suchte, doch sie ignorierte ihn. Die Gruppenumarmung löste sich wieder, und Alma sah, dass Noa ein paar Tränen übers Gesicht gelaufen waren.

»Sollen wir einen Spaziergang machen? Dann kannst du uns dein neues Viertel zeigen«, schlug Annegret vor und klang dabei so liebevoll und selbstlos, wie Alma es von ihrer Mutter wohl niemals hören würde. Da war kein Vorwurf, da wurde kein schlechtes Gewissen auferlegt. Diese Familie schien wirklich toll zu sein, und Alma konnte nur erahnen, wie überfordert Noa sich gefühlt haben musste, dass sie sich nicht imstande sah, mit ihren Eltern über die Schwangerschaft zu reden, und stattdessen nach Hamburg geflüchtet war.

Noa nickte, und kaum waren sie draußen auf der Straße, flankierten Thomas und Annegret ihre Tochter und legten jeweils einen Arm um sie.

Alma war so sehr in ihre Gedanken über ihre eigene Mutter vertieft, dass sie anfänglich gar nicht realisierte, dass sie jetzt alleine mit Golo in seiner Werkstatt war. Erst als sie hörte, wie ein Schlüssel im Schloss gedreht wurde, kam sie wieder im Hier und Jetzt an. Golo stand an der geschlossenen Eingangstür der Werkstatt und zog den Schlüssel aus dem Schloss.

»Hast du gerade die Tür abgesperrt?«, fragte Alma ungläubig. Golo nickte.

»Willst du mich verarschen?«, rief Alma und rannte zur Tür, doch Golo versperrte ihr den Weg. Sie versuchte, an ihm vorbeizukommen, aber Golo hielt sie an den Oberarmen fest. Sein Gesicht war ganz nah an ihrem, und er schaute sie so eindringlich an, dass Alma vergaß zu atmen.

»Du hörst mir jetzt zu«, sagte er, und es war ganz eindeutig ein Befehl, auf den man keine Widerworte gab. Nicht mal Alma.

Golo schob Alma rückwärts durch die Werkstatt und manövrierte sie zu dem Sofa, ohne dass sie irgendwo dagegenstieß. Dann drückte er sie in die Sitzfläche und setzte sich selbst ans andere Ende der Couch. Die Haut an ihrem Oberarm kribbelte an genau der Stelle, an der sie Golo eben noch gehalten hatte.

»Du weißt, dass das Kidnapping ist«, war das Erste, das Alma sich wieder zu sagen traute.

»Alma, du lässt mir keine andere Wahl!« Golos Stimme war überraschend laut. »Jedes Mal, wenn ich versuche, mit dir zu reden, blockst du ab. Zwanzig Versuche hast du einfach abgeschmettert – schau nicht so, ja, ich habe mitgezählt –, und jetzt reicht es mir, und du musst mir einfach zuhören. Denn, wenn du das mal tun würdest, wäre dieser dumme Streit endlich vorbei!«

»Das ist kein dummer Streit!« Nun wurde auch Alma laut. »Du hast mich hintergangen und belogen. Das ist kein Streit, das ist einfach nur scheiße!«

Sie war vom Sofa aufgesprungen, man konnte ja nicht still sitzen bei so viel Wut. Golo empfand es wohl ähnlich, denn auch er hatte sich erhoben und vor ihr aufgebaut.

»Mann, Alma, ich hab mich nur für dich auf das Scheißparklet beworben!«

Er brüllte es ihr direkt ins Gesicht und funkelte sie an. Da war nichts von dem charmanten Golo-Grinsen zu erahnen. Er schnaufte richtig, sein Puls war bestimmt im dreistelligen Bereich. Alma blinzelte ein paarmal.

»Ähm«, entfuhr es ihr dann. »Was?«

»Ja, Alma, für dich! Wie kannst du auch nur denken, dass ich dich so hintergehen würde?«

Er unterbrach den starren Blickkontakt, ging zu seiner Werkbank, zog eine der seitlichen Schubladen auf und holte einige Bögen Papier heraus. Mit diesen in der Hand kam er zu ihr zurück und knallte sie auf den kleinen Tisch vor der Couch.

»Da! Schau es dir an!«

Alma setzte sich aufs Sofa und strich die Blätter glatt. Die Skizzen darauf zeigten geometrische Formen aus unterschiedlichen Perspektiven. Formen, die sich nach längerem Betrachten als Gewächshäuser herausstellten. Und da war noch etwas anderes, das Alma nicht einordnen konnte.

»Hochbeete«, half Golo ihr auf die Sprünge.

»Was ist das?«, fragte Alma. Inzwischen schrie sie nicht mehr.

Golo setzte sich neben sie und zeigte auf die verschiedenen Skizzen. »Du darfst auf das Parklet keine Terrasse für das Restaurant machen. Ich hab kurz überlegt, ob uns das einfach egal sein kann. Das wird mit Sicherheit niemand kontrollieren, aber es ist trotzdem gegen die Regeln. Ich weiß, das *Dear Dairy* ist natürlich ein Ankerpunkt in der Ecke hier, aber selbst dann stehst du nicht über den Regeln. Und glaub mir, ich hab es versucht und mit Herrn Hägele telefoniert. Da ist nichts zu machen. Also habe ich nach einer anderen Lösung gesucht, wie du das Parklet doch noch gut nutzen kannst.«

»Und da dachtest du an Gewächshäuser?« Alma war skeptisch.

»Exakt. In denen wir Kräuter und vielleicht sogar ein paar Sorten Salat oder Tomaten hochzüchten können. Also Lebensmittel, die du dann in der Küche verwenden kannst, die aber auch für die Nachbarschaft zugänglich sind. Jeder kann sich beteiligen, mitmachen, sich um die Pflanzen kümmern und natürlich auch ernten.«

»Da bleibt doch niemals genug übrig, dass ich damit meine Gäste versorgen kann!«

»Ist das denn so wichtig? Außerdem legen wir einfach so viele Hochbeete mit Kräutern an, dass es auf jeden Fall genug fürs *Dear Dairy* gibt. Und in das Gewächshaus könnten wir eine kleine Bank stellen. Deine Gäste könnten dann zumindest ihren Espresso dort trinken und sich die Pflanzen anschauen. Oder du dich für eine Pause zurückziehen.«

»Jetzt wird's aber wild. Woher soll ich die Zeit nehmen?«, konterte Alma spöttisch, angesichts der Tatsache, dass sie nie eine Pause machte – abgesehen von den paar Minuten mit Fiete.

»Ich sage dir, dieses Parklet wird nicht nur die Lebensqualität der Nachbarn verbessern, sondern auch deine – dafür sorge ich schon.«

Und da war auch wieder das schelmische Golo-Grinsen zurück.

»Indem du mich dann auch im Gewächshaus einsperrst und zwingst, Pause zu machen?«

»Unter anderem.«

Golo grinste immer noch, und sein Blick wanderte von Almas Augen über ihre Nase und blieb schließlich an ihrem Mund hängen.

»Mhm«, sagte Alma und hing einen Moment ihren Gedanken nach. »Und du hast ihn wirklich angerufen?«

»Wen?«

»Hägele.«

»Natürlich«, antwortete Golo, als sei es keine große Sache.

»Für mich?« Erst langsam sickerte in Alma die Erkenntnis ein, was Golo da eigentlich getan hatte. Für sie, um ihr eine Freude zu machen. Arlo hatte recht, das war wirklich *megasüß*. »Danke«, sagte sie leise und legte Golo eine Hand auf die Wange. Golo neigte seinen Kopf gegen Almas Hand und umschloss ihre mit seiner eigenen. Als könnten sie nicht anders, kamen ihre Gesichter immer näher, und bevor Alma klar wurde, was hier gerade passierte, berührten Golos Lippen auch schon ihre. Im ersten Moment erstarrte ihr ganzer Körper. Alma presste ihre Lippen fest aufeinander und riss die Augen auf. Wieso küssten sie sich plötzlich? Wieso küsste Golo sie *immer noch*? Wieso bewegten sich seine Lippen so federleicht, und wieso zum Teufel fühlten sie sich so gut an? Wieso war sie immer noch nicht zurückgewichen? Und Moment mal, warum genau öffneten sich jetzt auch ihre Lippen?

Ein Ruck ging durch ihren Körper, und die anhaltende Starre löste sich. Anstatt sich von Golo zurückzuziehen, lehnte sich Alma nach vorne. Sie schloss die Augen, und ihre Hände wanderten durch Golos Haar. Sie zog ihn an sich, denn wenn hier eine Sache unmöglich war, dann sich diesem Kuss zu entziehen.

Erst eine Serie lauter Pings brachte Golo dazu, von Alma abzulassen. Entschuldigend und atemlos rückte er ein Stück von ihr ab und zog sein Handy aus der Hosentasche, ohne aber auch nur für einen Moment den Blick von Alma abzuwenden. Almas Puls pochte so vehement durch ihren ganzen Körper, wie er es selbst beim anstrengendsten Boxtraining nicht tat, und jeder einzelne Quadratmillimeter auf ihren Lippen prickelte. Vorsichtig betastete sie sie mit den Fingern. Eine Geste, die Golo zu einem leisen Brummen verleitete und ihn dazu brachte, sich wieder auf Alma zu stürzen. So stürmisch, dass sie sich auf dem Sofa liegend wiederfand, Golo auf ihr. Alma umklammerte seinen Torso mit ihren Beinen und begann, sein Shirt aus der Hose zu ziehen. Golo grinste sie an, seine Hand streichelte über ihr Haar, ihre Wange, ihren Hals, und seine Lippen folgten – bis das Handy erneut auf sich aufmerksam machte.

»Fuck«, flüsterte Golo und schob sich wieder in eine sitzende Position. Alma rappelte sich ebenfalls auf. Zum Glück gab es hier keinen Spiegel. Sie wollte gar nicht wissen, wie ihre Haare aussahen. Ebenso dürfte das flammende Gefühl auf ihren Wangen für eine nicht gerade dezente Gesichtsfarbe sprechen.

Golo entsperrte sein Handy und überflog die Nachrichten, die eingegangen waren. »Toni hat geschrieben«, kommentierte er. »Dein Video ist online.« Er klickte auf einen Link, der ihn zu einem Video führte, das das Magazin auf seinem Instagram-Profil hochgeladen hatte. Golo hielt sein Smartphone so, dass Alma mit auf das Display blicken konnte.

Das Video startete mit einer Außenausnahme vom *Dear Dairy* und schwenkte dann zu Golos Laden herüber. Was folgte, war allerdings kein Bericht über das *Dear Dairy* und seine Inhaberin, sondern die schlimmsten sechzig Sekunden in Almas Leben. Das Video zeigte nur, wie Alma gegen Golo wetterte und ihn dafür verfluchte, dass er ihr ganz persönlicher Ruin war. *Er ist für mich gestorben* – ihre Worte hallten noch nach, als das Video schon längst zu Ende war. Golo rührte sich nicht.

»Das … das war so nicht«, stotterte Alma.

Golo stand auf und steckte das Handy zurück in seine Hosentasche. Er stopfte sein Shirt zurück in den Hosenbund und ordnete mit zwei Handgriffen sein Haar. Mit einem Mal war es bitterkalt im Raum.

Alma sprang ebenfalls vom Sofa auf. »Bitte, Golo, lass es mich erklären!«

»Hör auf!« Golo drehte sich zu Alma um, und sie verstummte augenblicklich. »Ich will deine Ausreden nicht hören, Alma. Ich bin es leid. Ich habe dir nie einen Grund gegeben, so über mich zu reden oder auch nur zu denken. Ich dachte, wir wären weiter. Aber jetzt kenne ich ja die Wahrheit. Es ist besser, wenn du jetzt gehst.«

»Ich meinte das nicht so, ich habe mich direkt entschuldigt, aber diese dumme Kuh hat das Video so geschnitten, dass es so aussieht, als würde ich nur schlecht über dich reden, das stimmt so nicht.«

Er ließ sie stehen, setzte sich an seine Werkbank und blickte stur auf das rote Stück Leder, das dort lag.

»Weißt du, Alma, du hältst mir immer vor, wie schlecht ich für dein Geschäft bin und dass ich alles kaputtmachen würde. Dabei bist du kein Stück besser. Du hast in einem

Beitrag über mich und meinen Laden hergezogen, der online ist und den die ganze Welt sehen kann. Ich traue dir viele Gemeinheiten zu, aber das hätte ich nicht erwartet.«

»Bitte, Golo, hör mir zu …«

»Geh jetzt!«

Alma ließ die Schultern hängen und sah ein, dass sie seinem Wunsch nachkommen musste. Sie ging zur Tür, doch die ließ sich nicht öffnen.

»Es ist noch abgeschlossen«, sagte Alma leise. Kommentarlos holte Golo den Schlüssel aus seiner Tasche und knallte ihn auf den Tisch. Alma nahm den Schlüssel, öffnete die Tür und verließ Golos Laden.

***

»Oh, ihr seid schon wieder zurück«, sagte Alma, als sie das *Dear Dairy* betrat. Noa und ihre Eltern saßen an der Theke, jeder mit einer Tasse Tee vor sich. Glücklicherweise waren die Larsens selbst so aufgelöst – zumindest hatten sie glasige Augen und gerötete Nasen –, dass ihnen Almas derangierter Zustand gar nicht auffiel. Sie strich sich schnell über die Haare und räusperte sich.

»Du hast es ihnen gesagt?«, fragte sie Noa, und ihre kleine Schwester nickte.

»Das ist gut.« Alma lief zu Noa und nahm sie fest in den Arm. »Ich bin stolz auf dich«, flüsterte sie in ihren Scheitel und spürte, wie Noa sie ebenfalls ganz fest drückte. Alma löste sich wieder, und bevor sie sich die Tränen aus den Augenwinkeln wischen konnte, war Annegret schon aufgesprungen und hatte Alma ebenfalls in eine feste Umarmung gezogen.

»Danke dir, Alma. Du kannst dir gar nicht vorstellen, was du für uns getan hast«, sagte Annegret, die wiederum keine Vorstellung davon hatte, was ihre Worte in Alma auslösten. Denn wenige Meter weiter saß jemand, der so viel für sie getan hatte und den sie unwiderruflich verletzt hatte.

Alma hätte sich nur zu gerne in die Umarmung fallen lassen und an Annegrets Schulter geweint, um all den Frust und Kummer rauszulassen. Doch wäre diese Schleuse einmal offen, wäre Alma nicht mehr in der Lage, sie wieder zu schließen. Stattdessen löste sie sich, lächelte etwas verlegen und zog sich ebenfalls einen Barhocker heran.

»Und was ist nun der Plan?«, fragte sie, als sie alle wieder auf ihren Stühlen saßen.

»Ich fahre nach Hause«, antwortete Noa und lächelte ihre Mutter an. »Als Erstes muss ich mit Tim sprechen. Nächste Woche gehen Annegret und ich zu einer Beratungsstelle. Ich habe verstanden, dass ich keine Entscheidung treffen kann, ohne zu wissen, was meine Möglichkeiten sind.«

Da saß Noa und klang so sicher, während sie das sagte. Das Gespräch mit ihren Eltern hatte dafür gesorgt, dass die ganze Angst und Wut verraucht waren. Alma wusste nicht genau, wie sie reagieren, ob sie Fragen stellen sollte oder nicht.

»Ich weiß einfach nicht, ob ich schon bereit bin, Mutter zu werden«, sprach Noa weiter.

Alma, die direkt neben ihr saß, griff nach ihrer Hand und drückte sie fest. »Du wirst es herausfinden, da bin ich ganz sicher! Du hast so tolle Eltern, die dich unterstützen, und ich bin auch für dich da, das weißt du?«

Noa schniefte und nickte. Dann kramte sie in ihrer Jackentasche und zog einen Schlüssel heraus, den Alma als ihren Hausschlüssel erkannte.

»Behalte ihn«, sagte Alma schnell, bevor Noa ihn ihr in die Hand drücken konnte. »Damit du jederzeit hierher nach Hause kommen kannst, wenn du magst.«

Sie lächelte, und Noa fiel ihr ein weiteres Mal um den Hals.

»Ich hab dich lieb«, sagte Noa, und Alma musste wirklich alle Kraft aufbringen, damit nicht doch noch alle Dämme brachen.

23

»Bitte nach dir«, sagte der Mann und hielt Alma von innen die Tür zu Hatuns Laden auf. Sie ging rein, er verließ das Friseurgeschäft und winkte von außen noch mal durch das Schaufenster.

»Wer war das denn?«, fragte Alma, die mit zwei Tassen Kaffee ihre Freundin besuchte. Obwohl der Morgen schon recht fortgeschritten war, war sie immer noch wahnsinnig müde.

»Ein Bewerber, der vielleicht den Stuhl hier mieten will.« Hatun zeigte auf einen der drei Frisierstühle.

»Und, meinst du, er passt?«

Hatun nickte. »Ja, doch. Ich habe ein ganz gutes Gefühl. Ich lass es mal noch sacken und sag ihm dann aber morgen eh zu.« Sie lachte kurz auf. »Wir haben auch über Optionen über die reine Stuhlmiete hinaus gesprochen. Dass wir uns den Laden vielleicht irgendwann teilen. Und ich weiß, ich war da immer strikt dagegen, aber es hat sich eigentlich ganz gut angefühlt. Alleine die Option zu haben, krank sein zu können oder mal in den Urlaub zu fahren und sich auch nicht einfach um alles alleine kümmern zu müssen, das ist schon richtig gut.«

»Das glaube ich«, seufzte Alma, ließ sich in einen der Frisierstühle sinken und stellte beide Tassen ab.

»Ah, vielen Dank für den Kaffee.« Hatun stellte sich hinter sie und begann, ihren Kopf zu massieren. »War viel los gestern? Du siehst ganz schön erschöpft aus.«

»Das bin ich auch«, murmelte Alma mit geschlossenen Augen. Irgendwie hatte sie sich weiter durch den gestrigen Abend im Restaurant geschleppt, nachdem Noa und ihre Eltern abgefahren waren. Alma hätte es nie für möglich gehalten, aber Noas Abwesenheit hatte ein kleines Loch in sie gerissen. Und dann war da noch die Sache mit Golo. Sie hatte keine Ahnung, wie sie das wiedergutmachen sollte. Alma war so unkonzentriert gewesen, dass sogar ein Essen zurückkam, weil sie Salatdressing auf eine Pannacotta gegeben hatte. Es war noch nie vorgekommen, dass jemand sein Essen hatte zurückgeben lassen, geschweige denn dass Alma Salatdressing mit dem Birnengelee verwechselt hatte, das eigentlich auf das Dessert gehörte.

»Hatun, mein Leben geht den Bach runter, und ich kann nichts dagegen tun.«

»Wie meinst du das?« Hatun setzte sich auf ihren kleinen Hocker, rollte neben Alma und griff sich die für sie bestimmte Kaffeetasse.

Alma erzählte ihr von all den Dingen, die in den letzten Tagen und Wochen zusammengekommen waren: das Restaurant, das einfach zu viel war für sie alleine, Noa, die gestern mit ihrer Familie zurück nach Lübeck gefahren war, das verpatzte Interview vor einigen Tagen und die daraus resultierende Katastrophe mit Golo. Hatun hörte ihr geduldig zu.

»Und dann wollte ich ihm erklären, wie es wirklich war, aber er hat mir gar nicht richtig zugehört.«

»Na, das müsstest du ja von dir selbst kennen«, machte Hatun einen Scherz, den Alma aber gar nicht lustig fand.

»Ehrlich gesagt, glaube ich nicht, dass eine Erklärung hier das Richtige ist«, sagte Hatun.

»Wie meinst du das?«, fragte Alma.

»Na ja, die Sachen, die man in dem Video hört, hast du schon auch so gesagt, Alma. Mit dem Unterschied, dass du danach meintest, du hättest das so nicht gemeint. Aber ist das denn die Wahrheit?«

»Ja, natürlich!«

»Ist sie das auch in dem Moment gewesen?«

Alma sackte ein Stück zusammen. Nein, musste sie sich eingestehen. In dem Moment hatte sie genau das über Golo gedacht und gefühlt. Alma schlug sich die Hände vors Gesicht.

»Ich bin so ein Arschloch!«, heulte sie zwischen den Fingern hervor. »Gott, ich war so scheiße zu ihm.«

»Wer Einsicht zeigt, ist kein Arschloch«, antwortete Hatun. »Red noch mal mit ihm!«

»Wollte ich vorhin, aber er ist weder im Laden noch zu Hause.«

»Dann versuch es noch mal. Von einer verschlossenen Tür wirst du dich doch nicht aufhalten lassen!«

»Ich weiß nicht.« Alma zuckte mit den Schultern. Je öfter sie es versuchte, desto mehr verließ sie der Mut.

»Also, Alma, sorry, aber für jemanden, der immer alles alleine machen will, machst du gerade erstaunlich wenig.«

Abrupt setzte sich Alma gerade hin und warf ihrer Freundin einen Blick über die Schulter zu.

»Was soll das denn heißen?«, fragte sie giftig.

»Das soll heißen, dass du hier sitzt und dich über alles beschwerst, aber nichts dafür tust, dass sich etwas an deiner Situation ändert.«

»Was zur ...?!«

»Ist doch wahr, Alma! Golo hat dir nicht direkt verziehen, nachdem er ein Video sehen musste, in dem du ihn beleidigst und beschimpfst? Na und! Du hast erzählt, er hat zwanzig Anläufe gestartet, euer Missverständnis um das Parklet aufzuklären. Und du gibst schon nach dem ersten Mal auf. Das ist schwach, Alma. Wenn du willst, dass sich Dinge ändern, dann musst du sie anpacken, denn du bist verantwortlich dafür und für dich. Niemand anderes ist das.«

Alma konnte es nicht fassen. Reichte es nicht, dass Noa weg war und Golo nichts mehr mit ihr zu tun haben wollte? Musste ihr jetzt auch noch ihre beste Freundin in den Rücken fallen? Alma stand auf.

»Weißt du, Hatun, nur weil du dir jemanden für den Laden gesucht hast und das dein Problem scheinbar löst, brauchst du nicht zu glauben, dass du die Weisheit mit Löffeln gefressen hast. Einfache Probleme lassen sich einfach lösen, doch komplexere Probleme erfordern komplexere Antworten. Aber vielleicht verstehst du das einfach nicht.«

Sie wusste, dass sie zu weit gegangen war. Wenn es einen wunden Punkt bei Hatun gab, dann der, dass sie unterschätzt und ihre Intelligenz und Integrität angezweifelt wurden, weil sie *nur* Friseurin war. Bevor Alma zum zweiten Mal innerhalb von vierundzwanzig Stunden gebeten wurde, zu gehen, tat sie es selbst.

Ohne einen weiteren Kommentar verließ sie Hatuns Friseurladen und lief das kurze Stück zurück ins *Dear*

Dairy. Schon beim Eintreten sah sie Hannes und Luna, die wieder mal wie selbstverständlich vor den eigentlichen Öffnungszeiten im *Dear Dairy* saßen. Arlo stand hinter der Theke und vertrieb sich die Zeit mit Gläser polieren. Als sie Alma sah, sprach ihre Mimik eine eindeutige Sprache, nämlich die, dass sie immer noch nicht begeistert von der Extrabehandlung für Hannes und Luna war.

»Schätzchen«, rief Luna freudig aus, und Alma fragte sich, wann sie denn auf dem Level angekommen waren, dass ein solcher Kosename angebracht wäre.

»Hallo«, begrüßte sie die beiden.

»Wir sind eben am Laden nebenan vorbeigekommen. Er war zu und kein Licht im Innern«, sagte Hannes, ganz ohne Kontext. Luna pflichtete ihm bei. »Ja, wir haben dein Video gesehen«, schwärmte sie, »so gut, Alma! Jetzt können wir endlich wieder in Frieden hier sein und auch unseren Freunden dein Restaurant empfehlen. Jetzt, nachdem du den Schlächter endgültig vertrieben hast.«

Ungläubig starrte Alma die beiden an. Sie spürte ihr unteres Augenlid zucken. »Ist euch eigentlich bewusst, was ihr da sagt? Wer gibt euch das Recht, mit so einer Selbstgefälligkeit hier zu sitzen, in *meinem* Restaurant, das gerade noch geschlossen hat, und euch aufzuführen, als würde euch der Laden gehören? Und wie redet ihr eigentlich über andere Leute und deren Lebensgrundlagen?«

»Aber Alma, Liebes, wir können halt nicht weiter deine Gäste sein, wenn nebenan die Kadaver hängen«, versuchte Luna, sich zu verteidigen.

»Könnt ihr euch vorstellen, dass es mir scheißegal ist, ob ihr vorbeikommt oder nicht?«

Luna japste entsetzt auf.

»So kannst du nicht mit uns umspringen«, rief Hannes.

»Doch, das kann ich. Denn das hier ist mein Laden, und hier gelten meine Regeln. Die Sonderbehandlung ist vorbei. Wir haben noch geschlossen, also geht ihr jetzt.«

»Was? Alma, das kannst du doch nicht machen?«, sagte Luna überrascht.

»Genau das tue ich aber gerade.«

»Aber das war doch alles gar nicht so gemeint«, setzte Luna nun beschwichtigend an.

»Ist mir total egal«, sagte Alma und schob die beiden zur Tür. »Ihr könnt gerne wiederkommen, ich freue mich, wenn ihr weiterhin meine Gäste seid, zu den geregelten Öffnungszeiten, wie jeder andere auch. Aber nicht heute, das *Dear Dairy* bleibt heute geschlossen.«

Damit schob sie die beiden endgültig aus dem Restaurant und schloss hinter ihnen die Tür ab. Ihre verwirrten Gesichter ignorierte sie. Sie drehte sich um und schaute zu Arlo, die jubelnd und applaudierend hinter der Theke stand.

»Das war der Hammer, Alma! Endlich!«, freute sich ihre Kollegin.

»Danke«, sagte Alma. »Und bevor ich es mir anders überlege: Das *Dear Dairy* bleibt auch die nächste Woche geschlossen. Kümmerst du dich bitte darum, dass die Lebensmittel zur Tafel gehen?«

Ohne ein weiteres Wort ging sie in die Küche, öffnete die Tür zur Kühlkammer und stellte sich so lange hinein, bis sie wieder ruhig atmen konnte.

24

Alma war gar nicht bewusst gewesen, wie sehr sie eine Auszeit gebraucht hatte, bis sie im Zug Richtung Niebüll saß, um anschließend mit Bus und Fähre nach Amrum überzusetzen. Direkt nachdem sie das *Dear Dairy* geschlossen hatte, hatte sie eine Unterkunft für eine ganze Woche und ein Zugticket für den nächsten Tag gebucht, das sie gleich morgens in der Früh raus aus Hamburg gebracht hatte.

Die ersten beiden Tage hatte sie nur geschlafen, kaum war sie in ihrer Ferienwohnung angekommen. Die Stille, die frische Luft und das monotone Spiel der Gezeiten hatten Alma in einen dornröschenartigen Schlaf fallen lassen. Selbst am dritten Tag fiel es ihr schwer, sich aus dem Bett zu schälen. Einzig die zur Neige gehenden Vorräte sowie ihr Wille, ein bisschen was von der Insel zu sehen, sorgten dafür, dass sie ihre Koje schlussendlich doch verließ.

Eine heiße Dusche später bereute sie diese Entscheidung kein Stück. Anfang April war so gut wie nichts los auf Amrum, die wenigen Urlauber, die zur selben Zeit wie Alma die Insel besuchten, wollten ebenso Ruhe und Entspannung. Mehr als ein flüchtiger Gruß, wenn man sich auf den Straßen begegnete, gab es nicht, und das war genau nach Almas Geschmack. Nach all den Turbulenzen brauchte sie nichts mehr als Ruhe. Sie spazierte jeden Tag den Strand auf der Westseite oder am Watt am östlichen Ende entlang, und nie wurde es ihr langweilig, das Meer zu betrachten.

Schließlich führte die Ruhe, von der sie umgeben war, auch dazu, dass Alma im Inneren immer ruhiger wurde. Ihre Gedanken rasten nicht mehr wahllos von einer Ecke ihres Gehirns in die andere, ohne jemals müde zu werden, und sie begann, die Dinge klarer zu sehen. Zuerst fasste sie den Entschluss, während ihres Urlaubs nicht zu kochen.

Diese Erkenntnis traf sie am dritten Tag, als sie im Supermarkt stand, um ihre Vorräte wieder aufzustocken. Als sie zu einer Packung Nudeln griff, hielt sie inne und merkte, wie sich ihr gesamter Körper dagegen sträubte, aus diesen Hartweizennudeln ein Abend- oder Mittagessen zuzubereiten. Sie kochte so viel und tat es ja doch schon lange nicht mehr so, wie sie es wollte, dass sie jetzt erst mal gar nicht mehr wollte.

Sie ließ die Packung in dem Regal liegen und verließ den Supermarkt, ohne etwas zu kaufen. Alma futterte sich stattdessen von Café zu Café und von Restaurant zu Imbiss und wieder zurück, einmal quer über die Insel.

Am fünften Tag hatte Alma ihr Schlafdefizit aufgeholt. Sie wachte noch im Dunkeln auf und war mit einem Satz aus dem Bett. Sie spürte eine Energie in sich wie schon lange nicht mehr. Sonnenaufgang über dem Meer lautete ihr erster spontaner Impuls. Sie goss sich eine Thermoskanne mit Tee voll, zog sich warm an und verließ ihre Unterkunft im Morgengrauen.

Sie saß am Watt auf einer Bank, wo sie das atemberaubende Schauspiel der Natur bewunderte. Egal, wie viele Sonnenauf- oder -untergänge sie schon gesehen hatte, es war jedes Mal aufs Neue Magie. Alma atmete die klirrend kalte Luft, bestaunte die Verfärbungen des Himmels, beobachtete, wie langsam mit der Sonne auch das Leben zurückkam, und bemerkte erst gar nicht, wie ihr die Tränen übers Gesicht liefen. Erst als der Wind kalte Schneisen über ihre Wangen blies, wurde Alma klar, dass sie weinte. Unaufhaltsam rollten ihr die Tränen übers Gesicht, stumm, aber beständig. Als der Tag angebrochen war, war Alma leer geweint. Und fühlte sich so leicht und frei, ein Zustand, den sie kaum noch kannte.

Auf dem Weg zurück vom Watt kam sie an einem kleinen Café vorbei, das bisher immer geschlossen gewesen war. Doch nun brannten im Inneren die Lichter, und eine etwa fünfzigjährige Frau trug Tische und Stühle nach draußen. Ihre kurzen blonden Haare trotzten dem Wind. Ein eingezäunter Garten diente als Terrasse. An ebendiesem Zaun blieb Alma stehen.

»Guten Morgen«, rief sie. »Haben Sie schon geöffnet?«

Die Frau, die mit je einem Stuhl unterm Arm gerade wieder aus dem Haus kam, nickte. »Dauert noch kurz, aber komm ruhig rein.«

Alma bedankte sich und drückte die Klinke des niedrigen Gartentors nach unten.

»So verfroren wie du aussiehst, willst du vermutlich lieber drinnen sitzen«, mutmaßte die Frau und lag damit ganz richtig. Jetzt erst sah Alma, dass ihr ganzes Gesicht mit Sommersprossen übersät war, was der Frau einen Hauch von jugendlichem Schalk verlieh. Alma folgte ihr in den Gastraum der kleinen Wirtschaft. Das Interieur des Häuschens war nur als urig und heimelig zu bezeichnen. Ganz anders als in ihrem Restaurant, gab es hier nicht einen Funken Design, aber Herzlichkeit in jedem

Quadratzentimeter. An den Wänden standen Tische, auf der einen Seite mit Stühlen und auf der anderen mit Sitznischen, die fest mit der Wand verbaut waren. Die Polsterung der Sitzgelegenheiten zierte ein schrecklich altbackenes Blumenmuster, manche Sitzkissen waren richtig zerschlissen.

»Such dir einen Platz aus«, wies die Inhaberin sie an, hängte ihre dunkelgrüne Wachsjacke an einen Haken und schlüpfte hinter die holzverzierte Theke. »Willst du einen Kaffee?«

»Habt ihr zufällig Hafermilch?«, fragte Alma.

Die Frau hinter der Theke gluckste. »Dafür musst du schon aufs Festland.«

»Dann nehme ich bitte einen schwarzen Kaffee«, bestellte Alma. »Und die Karte. Ich habe einen Bärenhunger.«

Die Frau nahm eine Tasse aus einem Regal und schenkte aus einer Filterkanne bis an den Rand Kaffee. Ohne einen einzigen Tropfen zu verschütten, brachte sie Alma das Getränk an den Tisch.

»Ich bin die Karte«, grinste sie. »Es gibt Fischbrötchen, Käsefrühstück oder Haferflocken mit Joghurt.«

»Oh«, sagte Alma und hoffte, dass es nicht unfreundlich klang. »Und der Joghurt ist nicht zufällig aus …«

»Soja, meinste? Nein, der ist aus Kuhmilch. Von meiner Bente, das ist meine beste Kuh.«

»Ihre Kuh?«, fragte Alma überrascht.

Die Frau nickte. »Ich hab einen Hof.«

Wow, das gab es in Hamburg nicht. Sicher, alle Spezialitätencafés bezogen ihre Milch von Biohöfen aus der Region. Aber dass man selbst Kühe besaß und deren Namen kannte? Nein.

»Du bist also vegan?«, fragte die Frau weiter. Alma spürte ein Zögern in sich. Noch vor einer Woche hätte sie ein hektisches *Ja natürlich, wieso fragst du überhaupt?* hervorgebracht. Aber jetzt, nach all der Ruhe und dem Runterkommen, gab es keine überspielende Hektik in ihr.

»Ehrlich gesagt, weiß ich es nicht«, antwortete sie stattdessen.

Die Frau kam zu Alma an den Tisch. Sie hatte sich eine eigene Tasse Kaffee mit Sahne mitgebracht und für Alma die Rumflasche. In ihrem Pharisäer schwamm der Alkohol schon. Ohne zu fragen, öffnete sie die Flasche und gab einen kleinen Schluck in Almas Tasse. »Na dann erzähl mal.«

»Ich habe ein Restaurant in Hamburg, ein veganes«, begann sie, anfangs noch zögerlich, doch nach und nach kam sie in einen immer besseren Redefluss. »Ich habe als Studentin angefangen, vegan zu kochen, damit meine Freunde die italienische Küche kennenlernen können. Die ernährten sich nämlich vegan. Und irgendwie bin ich da dann einfach reingerutscht. Es hat mich nie gestört, aber ganz die Finger von Käse konnte ich auch nicht lassen. Immer wenn ich Stress habe, esse ich heimlich Käse.«

»Wieso denn heimlich?«

»Na, weil ich doch mein Restaurant betreibe.«

»Ja und?«, fragte die Frau. Sie verstand das Dilemma offenbar wirklich nicht.

»Ich kann ja keinen Käse essen und in meinem Restaurant die vegane Lebensweise zelebrieren.«

»Und wann hast du entschieden, vegan zu werden?«

»Ich habe mich nie dazu entschieden, es ist einfach so passiert.«

»Siehste«, sagte die Frau.

Alma ließ sich gegen die Lehne der Sitznische fallen. »Du meinst …«, begann sie einen Moment später, und die Frau nickte.

»Ich sehe das so: Du kochst vegan in deinem Restaurant. Weil du das über die Jahre gelernt hast und sicher gut kannst. Aber das ist deine Arbeit. Aber du bist ja immer noch eine eigene Person. Und als die hast du nie eine Entscheidung getroffen und verbietest dir aber deine Gelüste. Käse heimlich zu essen, klingt in meinen Ohren sehr ungesund.«

»Wieso kennst du dich so gut mit Menschen aus?«, fragte Alma.

Die Frau lachte. »Ich bin Wirtin. Das müsstest du doch verstehen.«

»Ehrlich gesagt, halte ich mich am liebsten in der Küche auf. Für die Arbeit am Gast bin ich nicht unbedingt gemacht, das ist ziemlich anstrengend für mich. Ich koche lieber.«

Bei den Worten meldete sich Almas Magen mit einem eindeutigen Hungergefühl.

»Bente also?«, fragte Alma, und die Frau nickte. Sie stand auf, verschwand in der Küche und kam eine Viertelstunde später mit einem großen Teller zurück. Darauf lagen drei Scheiben selbst gebackenes Brot, frische Butter, Marmelade und einige Stück Hartkäse.

»Das ist alles von Bente?«, staunte Alma.

»Und ihren Kolleginnen. Ich habe zwanzig Kühe, aber deren Namen willst du sicher nicht alle wissen.«

»Ich könnte sie mir eh nicht merken«, grinste Alma, und ohne groß darüber nachzudenken, nahm sie ein Stück Käse und biss hinein. Das würzige Aroma mit der leichten nussigen Note breitete sich in ihrem Mund aus, es kroch ihr in die Nase und vernebelte ihr förmlich die Sinne. Alma schloss die Augen, ließ sich in den Sitz sinken und seufzte zufrieden auf.

»Ist lecker, ne«, sagte die Frau.

»Wie lange ich das nicht mehr geschmeckt habe«, schwärmte Alma und führte einen kleinen Tanz im Sitzen auf.

»Ich dachte, du isst heimlich immer Käse?« Ihre Wirtin schien verwirrt.

»Scheiblettenkäse«, antwortete Alma, und die Frau schlug sich die Hand vor die Stirn.

»Da steht es ja noch viel schlimmer um dich, als ich dachte! Gut, dass wir gesprochen haben. Ich bin übrigens Monika«, fügte sie noch an und ging nach draußen auf die Terrasse.

Da saß Alma, aß in aller Zufriedenheit ein Brot mit Butter und Marmelade und biss immer wieder vom Käse ab. Ohne Angst oder Paranoia, dass sie irgendjemand dabei erwischen konnte. Erst in diesem Moment spürte sie, wie verkrampft sie gewesen war, weil sie sich so viel verboten hatte.

Durch das Genießen kam etwas zu ihr zurück, was sie so vermisst hatte: die pure Freude am Essen. Die Liebe, die Alma für Lebensmittel, für Kulinarik, für ihre Geschichten und Geschmäcker hatte, flammte wieder auf. Alma wollte doch den Namen jeder einzelnen Kuh erfahren, die diesen wunderbar würzigen Käse produziert hatten. Sie wollte mit der Wirtin in der Küche stehen und ihr alle Geheimnisse über ihr selbst gebackenes Brot entlocken. Sie wollte die Beeren pflücken, die in dieser Marmelade eingekocht waren. Alma stürzte sich mit einer Begeisterung auf diese simple Mahlzeit, wie sie es wohl seit Jahren nicht mehr getan hatte.

Und eine weitere Sache passierte in dieser kleinen Sitznische an diesem frühen Morgen. Während Alma sich satt und zufrieden den Bauch hielt und mit geschlossenen Augen allen Nuancen ihres Frühstücks nachschmeckte, keimte in ihr das Gefühl, dass diese Erkenntnis nur der Anfang war. Denn auch die anderen Probleme, die sie in Hamburg zurückgelassen hatte, muteten sich machbarer an. Plötzlich war es kein Ding der Unmöglichkeit mehr, sich bei Hatun dafür zu entschuldigen, dass Alma sie verletzt hatte, und auch für die Arbeit im *Dear Dairy* gab es einen Plan, der nur noch in die Tat umgesetzt werden musste.

Noa hatte sie am ersten Tag ein paar Bilder von der Insel geschickt und gemerkt, dass ihre Schwester nicht wieder *weg* war, nur weil sie zurück in Lübeck war. Und selbst mit Golo würde sie alles klären können, wenn sie sich nur endlich wagte, so richtig auf ihn zuzugehen.

25

Nach einer Woche Amrum stand Alma wieder auf Pauli. Hatte sie Hamburg vermisst? Nein, musste sie zugeben. Dafür war sie zu lange gar nicht weg gewesen und nun zu kurz. Aber sie hatte sich gefreut, wieder zurück zu sein, und das zählte ja mindestens genauso viel. Sie hatte extra einen Bogen um das *Dear Dairy* gemacht, aus Angst, wieder in alte Muster zu verfallen und *nur mal eben schnell schauen zu gehen*, ob der Laden noch stand. Denn gerade hatte sie ein anderes Ziel. Dieses befand sich die Wohlwillstraße weiter runter auf der rechten Seite.

Hatun war der erste Halt ihrer »Alma räumt den Scherbenhaufen auf«-Tour. Noch auf Amrum hatte sie Hatuns Onlinebuchungstool genutzt, um an diesem Vormittag einen Termin bei ihrer Freundin – das war sie hoffentlich noch – zu vereinbaren. Inkognito, nur um sicherzugehen, dass Hatun den Termin nicht stornierte. Es gehörte nämlich mehr dazu, jemanden wegzuschicken, wenn die Person schon direkt vor einem stand.

Zufrieden stellte Alma mit einem Blick durchs Schaufenster fest, dass sie die einzige Kundin sein würde. Behutsam drückte sie die Tür auf, und das Glöckchen kündigte sie an.

»Moin, ich bin gleich da, setz dich einfach schon mal«, hörte sie Hatuns vertraute Stimme aus einem Raum nebenan, der als Büro, Pausenraum und Küche diente. Alma tat wie ihr geheißen, hängte ihre Jacke an die Garderobe und ließ sich auf ihrem Lieblingsplatz nieder – der Stuhl direkt am Fenster. Hier konnte man nicht nur über den Spiegel mit Hatun schnacken, sondern auch das Treiben auf der Straße beobachten. Während sie wartete, betrachtete Alma sich im Spiegel.

Ihr Gesicht hatte eine frische Farbe angenommen, obwohl die Sonne Anfang April noch nicht sehr stark war. Doch die viele frische Luft hatte ihre Wangen rosig werden lassen, ein paar Sommersprossen tanzten auf ihrer Nase. Und noch etwas war passiert: Der verbissene Blick und die tiefen Furchen zwischen ihren Augenbrauen waren verschwunden. Zufrieden lächelte sie ihrem Spiegelbild zu.

»Oh, ein Glück, du bist zurück! Wo warst du? Ich hab mir tierische Sorgen gemacht!«

Hatun war hinter ihr aufgetaucht, und Alma sprang von ihrem Stuhl auf und riss ihre Freundin in eine Umarmung, so fest, dass Hatun sich nicht daraus befreien konnte, selbst wenn sie gewollt hätte. Sie wollte aber auch gar nicht.

»Hatun, es tut mir so leid. Alles, was ich gesagt habe, wirklich! Ich weiß, das ist unentschuldbar, aber ich versuche es trotzdem. Du bist der klügste und beste Mensch, den ich kenne. Ich war absichtlich fies, und das bereue ich wirklich sehr.«

Alma schaute Hatun ernst an und stellte erleichtert fest, dass ihre Freundin langsam nickte.

»Weiß ich doch. Ich finde es trotzdem schön, es noch mal ausgesprochen zu hören. Danke dir, und Entschuldigung angenommen.«

»Du hattest absolut recht mit allem, was du gesagt hast. Ich wusste das auch da schon, ich wollte es nur nicht sehen – und schon gar nicht hören. Das war blöd.«

»Ich habe deine Entschuldigung doch schon angenommen«, lachte Hatun und zog Alma in eine weitere Umarmung.

»Danke, dass du es mir so leicht machst«, seufzte Alma, das Gesicht in Hatuns Haare gepresst.

»Nur dieses eine Mal!«

Alma grinste und ließ sich zurück in den Stuhl plumpsen.

»Warte mal«, sagte Hatun, und die Erkenntnis ließ ihr Gesicht aufhellen. »Bist du mein Elf-Uhr-Termin?«

Alma nickte.

Hatun lachte auf. »Alles klar, Sabine«, den Namen hatte Alma als Pseudonym gewählt, »was machen wir denn heute? Wie immer?«

»Nein«, antwortete Alma. »Heute machen wir alles neu. Also, sofern du das für eine gute Idee hältst. Mach einfach, wie du denkst. Ich vertraue dir.«

Hatun schaute sie mit großen Augen an.

»Na gut, nur eine Sache«, schob Alma schnell hinterher. »Die Frisur muss praktisch genug sein, dass sie mich in der Küche nicht stört.« Entschuldigend zuckte sie mit den Schultern.

»Das wird sie auf jeden Fall sein«, sagte Hatun, strich ihr durch die Haare und hielt ihr Strähnen in verschiedenen Positionen und Höhen ans Gesicht.

»Also, wo warst du?«, fragte sie ihre Freundin, während sie in Gedanken eine Frisur konzipierte.

»Auf Amrum«, antwortete Alma knapp.

»Und du bist nicht auf die Idee gekommen, mal ein kurzes Lebenszeichen zu schicken? Ich hab dir bestimmt tausend Nachrichten geschickt!«

»Tut mir leid, falls du dir Sorgen gemacht hast.«

»Falls!? Alma, du hast einfach so das *Dear Dairy* geschlossen und bist verschwunden. Zu Hause warst du nicht, im Restaurant nicht, Golo wusste auch nicht, wo du bist. Natürlich habe ich mir Sorgen gemacht!«

»Du hast mit Golo gesprochen?«, fragte Alma zaghaft.

»Klar, das ist das Einzige, was du mitbekommst«, lachte Hatun auf.

»Es tut mir leid, Hatun«, sagte Alma schnell. »Ich habe mein Handy die ganze Woche ausgemacht und deine Nachrichten erst gestern Abend gesehen, als ich es wieder eingeschaltet habe. Da wusste ich ja aber eh schon, dass ich dich heute sehe, und hielt es nicht mehr für nötig, mich zu melden. Wenn ich das nächste Mal Hals über Kopf auf eine einsame Nordseeinsel flüchte, unter anderem, weil ich einen superblöden Streit mit meiner besten Freundin provoziert habe, gebe ich dir auf jeden Fall Bescheid. Versprochen.«

»Will ich auch hoffen!« Tadelnd hob Hatun den Zeigefinger.

»Und was genau hat Golo nun gesagt?« Leise Hoffnung flammte in Alma auf.

»Nur, dass er auch nicht weiß, wo du bist oder wieso das *Dear Dairy* zuhat.«

»Oh, okay.« Alma versuchte, nicht allzu enttäuscht zu klingen.

»Hey, sieh es positiv – immerhin hat er geantwortet, obwohl er wusste, dass es um dich geht.«

»Das ist vermutlich wirklich mehr, als ich erwarten darf«, gestand Alma sich ein.

»Dir ist klar, dass ich mit Farbe arbeiten werde?«

»Ist okay«, antwortete Alma gelassen. Sie hatte es ernst gemeint, als sie gesagt hatte, dass sie Hatun vertraute. Sie hatte nur sich selbst nicht vertraut und sich dadurch nicht getraut, irgendwas zu ändern.

»Aber nur ganz wenig. Ich dachte an ein paar Highlights, um deine natürliche Haarfarbe etwas zu akzentuieren. Mehr braucht es gar nicht.«

»Okay. Und wie willst du schneiden?«, fragte sie und betete im Stillen, dass Hatun sich nicht für einen Pony entschieden hatte.

»Du bekommst ein paar Stufen, damit deine Wellen besser zur Geltung kommen. Wenn sie alle auf gleicher Länge sind, ist dein Haar zu schwer. Wer weiß, vielleicht können wir sogar richtige Locken herausarbeiten. Außerdem werden wir sie kürzer machen. Gerade liegen sie genau auf deinen Schultern auf, und diese Länge tut dir keinen Gefallen. Es sieht so nach nichts Ganzem und nichts Halbem aus. Alles in allem bringen wir Bewegung in die Sache, und glaub mir, Alma, das wird toll aussehen! Durch deine natürliche Struktur musst du gar nicht viel stylen oder föhnen, wenn du weißt, wie du deine Haare richtig pflegst. Das zeige ich dir nachher alles. Und keine Sorge, ich denke auch an die Küche. Du wirst maximal vier Klammern brauchen, um deine Haare zusammenzuhalten, und somit endlich eine Frisur für die Arbeit und dein Privatleben haben. Klingt gut?«

Das tat es in der Tat. »Ich bin bereit für Veränderungen.«

»Und was wirst du noch so ändern?«, wollte Hatun wissen, während sie die Farbe zusammenmischte.

»Ich werde jemanden für das Restaurant anstellen.«

»Ich dachte, das sei eh schon klar«, antwortete Hatun überrascht.

»Ja, aber ich stand nur halbherzig hinter der Idee. Ich dachte, ich halte es für eine gute Idee, aber eigentlich habe ich alles, was damit zu tun hat, ganz weit weggeschoben und alles Arlo aufgetragen. Ich war noch nicht bereit dazu. Der Schritt, jemandem meine Küche anzuvertrauen, ist schon groß für mich. Wenn das jemand nachvollziehen kann, dann du vermutlich.«

»Das auf jeden Fall. Es fühlt sich aber gleich besser an, wenn du die richtige Person gefunden hast. So wie ich mit Lukas.«

»Wer ist Lukas?«

»Der Kerl, den du letztes Mal beim Reinkommen gesehen hast.«

»Ah, der sich hier einmietet?«

»Fast. Lukas wird sich nicht einmieten, sondern mein Partner. Wir haben uns letztens noch mal getroffen, und wir hatten beide ein so gutes Gefühl, was eine Partnerschaft für den Laden angeht, dass wir die ersten Schritte einfach überspringen.«

»Und machst du dir keine Sorgen, dass das voll in die Hose geht?« Alma machte große Augen.

Hatun schüttelte den Kopf. »Nein, nicht mit ihm. Da war von Anfang an so eine Verbindung da, dass wir wussten, wir wollen das Gleiche, und das wird gut.«

»Ähm, sprechen wir noch über die Arbeit?«, fragte Alma und beobachtete überrascht, wie Hatuns Gesicht aufflammte.

»Wow, Hatun, wie schön!«

Ihre Freundin lächelte glücklich. »Es ist schön, jemanden zu treffen, der dich einfach *versteht*. Weißt du, was ich meine?«

»Du meinst also, dass du ihn beim Essengehen nicht hast zahlen lassen?«, scherzte Alma.

Hatun lachte auf. »Im Gegenteil, ich habe sogar ihn eingeladen. Jetzt aber genug von mir. Hast du schon interessante Bewerberinnen?«

»Das nicht, ich habe aber jemanden im Kopf. Mal sehen, ob das etwas wird. Viel wichtiger ist aber erst mal, dass ich gesehen habe, was ich brauche, und auch verstanden habe, dass das gut ist und nichts mit Scheitern zu tun hat.«

»Hattest du denn das Gefühl, dass das so ist?«

Hatun hatte begonnen, einzelne feine Strähnen von Almas Haar mit der Farbe einzupinseln und diese in Alufolie zu wickeln wie kleine Päckchen.

»Ja. Ich dachte, ich habe doch meinen großen Traum vom eigenen Restaurant erreicht, und dann nicht verstanden, warum ich so unglücklich bin. Ich durfte das ja eigentlich gar nicht sein, ich hatte ja, was ich wollte.«

»Mensch, Alma, du bist doch nicht gescheitert. Das hätte ich dir schon ausgeredet, wieso hast du denn nichts gesagt?«

»Weil ich ja selbst nicht wusste, was eigentlich los ist mit mir. Scheinbar brauchen die Dinge manchmal eine Weile, bevor ich sie verstehe.«

»Damit bist du nicht alleine, es geht vielen Leuten so. Wie sagt man? Leben muss man das Leben vorwärts, verstehen kann man es nur rückwärts.«

»Klingt logisch. Von wem ist das Zitat?«

»Von circa jedem zweiten Typen auf Tinder«, antwortete Hatun trocken. Alma lachte auf.

»Es geht mir auf jeden Fall viel besser mit der Entscheidung, seit ich verstanden habe, dass sich auch Träume weiterentwickeln und angepasst werden dürfen. Ich freue mich richtig darauf, wenn ich wieder Zeit habe für den Blog und neue Rezepte entwickeln kann. Ich habe so viele Ideen, die ich alle ausprobieren will.«

Hatun faltete das letzte Alupäckchen zusammen und lächelte ihre Freundin herzlich über den Spiegel an.

»Alma, das freut mich so zu hören. Und nicht nur das: Auch *wie* du darüber sprichst, ist total schön. Da ist ein Feuer zurück, das lange als verschollen galt. Und ich bin natürlich nicht minder stolz, meinen Teil zu deinem persönlichen Neuanfang beizusteuern. Du wirst fabelhaft aussehen!«

***

Und das tat sie. Hatun hatte noch Almas Augenbrauen in Form gebürstet und ihre Wimpern leicht getuscht. Mit dem frischen Urlaubsteint brauchte sie weder Rouge, Bronzer oder Concealer, hatte Hatun gesagt, und Alma musste ihr beipflichten, denn sie konnte gar nicht mehr aufhören, sich im Spiegel anzusehen. Ihr Haare schimmerten, und ihre Wellen wippten bei jeder Bewegung sanft mit. Seit langer Zeit sah sie nicht nur Arbeit, To-do-Listen und Schlafmangel im Spiegel, sondern sich selbst als Frau. Und sie gefiel sich. Nicht nur äußerlich, nein, auch der Ausdruck, den sie im Gesicht trug – die Entschlossenheit und Zuversicht –, stand ihr sehr gut.

Auch auf dem kurzen Weg zum *Dear Dairy* hatte Alma sich in jeder spiegelnden Oberfläche betrachtet. Vor einem

Schaufenster, in dem sie sich besonders gut sah, war sie sogar stehen geblieben, ein paar Schritte zurückgegangen und nochmals dran vorbeigelaufen, um zu beobachten, wie ihre Haare beim Gehen wippten. Dann war sie natürlich zu spät gekommen. Arlo, die sie am Abend zuvor in einer Nachricht gebeten hatte, heute ins Restaurant zu kommen, wartete schon an der Theke. Als sie die Tür hörte, blickte sie auf und sprang vom Hocker.

»Ich werde deine neue Frisur gleich bewundern, aber bitte sag mir zuerst, dass ich nicht gefeuert bin.«

»Was, oh Gott, nein, du bist natürlich nicht gefeuert!« Alma durchquerte den Raum, zog ihre Jacke aus und umarmte Arlo zur Begrüßung. Dann setzte sie sich neben sie. »Wie kommst du darauf, dass ich dich feuern wollte?«

»Ich hatte Angst, dass du das *Dear Dairy* schließen willst.«

»Auf gar keinen Fall!« Alma legte nach jedem Wort eine kleine Pause ein, um Arlo zu verdeutlichen, wie ernst es ihr war. »Außerdem dachte ich, dass du keine Lust mehr hast, hier zu arbeiten.«

»Hatte ich kurzzeitig auch nicht mehr«, gab Arlo zu.

»Dann hoffe ich, bin ich noch nicht zu spät. Ich möchte dir nämlich ein Angebot machen und dir vorher noch was gestehen«, sagte Alma.

Arlo setzte sich überrascht auf. »Lass hören!«

»Zuerst der schwere Teil. Ich habe zwar ein wenig Angst, dass du den Rest dann gar nicht mehr hören willst, aber mit dem Risiko muss ich leben.«

»Du verstehst es auf jeden Fall, es spannend zu machen.«

Alma atmete tief durch. »Arlo, manchmal esse ich Käse.«

»Okay.«

»Wie okay?«

»Na okay halt.«

»Ist das nicht schlimm für dich? Der volle Vertrauensmissbrauch?«, fragte Alma. Sie war überfordert davon, dass Arlo ihre Worte einfach annahm, denn sie hatte eine heftige Reaktion erwartet.

»Wieso sollte das schlimm für mich sein?«

»Äh, deshalb?«, antwortete Alma und zeigte durch den Gastraum des *Dear Dairy*.

»Aber Alma, was du in deiner Freizeit machst, geht mich ja nichts an. Ich wäre enttäuscht von dir, wenn du unseren Gästen Kuhmilch ins Essen kippen würdest.«

»Oh Gott, nein, das *Dear Dairy* wird immer ein rein veganes Restaurant bleiben.« Sie machte eine kurze Pause. »Arlo, ich weiß gar nicht, was ich sagen soll. Ich hatte so Angst davor, dir das mitzuteilen. Die Sache ist die, dass ich mich persönlich nie dazu entschieden habe, rein vegan zu leben. Und in Stressmomenten ist Käse leider mein Ventil. Ein Geheimnis, das mich ironischerweise von innen aufgefressen hat.«

»Ich werde dich nicht verraten«, versicherte Arlo ihr.

»Oh nein, darum geht es mir nicht. Ich musste mit mir selbst Frieden schließen. Außerdem ist es mir wichtig, dass die Menschen in meinem Umfeld davon wissen. Ich will einfach ehrlich sein, und niemand soll sich wundern müssen, wenn mir mal eine Scheibe Chesterkäse aus der Tasche fällt.«

»Scheiblettenkäse?«, wiederholte Arlo.

»Ja, dieser einzeln folierte …«, setzte Alma an, doch Arlo unterbrach sie.

»Also Alma, das ist ja nur chemischer Schrott, da kannst du gleich veganen Käse essen.«

»Es ist aber nicht nur der«, gestand Alma.

»Du meinst, du isst auch *richtigen* Käse? Und mit richtig meine ich guten.«

Alma nickte wieder. »Chesterkäse gibt es nur in Notfällen.«

»Da dann kannst du in Notfällen ja auch veganen Scheiblettenkäse essen, ich bin mir sicher, der schmeckt nicht weniger künstlich.«

»Ich könnte es probieren«, gestand Alma ein. »Du bist mir nicht böse?«

Arlo schüttelte den Kopf. »Ich bin natürlich überrascht. Aber böse? Wieso sollte ich. Nicht jeder, der einen Beruf ausübt, muss den auch zu einhundert Prozent leben. Denk doch nur mal an Drogendealer. Schöne Scheiße, wenn die ihre eigenen Produkte konsumieren würden.«

Obwohl der Vergleich etwas hinkte, musste Alma lachen. Mehr noch aus Erleichterung darüber, dass Arlo mal wieder bewiesen hatte, warum Alma sie so sehr schätzte.

»Können wir jetzt zu dem Angebot kommen?«, fragte diese.

»Ja, klar«, beeilte sich Alma zu sagen und räusperte sich. »Ich weiß, du liebst die Arbeit im *Dear Dairy*, und ganz ehrlich, an manchen Tag lag dir der Laden vermutlich sogar mehr am Herzen als mir. Ich weiß auch, dass du dein Studium abgebrochen hast, weil es dir nicht gefallen hat. Ich glaube auch zu wissen, dass du eigentlich eine gewisse Sicherheit und Karriere anstreben möchtest. Das ist aber nur eine Vermutung. Ich möchte gerne, dass du lange im *Dear Dairy* bleibst, und habe nach einer Lösung gesucht, die beides vereinen könnte. Dass du hier eine Zukunft hast, die übers lose Jobben hinausgeht. Indem wir nach einem passenden Studium oder einer Ausbildung in diesem Bereich für dich suchen. Damit du etwas in der Hand hast und eben nicht *nur* gejobbt hast. Wie klingt das für dich?«

»Noch unkonkret, aber doch so, als würdest du mich ganz gut kennen«, schmunzelte Arlo.

»Wie genau das aussehen kann, musst du natürlich entscheiden. Ich habe ein bisschen recherchiert, und du kannst beispielsweise ein Fernstudium zur Sommelière absolvieren. Ich glaube, dass das super zu dir passt. Und auch zum Laden. Du könntest weiterhin hier arbeiten, vermutlich ein bisschen weniger, zumindest in stressigen Phasen. Und du hättest einen soliden Abschluss, mit dem du überall arbeiten oder sogar mal deinen eigenen Laden aufmachen könntest. Aber ja, das nur im Notfall, ich will ja, dass du für immer im *Dear Dairy* bleibst.«

Arlo hatte ihr aufmerksam zugehört. »Alma, ich hatte nicht vor zu gehen«, sagte sie schließlich.

»Das mag sein, und das beruhigt mich natürlich auch. Ich übe mich nur gerade darin, Menschen zu zeigen, dass sie mir wichtig sind, und auch meine eigenen Bedürfnisse zu erkennen und dann auch mitzuteilen. Und mein Bedürfnis ist es, dich hier zu haben. Denn ich schätze deine Meinung und deine Vision für das Restaurant sehr, und ich will gerne herausfinden, wohin wir das *Dear Dairy* entwickeln können. Vielleicht machen wir ja doch noch irgendwann eine Weinbar auf. Ich weiß nicht, ob dir das bewusst ist, Arlo, aber du *bist* dieser Laden.«

Arlos Gesicht wurde ganz weich. »Danke, Alma, das ist wirklich schön zu hören.«

Sie schwiegen beide einen Moment, dann räusperte sich Arlo.

»Es ist also doch gar nicht mal so scheiße, Menschen in sein Leben zu lassen, oder?«

Alma lachte. »Nein, es ist eigentlich voll okay. Da fällt mir noch was ein: Ich suche selbst jemanden für die Küche. Danke, dass du dich gekümmert hast, aber ich hätte das nicht einfach so auf dich abwälzen dürfen.«

»Okay, gerne.«

»Das heißt nicht, dass ich deine Arbeit, die du investiert hast, oder dein Urteil nicht schätze!«, beeilte sich Alma zu sagen.

»Ich hab's schon verstanden, Alma«, versicherte Arlo ihr.

»Danke«, erwiderte Alma erleichtert. »Ich lerne Kommunikation gerade erst.«

»Merkt man kaum«, zwinkerte Arlo. »Hast du denn schon jemanden im Kopf für die Küchenposition?«

Alma nickte und deutete mit dem Kopf Richtung Ausgang. Arlo verstand sofort.

»Finde ich gut«, stimmte sie zu.

»Ich auch«, pflichtete Alma ihr bei. »Drück die Daumen, dass er das auch so sieht.«

Sie sprang von ihrem Hocker und zog ihre Jacke über.

»Ach, und Arlo, wenn ich dann nicht da bin, bist du die Chefin hier. Das ist klar, oder?«

Arlo zuckte nonchalant mit den Schultern. »Bin ich doch eh schon.«

***

Verlässlich war er schon mal, dachte Alma, als sie Fiete auf der Bank sitzen sah. Er winkte zum Gruß, sie erwiderte diesen und lief auf den Mann zu. Im Augenwinkel sah sie die Paletten und die improvisierte Werkbank, die auf dem abgesperrten Parklet standen. Hier wird also schon gearbeitet, dachte Alma und verdrängte den Gedanken und seinen nicht gerade kleinen Rattenschwanz wieder. Dafür hatte sie jetzt keine Zeit, darum würde sie sich später kümmern.

»Moin, Fiete«, sagte sie und setzte sich neben Fiete auf die Bank.

»Heute keinen Kaffee?«, fragte er und klang eher verwirrt als enttäuscht.

»Die Kaffeemaschine ist aus. Wir hatten die Woche zu und öffnen erst am Dienstag wieder«, erklärte Alma.

»Das habe ich mitbekommen«, meinte Fiete. »War ganz schön ruhig hier auf der Bank ohne dich.«

Er lächelte sie an. Alma hatte die Fähigkeit entwickelt, Fietes Lächeln an seinen Augen zu erkennen, da der Bart es unmöglich machte, irgendwas aus dem Rest seines Gesichts zu lesen.

»Ja, ich habe einfach eine Pause gebraucht.«

»Schön, dass du das auch endlich erkannt hast.« Fiete boxte sie leicht mit dem Ellbogen in die Seite.

»Ich weiß, ich weiß. Sogar Männer auf Tinder haben das Leben schneller verstanden als ich.«

»Was ist denn Tinder?«

»Nicht so wichtig«, lachte Alma. »Was ich sagen will, ist, dass mir auch unser Gespräch sehr geholfen hat. Auch wenn alles noch eine Weile gebraucht hat, ist dadurch ein Stein ins Rollen gekommen, den es so ohne dich nicht gegeben hätte. Und dafür möchte ich mich gerne bei dir bedanken.«

»Da nicht für«, antwortete Fiete in typisch nordischer Herzlichkeit.

»Außerdem wollte ich fragen, ob du nicht im *Dear Dairy* arbeiten willst.«

»Ich?«

»Ja. Du hast jahrelang als Koch gearbeitet, hast du mir erzählt. Außerdem hast du mich daran erinnert, worauf es beim Kochen ankommt: auf Leidenschaft. Wem könnte ich sonst meine Küche anvertrauen, wenn nicht dir?«

»Und ich dachte schon, du fragst mich nie.«

Alma zog verwundert die Augenbrauen hoch.

»Du hast darauf gewartet, dass ich dich frage?«

Fiete lachte scheppernd. »Du bist wirklich der einzige Mensch, der das nicht mitbekommen hat. Wieso, glaubst du, habe ich dir die ganze Geschichte mit der Kreuzfahrt erzählt?«

»Aber wieso hast du nicht einfach was gesagt?«

»Weil es deine Entscheidung sein sollte, liebe Alma. Du warst so fahrig, ich hatte das Gefühl, bei dir steht kein Stein mehr auf dem anderen. Wenn ich da nun meine Hilfe angeboten hätte, hättest du sie sicher angenommen. Aber ich hätte nie gewusst, ob du das wirklich auch gewollt hättest oder nur nach dem ersten Strohhalm gegriffen hast, der dir angeboten wurde.«

»Mensch, Fiete, ich werde noch so viel von dir lernen«, sagte Alma nach einer Weile und meinte damit sowohl die Weisheit, die von diesem Mann ausging, als auch sein Handwerk in der Küche.

»Also, wann soll ich anfangen?«, fragte Fiete.

»Gerne am Montag, falls dir das nicht zu spontan ist. Dann kann ich dir in Ruhe die Küche zeigen, und wir bereiten alles für Dienstag vor. Wir können uns einarbeiten ohne Stress.«

»Klingt gut«, pflichtete er ihr bei.

»Ach Fiete, nur eine Bedingung noch, bevor du anfängst«, sagte Alma und deutete auf seinen Bart.

»Ich weiß, ich weiß«, antwortete er und stand auf. »Meinst du, deine Freundin hat spontan Zeit für einen Kunden?«

Von: info@deardairy.de
An: ah.parklets@bezirksamt-mitte.de
Betreff: BITTE NICHT UNGELESEN LÖSCHEN!!! WICHTIG!!!

10. April

Sehr geehrter Herr Hägele,

ich hoffe wirklich, Sie haben die Mail angeklickt und zumindest bis hierhin gelesen. Ich möchte mich bei Ihnen entschuldigen, und ich hoffe deshalb sehr, dass die Mail auch wirklich bei Ihnen ankommt. Telefonisch konnte ich Sie nämlich nicht erreichen. Ich weiß nicht, ob die Behörde so groß ist oder ob Sie eine Warnung über meine Person im Büro ausgehängt haben, aber keiner konnte oder wollte mich zu Ihnen durchstellen. Aus diesem Grund also schriftlich.

Diese Dinge, die ich Ihnen geschrieben habe, sind unverzeihlich. Gerade deshalb möchte ich aber genau das tun – Sie um Verzeihung bitten. Bitte entschuldigen Sie diese Beleidigungen, die Wortwahl, den Ton, einfach alles. Das war unmöglich, und auch, wenn ich das Gesagte (oder eher das Geschriebene) nicht zurücknehmen kann, kann ich Ihnen doch versichern, dass ich es sehr bereue und mich total dafür schäme.

Nicht, dass es irgendetwas wiedergutmachen würde, aber ich möchte Sie dennoch gerne in mein Restaurant einladen. Es ist zumindest der Versuch einer kleinen Wiedergutmachung. Seien Sie mein Gast, Sie sind herzlichst eingeladen. Kommen Sie jederzeit vorbei, wir finden immer einen Platz für Sie. Denn das stimmt wirklich - das *Dear Dairy* ist ein toller Ort, und das liegt zu einem großen Teil an den Leuten, die bei uns essen. Also kommen Sie vorbei, und machen Sie sich selbst ein Bild davon. Oder auch nicht, das ist natürlich Ihre Entscheidung.

Falls Sie Ihr Weg nicht an den Paulinenplatz führen wird, wünsche ich Ihnen alles Gute und hoffe, dass Sie diese Episode bald vergessen haben oder sie nur noch als lustige Partyanekdote verwenden, weil sie Ihnen nicht weiter zusetzt.

Herzliche Grüße
Alma Matilda Giuliani

26

Golo glaubte, endlich einen Durchbruch zu haben. Er holte das Blech aus dem Mini-Backofen, den er extra für sein Experiment gekauft hatte. Das flache Material darauf dampfte noch leicht, und Golo fiel es schwer, es wirklich erst komplett auskühlen zu lassen. Zu groß war seine Neugierde, ob es dieses Mal auch wirklich elastisch geworden war und nicht spröde.

Auf die Idee hatte ihn Alma gebracht. Unbeabsichtigt natürlich, aber dennoch. Ihm war nämlich der Gedanke gekommen, dass es sich ja gar nicht ausschloss, auch mit einer veganen Lederalternative zu arbeiten. Wieso nicht beides anbieten, wenn es irgendwie möglich war? Auch wenn Alma der Anstoß zu diesem Experiment gewesen war, tat er das nicht, um sie glücklich zu machen, sondern weil es ihn selbst interessierte. Wenn er an ihr letztes Treffen zurückdachte, wusste Golo auch gar nicht, ob er überhaupt jemals wieder etwas für oder wegen Alma machen würde. Wie würde er reagieren, wenn sie das nächste Mal vor ihm stand? Und das würde zwangsläufig passieren. Denn auch, wenn das *Dear Dairy* seit einer Woche geschlossen war, glaubte er nicht, dass Alma das Restaurant aufgab. Was er dagegen wusste, war, dass das Video keinen schlimmen Stich mehr auslöste wie zu Beginn. Und dass die Enttäuschung, die er für Alma empfunden hatte, langsam verrauchte. Aus den Augen, aus dem emotionalen Gedächtnis? Wer wusste das schon.

Um sich von dieser Schmach abzulenken, hatte Golo sich damit befasst, welche Ansätze von nachhaltigem Kunstleder es gab. Die meisten Ideen scheiterten an seinen Ansprüchen, denn er konnte es nicht mit sich vereinbaren, dass er bei seinem Tierleder so sehr auf Regionalität achtete, um dann Teakholzblätter um die halbe Welt fliegen zu lassen. Er suchte also nach einem Rohstoff, der regional war. Denn ähnlich wie bei Leder wollte Golo etwas benutzen, was sonst vielleicht im Müll oder sonst wo landete.

Ein Sonntagsspaziergang mit Toni, Santi und den Kindern durchs Alte Land hatte ihn auf die zündende Idee gebracht. Apfelleder wurde bereits von einigen Produzenten hergestellt. Und was konnte denn regionaler sein als eine Lederalternative aus Hamburger Apfelresten?

Bevor er Landwirte und Fabrikanten anhaute, wollte Golo in eigenen Experimenten herausfinden, wie er aus den Trestern ein ebenso glattes wie robustes Material herstellen konnte. Er begab sich in das Kaninchenloch namens Internetrecherche, die einer Doktorarbeit würdig gewesen wäre, und stellte sich im Anschluss eine Art »Apfelleder kochen in der heimischen Küche«-Starterkit zusammen. Nach zahlreichen Fehlversuchen zog er endlich ein Ergebnis aus dem Ofen, das nicht direkt zu Staub verfiel.

Vorsichtig tippte er auf die Oberfläche des Leders und stellte zufrieden fest, dass es ausreichend abgekühlt war und sich angenehm weich anfühlte. Wie gewünscht waren alle Komponenten, also das Trägermaterial, bestehend aus einer Baumwollunterlage und einem Kunststoffersatz, Bindemittel und getrockneten und gemahlenen Apfeltrestern, zu einem Produkt verschmolzen.

Golo löste das Material vom Backpapier und hielt es gegen das Licht. Die Oberfläche war gleichmäßig, ohne besondere Prägung. Diese würde er im Nachhinein mechanisch einarbeiten müssen. Doch es lag gut in der Hand und ließ sich auch verbiegen, ohne dass es spröde oder porös war. Zufrieden legte Golo das Stück zurück auf das Backblech und setzte sich auf seinen Stuhl. Ob man das Apfelleder wohl auch in der Gerberei färben lassen konnte, die schon sein Tierleder verarbeitete? Golo ertappte sich selbst dabei, wie er nach dem ersten kleinen Erfolg schon nach der nächsten Herausforderung suchte. Aber gut, was sollte er machen? Er war zwar Handwerker, aber er war eben auch Unternehmer, und als solcher liebte er es, an Lösungen zu arbeiten.

Sein Erfolgsmoment zerbröselte allerdings wie seine ersten Apfellederexperimente, als er Alma die Stufen zu seiner Eingangstür runterkommen sah. Seine eigene Frage, wie er auf sie reagieren würde, beantwortete sich wohl schneller als gedacht. Unsicher blieb sie vor dieser stehen und schaute Golo durch die Scheibe an. Er nickte nur, um ihr zu signalisieren, dass die Tür offen war. Ignorieren konnte er sie ja schlecht.

Jetzt erst sah er, dass Alma ein Tablett vor sich trug und dieses nun mit einer Hand balancierte, als sie mit der anderen den Türgriff drückte. Golo sprang auf, um ihr zu helfen. Und plötzlich stand sie sehr nah vor ihm.

»Hallo«, sagte Alma und blickte ihm fest in die Augen, wohl als Gegengewicht zu ihrer unsicheren Stimme.

»Hi«, antwortete Golo und spürte ebenfalls ein Zittern in seinem Tonfall.

»Ich … ähm … Darf ich das abstellen?«

»Ja, natürlich«, beeilte sich Golo zu sagen und deutete auf den Tisch vorm Sofa. Auf dem Tablett waren ein Teller und ein Glas Wein. Er hatte keine Ahnung, was es war, aber es duftete köstlich. Alma stand unschlüssig vor dem Sofa, so unsicher hatte Golo sie noch nie erlebt.

»Wollen wir uns setzen?«, fragte sie schließlich.

»Können wir«, entgegnete Golo und nahm auf dem Sofa Platz. Das letzte Mal, als sie hier saßen, hatten sie sich geküsst. Und dann, na ja, dann war das andere passiert, über das Golo nicht mehr nachdenken wollte. Doch die Erinnerungen an den Kuss, Tonis Nachrichten, das Video und Almas stümperhafte Versuche, sich zu erklären, drängten sich in sein Bewusstsein.

Erstaunt stellte Golo fest, dass der Stich auch dieses Mal abgeschwächt war, obwohl Alma – der Ursprung allen Übels, wenn man so wollte – direkt vor ihm saß. Er schaute sie an. Irgendwas war anders an ihr. Sie hatte definitiv eine neue Frisur, für so etwas hatte Golo einen Blick. Doch obwohl sie damit umwerfend aussah, war das nicht die große Veränderung, die er an ihr wahrnahm. Golo kniff die Augen zusammen und versuchte zu erkennen, was anders war. Wie bei den Wimmelbildern aus seiner Kindheit, wo man die Unterschiede zwischen zwei scheinbar gleichen Fotos erkennen musste, suchte er jeden Quadranten ihres Gesichts ab.

»Golo«, sagte Alma und blinzelte irritiert. »Ich bin hier, um mich bei dir zu entschuldigen. Was du in diesem Video sehen und hören musstest, war furchtbar. Ich war furchtbar zu dir! Da gibt es auch keine Ausreden, dass das so geschnitten wurde oder dass ich im Nachhinein direkt revidiert habe – Fakt ist, ich habe genau diese Worte gesagt. Und das tut mir so unendlich leid, und auch wenn du mir nicht verzeihst, will ich, dass du weißt, dass es mir wirklich, wirklich leidtut. Ich hätte dich niemals so mies behandeln dürfen nur aufgrund deines Berufs. Ich fordere Offenheit und Verständnis von jedem Gast, der in mein Restaurant kommt und sich noch nie an veganer Küche versucht hat. Und doch habe ich dir nicht mal den Hauch einer Chance gegeben. Dabei bist du ein wirklich toller Kerl und ein guter Mensch, und ich hoffe so sehr, dass meine Mobbingversuche keine Früchte getragen haben und du weiterhin mein Nachbar bleibst. Es wäre wahnsinnig öde ohne dich.«

Sie schaute ihn mit großen Augen an und wartete offensichtlich auf irgendeine Reaktion. Und da erkannte er es.

»Du ruhst«, sagte Golo.

»Wie bitte?«, fragte Alma, zu Recht perplex.

»Du strahlst eine Ruhe und Sicherheit aus, wie ich sie an dir noch nie gesehen habe.«

»Das ist etwas Gutes, oder?«, fragte Alma.

»Die Antwort müsstest du am besten kennen.«

Alma dachte einen Moment nach, dann pflichtete sie ihm bei.

»Ja, es ist etwas Gutes. Ich fühle mich auch gut. Auch wenn ich in den letzten Wochen wirklich einige Sachen verbockt habe und nur hoffen kann, dass ich die Scherben wieder einigermaßen zusammengekittet bekomme, fühle ich mich definitiv besser.«

Golo nickte.

»Hast du aber gehört, was ich eben gesagt habe?«, hakte Alma vorsichtig nach.

Golo nickte wieder.

»Und, willst du etwas dazu sagen?«, fragte sie weiter.

»Nein, noch nicht. Ich will die Worte erst noch sacken lassen.«

»Okay, natürlich. Lass dir alle Zeit der Welt«, sagte Alma und wusste wohl nicht so recht, wohin mit sich. Sie machte Anstalten aufzustehen.

»Hast du das gekocht?«, fragte Golo schnell. Er wusste nicht genau, was er wollte. Nur dass er sie davon abhalten wollte, direkt wieder zu gehen.

»Ja«, nickte Alma, und rote Farbe zeichnete sich auf ihren Wangen ab.

»Was ist das?«, fragte Golo, nahm die beiliegende Gabel in die Hand und begann, die einzelnen Komponenten des Gerichts genau zu untersuchen.

»Das ist für dich«, antwortete Alma, und ihr Gesicht stand in Flammen. Im Geheimen freute sich Golo, sie so nervös zu sehen.

»Na ja, mehr noch, das bist du. Es ist ein defragmentiertes Chili sin Carne. Ich habe es mit Kaffee verfeinert, anschließend die Flüssigkeit abgeseiht und nochmals einkochen lassen. Sie ist der dunkle Spiegel auf dem Teller. Die drei hellen Teigkugeln sind eine Art Mürbeteig mit einem Hauch Kardamom und Zimt. Gefüllt sind sie mit den festen Bestandteilen des Chilis: veganes Hack, Bohnen, Mais, Tomatenstücke. Und das Weiße in der Mitte ist einfach vegane Crème fraîche, die die Schärfe der Soße ausgleichen soll.«

Amüsiert schaute Golo Alma an. »Wie meinst du das, dass ich das sei?«

»Ich habe mir deine Eigenschaften vorgestellt und dann überlegt, welches Gericht diese wohl am besten widerspiegeln würde.« Alma traute sich gar nicht, ihn anzusehen, sondern blickte starr auf den Teller.

»Und welche wären das?« Er wollte sie noch nicht vom Haken lassen.

»Man könnte meinen, dass du einfach gestrickt bist. Aber das stimmt nicht. Du bist viel mehr und dennoch in deinen Grundzügen bodenständig, was ich sehr gerne an dir mag. Deshalb dieser vermeintlich schnöde Eintopf, der aber vielschichtiger ist und zahlreiche Komponenten hat, die einzeln schon toll sind, aber in ihrer Summe erst recht harmonieren. Kardamom und Zimt, weil du verspielt bist, und ich hoffe, dass du das Kind in dir niemals verlierst. Kaffee für deine herbe und starke Seite, sowohl charakterlich als eben auch beruflich.«

»Und Chili und Mais, weil ich scharf und knackig bin?«

Da Alma nicht aufblickte, verpasste sie leider, dass Golo wieder auf seine typische Weise grinste.

Verlegen rieb sich Alma die Hände. »Kannst du bitte probieren? Ich würde gerne wissen, ob es dir schmeckt«, stotterte sie.

Golo legte die Gabel ab und nahm stattdessen Almas Gesicht in die Hände. Sanft zwang er sie, ihn anzuschauen.

»Soll ich dir sagen, was mir ganz sicher schmeckt?«, flüsterte er und steuerte schon auf die Antwort zu – diese vollen, geschwungenen Lippen. Doch noch bevor sie aufeinandertrafen, hatte Alma ihre Arme um ihn geschlungen und sich auf seinen Schoß gesetzt. Sie küsste ihn so innig wie stürmisch, dass Golo handlungsunfähig war ob der Leidenschaft, die aus ihr strömte. Als Alma seine Bewegungslosigkeit bemerkte, ließ sie von ihm ab. Schockiert schaute sie ihn an.

»Oh Gott, war das zu viel? Wolltest du gar nicht … hab ich das falsch verstanden? Entschuldige, ich hätte dich nicht so überfallen dürfen, aber ich dachte wirklich, also, weil du den Kopf auch so zu mir geneigt hast, und da war ich mir sicher, dass … oh Mann …«

Sie verstummte. Golo hatte die Hände um ihre Hüften gelegt und beobachtete, wie sich Alma immer weiter in einer Entschuldigung verstrickte, die ja gar keine sein musste. Er lehnte sich mit dem Kopf an die Sofalehne und lachte los.

»Oh nein, jetzt machst du dich über mich lustig«, sagte Alma, und Golo konnte sie gerade noch in einem festen Griff halten, bevor sie auf die Idee kam, wieder aufzustehen.

»Das würde ich niemals«, flüsterte er und kam mit seinem ganz nah an ihr Gesicht. Er nahm eine Strähne, die ihr über die Wange hing, zwischen die Finger und strich sie hinter ihr Ohr.

»Das war nicht falsch und schon gar nicht zu viel. Du überforderst mich, Alma, und zwar vom ersten Moment an. Und ich liebe es. Du verzückst mich, du machst mich sprachlos, und du inspirierst mich. Wenn ich gerade erstarrt bin, dann nicht, weil ich dich nicht küssen will. Viel eher, weil ich noch mal Kraft sammeln musste, denn ich habe nicht vor, jemals wieder damit aufzuhören.«

Alma schaute auf ihn runter, vergrub ihre Hand in seinen Haaren, und das Letzte, was er vor dem folgenden Kuss auf ihrem Gesicht sah, konnte man nicht anders beschreiben als ein eindeutiges Golo-Grinsen.

EPILOG

»Bist du sicher, dass du den Laden den ganzen Tag alleine lassen willst?«

Alma verdrehte die Augen. »Ja-haaa, wie oft soll ich das denn noch sagen?«

»Ich meine ja nur«, antwortete Golo schulterzuckend und achtete darauf, das große Holzbrett zu balancieren. »Es ist schließlich das erste Mal, dass du Fiete deine Küche überlässt. Für einen ganzen Tag. An einem Samstag!«

Alma, die hinter Golo lief, ebenfalls mit einem großen Brett beladen, lachte auf. »Hast du mir irgendwann in den vergangenen Wochen mal zugehört, als ich darüber sprach, wie gut Fiete das alles macht und dass ich noch so viel von ihm lernen kann?«

Durch das Parklet waren Almas Terrasse und der Bereich vor Golos Laden zu einem gemeinsamen Raum verschmolzen. Wenn Golo abends geschlossen hatte, konnte Alma noch ein paar Tische und Stühle vor seinem Laden aufstellen. So hatte sie ihre Terrasse doch irgendwie noch vergrößert, wenn auch anders als geplant. Sie hatten Hochbeete angelegt, die Hälfte davon mit den unterschiedlichsten Kräutern. Mittig stand ein selbst gebautes Gewächshaus, bei dem Golo wirklich sein ganzes handwerkliches Geschick bewiesen hatte. In ihm wuchsen ein paar Gemüsesorten und essbare Blumen. Außerdem wagten sie den Versuch, verschiedene Obstsorten anzupflanzen, die eigentlich mehr Sonne und südlichere Gefilde zum Wachsen benötigten, als Hamburg bieten konnte. Außerdem flatterten Lichterketten und Wimpel durch die Luft, überall auf dem Parklet standen Stühle zusammen, die die Leute zu einer kleinen Pause in der grünen Oase einluden. Es war perfekt geworden, und Alma träumte schon von einer Verlängerung der Nutzung. Wintergemüse direkt vom Parklet, das wäre doch was!

Sie betraten die Werkstatt und stellten die Bretter auf der Werkbank ab.

»Jedes einzelne Wort. Aber hast du auch mitbekommen, dass ich dich inzwischen ganz gut kenne und diese Frage deshalb nicht ohne Grund stelle?«, neckte Golo sie und drückte ihr einen schnellen Kuss auf den Mund, bevor sie ihm böse werden konnte.

»Okay, okay, okay«, sagte Alma beschwichtigt. Wie er in den vergangenen Wochen erkannt hatte, war knutschen offenbar die Lösung, um ihr Temperament im Zaum zu halten. Oder eher in andere, weniger wütende Bahnen zu leiten. Seit Golo das entdeckt hatte, trieb er ein gemeines Zuckerbrot-und-Peitsche-Spiel mit Alma aus Necken und Ablenken. Sie war verloren.

Verträumt drapierte sie die Häppchen auf den Brettern noch einmal neu, die auf den wenigen Metern vom *Dear Dairy* zu Golos Laden verrutscht waren. Auf einem der Bretter gab es sogar Käse – nur der beste von Bente und ihren Kolleginnen, den Alma sich aus Amrum hatte schicken lassen. Das *Dear Dairy* war selbstverständlich immer noch ein rein veganes Restaurant und würde es auch immer bleiben. Aber nachdem Alma ihm tagelang von diesem unerwarteten kulinarischen Highlight erzählt hatte, hatte sich Golo genau diesen Käse zur Eröffnung gewünscht. Alma hatte kurz gezögert, alte Muster waren schließlich schwer abzulegen. Doch es war nur ein Funke Überwindung nötig gewesen.

Sie nahm eine Scheibe und biss genüsslich davon ab.

»Wenn du so weitermachst, ist alles leer, bevor die Gäste überhaupt eintreffen«, tadelte sie Golo und klaute ihr das restliche Stück.

»Warte, wenn du schon da bist, versuch mal den hier.« Alma nahm eine der kleinen Schalen, in der eine flambierte Tomatenscheibe, Burrata und Basilikumöl drapiert waren. Golo probierte, schloss die Augen, und ein wohliger Laut kam aus seiner Kehle.

»Monika macht jetzt auch Burrata?«, fragte er erstaunt.

Alma schüttelte den Kopf. »Ist vegan, Fiete und ich haben daran getüftelt. Es ist noch nicht ganz perfekt, da wir Cashews brauchen, und die wollen wir auf Dauer ersetzen. Aber es ist ein guter Start.«

Seit Alma die Küche des *Dear Dairy* nicht mehr alleine wuppen musste, flossen ihre kreativen Ergüsse wieder fast pausenlos, und sie musste sich ständig eine neue Idee notieren. Einzig die zehnte Sinfonie, die Pannacotta, die niemals fertig wurde, sollte als solches bestehen bleiben. Das hatte sie entschieden.

Zur offiziellen Eröffnungsfeier von Golos Laden hatten Alma und Fiete Fruchtleder gemacht. Und weil Alma Alma war, gab es die nicht einfach so, sondern in Form kleiner Taschen und Koffer mit verschiedenen Füllungen als Überraschung – Schokolade, Granola mit Joghurt, Früchte oder

Cremefüllung. Alma blickte sich im Laden um, der eigentlich aussah wie immer. Nur die Infografiken zu den Themen Lederproduktion, Langlebigkeit, Transparenz und Nachhaltigkeit, die Golo von einer Hamburger Illustratorin an die Wände des Ladens hatte malen lassen, waren neu. Und dass in den bisher leeren Regalreihen erste Prototypen standen. Denn auch Almas Freund – eine Bezeichnung, von der sie nie müde wurde, sie in Gedanken zu wiederholen, die sie aber niemals laut aussprechen würde – war nicht untätig gewesen. Am Apfelleder hatte er weitergetüftelt und auch eine Kollektion aus drei Basics zusammengestellt, die es zu Beginn auf Bestellung gab. Ein Rucksack – ein Modell, das aus dem Geschenk für Toni hervorgegangen war –, eine Mappe, die universell für Unterlagen sowie einen kleinen Laptop oder ein Tablet einsetzbar war, und ein Portemonnaie. Das waren zwar genau die Klassiker, mit denen Golo so lange gehadert hatte, für die er sich letztendlich aber doch entschieden hatte. Denn Klassiker zeichnete nun mal aus, dass sie zeitlos waren, gebraucht und somit gekauft wurden. Der zweite Aspekt seiner Arbeit würden aber auch Maßanfertigungen und individuelle Kundenanfragen werden, wie der Gürtel, den er für Toni machen sollte.

»Im Prinzip haben wir alles, oder?«, fragte Alma, nachdem sie nochmals alles überblickt hatte. Alles war aufgeräumt, Sekt stand kalt in dem kleinen Kühlschrank, den Golo extra für diesen Tag geholt hatte, das Büfett war vorbereitet, auf dem Gehweg gab es neben den beiden Bänken noch ein paar Stehtische und natürlich die obligatorischen Luftballons. Von denen hatte Golo sich nicht abbringen lassen.

Der hantierte an seiner Werkbank herum, und als er sich wieder zu Alma umdrehte, versteckte er etwas hinter seinem Rücken.

»Bevor du jetzt irgendwas sagst und den Moment ruinierst, ja, das ist etwas für dich, und nein, es wird dich nicht verärgern«, sagte Golo schnell, und Alma wusste nicht, ob sie gerührt oder pikiert sein sollte.

Golo sprach weiter. »Ich habe ein Geschenk für dich, und eigentlich gibt es dafür gar keinen besonderen Anlass. Es ist einfach so, dass du mich dazu inspiriert hast, deshalb wollte ich dir danken.«

Er holte ein Päckchen hinter seinem Rücken hervor, eine längliche fliederfarbene Box, und reichte sie Alma.

»Hier«, sagte er, und Alma stellte erstaunt fest, dass Golo nervös war. Das war er selten. Langsam hob sie den Deckel der Box und musste erst das ebenfalls fliederfarbene Papier zur Seite umschlagen, um zu sehen, was sich darunter befand. Es war eine Lederrolle in Dunkelblau. Alma wusste nicht so recht, was es damit auf sich hatte.

»Das ist eine Messertasche für deine Messer. Ich weiß, im Restaurant haben sie einen festen Platz an der Magnetwand, und du hast auch schon eine. Aber diese hier ist aus Apfelleder. Genauer gesagt, ist dies das erste Stück Apfelleder, das mir geglückt ist. Und da ich durch dich auf die Idee gekommen bin, wollte ich dir zum Dank ein Stück davon zurückgeben.«

»Warst du schon immer so süß?«, fragte Alma, die zu Tränen gerührt war und natürlich einen dummen Scherz machen musste, um den Moment nicht allzu schön werden zu lassen.

»Ja«, lachte Golo. »Du hast das nur nicht sofort gecheckt.«

Was dann folgte, war ein Kuss, so lang und verschmolzen, dass erst ein Räuspern sie voneinander lösen konnte.

»Und das, Kinder, ist, wie Mama und Papa waren, bevor es euch gab«, scherzte Toni, die gerade mit Diego auf dem Arm durch die Tür gekommen war. »Golo, mein Lieber, die herzlichsten Glückwünsche zur Eröffnung, wir freuen uns so sehr für dich!«

Sie breitete den freien Arm aus und schloss ihren besten Freund in eine feste Umarmung, dann wiederholte sie das Prozedere mit Alma.

»Seid ihr nur zu zweit gekommen?«, fragte diese verwirrt.

»Nein, Santi muss Sheila auf dem Spielplatz gegenüber gerade noch davon überzeugen, dass es keine gute Idee ist, vom Holzgerüst zu springen, ohne dass der Papa sie auffängt. Sie denkt, ein Meter fünfzig Fallhöhe seien angemessen.«

»Aha.« Alma wusste immer noch nicht so ganz, wie sie auf Sheilas Neigungen reagieren sollte. Am Punkt der Resignation, an dem sich die Müllers und auch Golo schon befanden, war sie einfach noch nicht. Vielleicht würde Hatun das leichter fallen. Die würde nach Feierabend auch noch zur Eröffnung kommen, und Alma freute sich sehr darauf, dass Toni und Hatun sich heute endlich kennenlernten. Sie hatte das Gefühl, dass diese beiden aus genau demselben Holz geschnitzt waren und sich sofort ineinander verlieben würden. Und auch Alma würde heute eine Person kennenlernen, auf die sie bereits sehr gespannt war.

»Ah, da seid ihr ja schon! War auf der Autobahn doch weniger los als gedacht?«, begrüßte Golo Noa, die mit ihren Eltern und ihrem Freund Tim seinen Laden betrat.

Mit schnellen Schritten liefen die beiden Schwestern aufeinander zu und umarmten sich stürmisch. Seitdem Noa mit Annegret und Thomas zurück nach Lübeck gegangen war, hatten sie sich nicht mehr gesehen, aber mindestens einmal die Woche über Facetime miteinander geredet. Zwischen ihnen war eine richtige Verbindung entstanden, und für Alma war Noa zu einer ihrer liebsten Personen geworden. Früher hatte sie sich nie gewünscht, eine große Schwester zu sein, aber heute war sie für diese Rolle sehr dankbar. Sie war wirklich gut darin, und es machte sehr viel Spaß. Dass sie in der Kürze der Zeit so ein enges Band geknüpft hatten, lag sicher auch an Noas ungewollter Schwangerschaft. In stundenlangen Telefonaten hatte sie abgewogen, was sie tun sollte, und Alma und auch Golo hatten aufmerksam zugehört und sie ihre Gedanken sortieren lassen. Letztendlich hatten Noa und Tim sich dafür entschieden, die Schwangerschaft abzubrechen, da sie sich beide noch nicht bereit dafür fühlten. Annegret und Thomas und auch Tims Eltern unterstützten sie auf ihrem Weg und hatten auch eine Therapeutin mit ins Boot geholt, um ein absolut sicheres emotionales Netz für Noa und Tim zu schaffen.

»Wenn wir groß sind, dann planen wir das richtig«, hatten sie gesagt, und Alma wünschte ihnen, dass sie so lange zusammenbleiben würden. Jetzt erst recht, da sie Tim leibhaftig vor sich stehen hatte.

»Moin, ich bin Alma«, grüßte sie den Jungen, der zu Almas Überraschung einige Zentimeter kleiner war als Noa. Tim grüßte schüchtern zurück und traute sich nicht mal, Alma richtig anzuschauen. Diese warf einen genervten Blick zu Noa und Golo und dann wieder zu Tim.

»Okay, pass auf. Egal, was die beiden dir erzählt haben, so schlimm bin ich nicht. Versprochen.«

Tim nickte und versteckte sich dann buchstäblich hinter seiner Freundin. Noa, die mit Golo auch noch so etwas wie einen großen Bruder dazugewonnen hatte, begrüßte ihn und fragte dann in die Runde, warum hier denn der Sekt noch nicht fließen würde. Golo öffnete lachend den Kühlschrank und holte eine Flasche heraus, die er Noa in die Hand drückte.

»Dann mach aber auch auf«, forderte er sie auf.

»Hast du einen Säbel?«, konterte Noa keck, und wieder entdeckte Alma eine Ähnlichkeit zwischen ihrer Schwester und sich selbst.

Im Laufe des Nachmittags füllte sich die kleine Werkstatt immer mehr und zu Almas persönlicher Freude nicht nur mit Freunden und Bekannten. Es waren auch einige Passanten stehen geblieben und hatten sich Golos Designs und Infografiken interessiert angesehen. Eine Frau stellte sich als Klassenlehrerin einer Realschule um die Ecke vor und wollte wissen, ob Golo auch für Vorträge oder Workshops zu buchen war. Alma freute sich über den ganzen Zuspruch.

Am frühen Abend hatte sie sich einmal von Golos Eröffnung entfernt, nur um mal zu sehen, ob im Restaurant alles rundlief. Sie stand auf der anderen Straßenseite und beobachtete das *Dear Dairy* aus der Ferne, in der Hoffnung, dass Arlo sie nicht erwischte. Es sah alles aus wie immer.

»Wenn ich dir einen Rat geben darf: Du kannst nicht alles kontrollieren«, hörte sie die Stimme ihrer Mutter und drehte sich abrupt um.

»Was machst du denn hier?«, fragte sie überrascht. Loretta war die einzige *Baustelle*, um die sich Alma noch nicht gekümmert hatte. Nicht, weil sie sich davor drückte, sondern weil es sich noch nicht nach der richtigen Zeit angefühlt hatte. Seit ihrem letzten Besuch in Stade hatte ihre Mutter ihren Wunsch respektiert und sie nicht mehr angerufen. Alma hatte immer wieder überlegt, sich bei ihrer Mutter zu melden, es hatte aber jedes Mal das letzte bisschen Überwindung gefehlt. Na gut, musste sie sich jetzt eingestehen, da ihre Mutter direkt vor ihr stand, sie hatte sich doch davor gedrückt.

»Golo hat mich eingeladen.«

»Wie bitte?«, fragte Alma.

»Sei ihm nicht böse, er hat es nur gut gemeint«, sagte Loretta in einer Sanftmut, die Alma gar nicht von ihr kannte. »Er wollte helfen, und, na ja, er kennt uns halt noch nicht so gut. Er kann nicht wissen, dass wir keine Hilfe brauchen.«

Sie lächelte verwegen, und Alma wurde ganz weich.

»Ach Mama«, sagte sie und drückte ihre Mutter an sich. »Manchmal ist Hilfe gar nicht so schlecht.«

Sie löste die Umarmung.

»Ich freue mich, dich zu sehen. Aber ich muss dich vorwarnen: Noa und ihre Familie sind auch da. Und ich werde sie sicher nicht wegschicken, und du wirst dich benehmen. Si claro?«

Loretta nickte und hakte sich bei ihrer Tochter unter. Zu ihrer Sanftmut gesellte sich also Demut, und Alma wusste gar nicht, wie sie diese scheinbar neuen Seiten einzuordnen hatte. Fürs Erste würde sie sie wohl auf ihre Nachhaltigkeit hin überprüfen. Wollte sie doch mal sehen, wie lange Loretta die Geläuterte spielen konnte.

Gemeinsam schlenderten sie den Gehweg entlang und blieben an der Ecke gegenüber vom Restaurant und der

Werkstatt stehen. Im Abendlicht leuchteten beide Läden, es war gesellig, wuselig und einfach wunderschön.

»Ey, kommt mal rüber«, rief Toni da über die Straße. »Golo hat Großes vor, das solltet ihr nicht verpassen.«

Gespannt und latent ängstlich überquerte Alma mit ihrer Mutter den Paulinenplatz und gesellte sich wieder zu den anderen. Alle hatten sich draußen vor dem Eingang versammelt, und Golo klirrte mit einem Prickeisen gegen sein Sektglas.

»Leute, ich fasse mich kurz, denn Reden mag niemand. Vor allem nicht die Person, die eine halten muss. Vielen Dank, dass ihr heute gekommen seid, wirklich, das bedeutet mir sehr viel. Mehr gibt es eigentlich auch nicht zu sagen, außer dass ich mich endlich entschieden habe. Wer mich schon länger kennt, der weiß, dass ich mich lange nicht entscheiden konnte, wie ich das alles hier nennen soll. Ist das eine Werkstatt, eine Manufaktur oder doch eher ein Studio oder ein Atelier? Ich wusste es nicht, und ehrlich gesagt, ich weiß es immer noch nicht. Deshalb habe ich einen anderen Namen gewählt und das ganze Ding hier *Golo's* genannt.«

Golo endete so abrupt, dass alle darauf warteten, dass er noch etwas hinzufügte.

»Echt jetzt?«, fragte Toni nach einer Weile, als auch sie wohl sicher war, dass da kein Nachsatz mehr kommen würde.

Golo nickte zufrieden, holte einen Zettel und eine Rolle Tesafilm aus seiner Hosentasche. Er faltete den Zettel auseinander, auf dem mit Edding *Golo's* geschrieben stand, und klebte ihn neben die Eingangstür.

»Sorry, das ist jetzt ein bisschen improvisiert. Ehrlich gesagt, kam mir die Idee erst gerade vorhin.«

Entschuldigend steckte er seine Hände zurück in die Taschen und schaute verlegen in die Runde.

»Na dann wollen wir mal hoffen, dass du bei deinen Designs mehr Kreativität an den Tag legst«, löste sich da Hatuns Stimme aus der kleinen Gruppe. Alle lachten, und Alma sah, wie sich Toni interessiert nach der Stimminhaberin umschaute. Ja, da würde heute eine neue Freundschaft entstehen.

Alma ließ ihren Blick ebenfalls über die Anwesenden schweifen. Sie hatte sich hier ein Zuhause geschaffen mit diesen Leuten, die um sie rumstanden und in Gespräche vertieft waren. Sie war froh, all diese Menschen in ihr Leben gelassen zu haben. Sie liebte Golo – das würde sie aber noch eine Weile für sich behalten, er musste das auf jeden Fall zuerst sagen –, ebenso wie Loretta, Noa, Arlo, Fiete und Hatun. Vor wenigen Wochen hatte ihre Familie nur aus ihrer Mutter und ihr und dem lang gehegten Groll gegen ihren Vater bestanden. Alma vermisste Filipe nicht, und wie lange ihre Mutter ihren Schmerz noch pflegen wollte, war alleine Lorettas Sache. Und jetzt war sie umgeben von so vielen Freunden, neuen Schwestern, Müttern, Geliebten, Ersatzvätern und so vielen mehr. Denn für Familie, das hatte Alma nun verstanden, gab es kein Rezept. Familie war, was man selbst draus machte.

»Verzeihung«, holte sie da eine Stimme aus ihren Gedanken. Alma drehte sich um und sah einen großen, hageren Mann mittleren Alters vor sich stehen. Er trug dunkle Farben, einen dünnen Schal und schütteres Haar. Über seine rahmenlose Brille sah er sie interessiert an. »Sind Sie Alma Giuliani?«

Alma nickte, und der Mann schüttelte ihr lächelnd die Hand.

»Gut, dass ich Sie gleich gefunden habe in diesem Tumult. Sie sind mir ein Essen schuldig. Hägele ist mein Name. Arthur Hägele.«

– Danke, war schön –